福尔摩斯和国王的罪恶

（英）唐纳德·托马斯 著
张延君 费 瑶 译

群众出版社
·北京·

目 录

告密之手 …………………………………… 1
国王的罪恶 ………………………………… 41
葡萄牙十四行诗 …………………………… 102
画家彼得 …………………………………… 151
齐默尔曼电报 ……………………………… 206

告密之手

告密之手

1

1901年5月，一个晴朗的早晨，福尔摩斯和我初次见到布莱格登伯爵三世雷蒙德·阿什利·萨维尔。我们认识这位伯爵时他大约四十五六岁。

他的祖父布莱格登伯爵一世1839年在伦敦金融城创建了萨维尔商业银行，赢得了一笔财产和一个头衔，在维多利亚时代的鼎盛时期，萨维尔银行这个名字如雷贯耳。在获得伯爵爵位之前，平凡的老约翰·萨维尔在19世纪40年代的兴建铁路热潮中赚到了他的第一桶金，随后在那场经济泡沫破灭之前，卖掉了他手中的伦敦东北铁路以及其他铁路公司的股票。他的投资盈利一再翻番，他在海洋煤炭业以及新兴百货商店中的投资也都如此，那些新兴百货商店在19世纪的后几十年里令伦敦西区蓬荜生辉。

老约翰1897年去世后，长子继承了他的财产和头衔，可只比他多活了几个月。之后，老约翰·萨维尔的孙子成了布莱格登伯爵三世,用歇洛克·福尔摩斯刻薄的话来说,这个贵族头衔在经历了三代世袭后,其商业气息和痕迹已荡然无存。在英国国会上议院和其他任何地方,雷蒙德·阿什利·萨维尔都可以跟金雀花王室的爵士和伊丽莎白女王的政客们平起平坐。

这个名字与萨维尔家族有很大关系,而布莱格登伯爵这个头衔则与他们的乡间别墅普赖尔菲尔德有关。福尔摩斯和我初次看到这座别墅时,它不过只有四十年的历史。这座16世纪的卢瓦河别墅费尽周折才终于落户在泰晤士河的一个山谷里,位于牛津城和伦敦城中间。

很快我们就看到了普赖尔菲尔德庄园,我忍不住想说两句。这座庄园从远处望去最美。在开自牛津城的火车上,乘客可以越过伯克郡的草地看到温莎城堡后面的这座别墅。尽管建筑师和建造者的技艺精湛,庄园的外表所透露出的法国文艺复兴时代风格却让人有太"新"的感觉,因此并不觉得有什么特别之处,也就算是个商业成功之作吧。庄园里,圆锥形屋顶的圆形塔楼由穹顶连着,给周边的冬季花园或著名的海边胜地格兰德酒店增彩不少。

别的豪华宅邸多以铠装或骑士旌旗著称,普赖尔菲尔德庄园却因为拥有存放着塞夫勒瓷器的玻璃陈列柜、沿桌放置的雕花金色釉彩饰品以及过于华美的油画般花园景色而闻名。庄园里铺的雕花地毯也是路易十四为凡尔赛宫大厅特别订制的。

雷蒙德·阿什利·萨维尔如约上门拜访歇洛克·福尔摩斯。他高高的个子,有点儿瘦削,正值年富力强却已明显驼背。这位脸色白皙、胡须修剪整洁的贵族看上去仿佛背负着整个世界,恐怕也不仅仅是因为驼背吧。他用一种让我觉得有些不安的眼神瞥了我一眼,用手掸了掸他的长礼服,坐了下来,身子转向我的同伴福尔摩斯。

"福尔摩斯先生，我要对你说的话只能限于我们俩之间。"

"当然，勋爵，"福尔摩斯礼貌地说，"但是，你可以随意地当着华生医生的面说话，就像跟我一个人说一样。真的，希望你能这样。大多数麻烦事都需要参考另一个人的看法，最好是我的同伴和同事能听你亲口说这件事，我确实觉得这很重要。"

福尔摩斯曾多次用这种礼貌而坚决的态度摆平了那些达官贵族。

布莱格登勋爵迟疑了一会儿，好像要起身离开的样子，然后，他叹了口气，开始说明情况。

"福尔摩斯先生，你可能也知道，我父亲最小的弟弟弗雷德里克·萨维尔和他年轻的妻子死于1879年的克拉珀姆火车相撞事故。"

"是的，勋爵。"福尔摩斯平静地回答。

"他留下了一个五岁的儿子亚瑟·萨维尔勋爵，他是我父亲一手养大的，他更像是我亲弟弟而不是堂弟。当然，我们的关系并不算亲密，因为我俩年龄相差将近二十岁，但我待他超过待一个堂弟。他只世袭亚瑟·萨维尔勋爵这个礼貌性的尊称，并没有继承权，但我从没让他缺钱花。他从牛津大学肄业，没拿到学位。但有趣的是，他表现出了钢琴家的天赋，如果不出现别的状况——而且如果他有毅力的话——我认为他在那方面是很有前途的。"

"我对音乐会感兴趣。"福尔摩斯随意说了一句，"我听说过亚瑟·萨维尔勋爵的卓越天赋，很遗憾的是他没有继续发挥他的天赋。几年前，他在普赖尔菲尔德庄园非公开即兴演奏了肖邦升C小调练习曲，弗拉基米尔·德·巴哈曼在我面前将之称为'杰

作'。也许他公开演奏不会这么出色，但他的确是位很有造诣的演奏家。"

伯爵点了点头，表示感谢。

"是性格问题吧，福尔摩斯先生。我今天来不是因为他的音乐造诣。坦率地说，在伦敦，他在社会上一些外来人和波西米亚人聚集地更为出名，我却对那些地方不敢恭维。至于音乐，他演奏得越来越少了，只是偶尔跟家人在一起时弹弹而已。坦白地说，我喜欢亚瑟勋爵而且一直在尽量帮他，但他的行为举止实在令人担忧。"

福尔摩斯扬了扬眉毛。

"勋爵，你堂弟的行为举止我可管不了。"

布莱格登伯爵摆了摆手。

"我并不是说他行为不端或放荡不羁，他没有酗酒、赌博或玩女人之类的恶习。但是，他不仅举止怪异，好像还在收集一些奇怪的东西。你明白我的意思吧？"

"我想我明白，勋爵。"

"我当然不能随便说他精神错乱。人的性格可以通过研究头颅肿块的颅相学鉴定。他行为极端，但没有精神疾病。他也许成为了一名被称为'黄金黎明的魔法师'的玫瑰十字会①会员，却没有哪位精神科医生能把他锁进精神病院。他当然可以说他奉巫师之命让死人的幽灵显现之类的话，那是他的信仰自由。我开始留意他，是因为他开始收集一些奇怪的物品。"

"除非有什么欺诈、勒索在里头，"福尔摩斯温和地说，"我

---

① 玫瑰十字会：十七世纪初在德国创立的一个秘密会社，著名神秘主义教团。

觉得我不是接手这件事的合适人选啊,也许你应该找华生医生帮忙……"

"假如涉嫌犯罪呢?"

"那当然就完全是另一回事了。"

"要是他深夜在自己家行窃呢?要是他不为什么目的就是想这样做呢?我今天来这里,不仅是因为他收集的那些奇怪的东西,虽然这已经够烦人的了,还因为一件更加奇怪的事情,也许那里头有什么罪行。"

福尔摩斯坐在椅子上,挺直了身子。

"我想,勋爵,你最好稍微解释一下这件事。"

布莱格登伯爵好像是因为神情专注的缘故,身子弯得越来越低。

"福尔摩斯先生,上个星期五,准确地说是一个星期之前,亚瑟勋爵半夜里偷偷溜进普赖尔菲尔德庄园的一层。他打开一层书房的推拉窗,用刀片之类的东西把窗扣拨开,爬了进去。这不难做到。然后,他穿过房子的一楼溜到了北面的客厅,这间屋子里的主要亮点是一个路易斯·菲利普陈列柜,里面摆着普赖尔菲尔德庄园最精致的瓷器收藏品。一个女管家听到窗子打开的声音,就上前查看,正好看到亚瑟勋爵溜进客厅,但亚瑟勋爵没看到女管家。勋爵有时会到普赖尔菲尔德庄园来,所以,女管家没有马上惊动他,而是告诉了我的男仆,男仆又叫醒了我。"

"你弟弟以前是府上的常客,但一般不是在这个时间来,对吧?如果他想来就只管来是吧?"

"当然了,他可以把这儿当作自己的家。从某种意义上说,这儿就是他的家,所以他的这种举动才会令人不舒服啊。当时,我悄悄地下楼观察,但没惊动他。我看到他打开橱柜,也就片刻

工夫，我说不准他是撬了锁还是只转动了一下他事先配好的钥匙。也许是他以前来的时候，弄了一个钥匙的模子，然后配了一把钥匙。"

"我们会弄清楚的。"我立刻说道。

福尔摩斯皱了皱眉，示意我别吭声。

"他没必要开灯，"布莱格登勋爵继续说，"他选了一个满月的夜晚，窗帘是拉开着的，月光可以照进来。我看不清他在做什么，因为他背朝着我。橱柜的门半开着，他的面前就是塞夫尔花瓶、花架、盘子、盒子之类的瓷器，这些藏品上涂着宝蓝色或粉色釉彩，镶嵌着些许金色，绘着欢乐的节日花园图案或古典神话。他站在那儿，划着了一根火柴，好像很快就找到了要找的东西，动作迅速，一点儿动静也没有。真的，他站在那儿，我始终没有听到什么动静。我不确定他是否挪动或打开过什么藏品，但我想，他肯定是做了什么。"

"他有没有拿走什么东西？"我问道。

布莱格登勋爵把身子转向我。

"什么也没拿，华生医生！什么也没拿！如果不是女管家听到书房的窗子响，我们永远也不会知道他去过那里。"

福尔摩斯说："他锁上藏品橱，穿过客厅回到书房，然后从窗子离开了房间，随后关上了窗子，但是没有锁，对吗？"

"福尔摩斯先生，完全正确。我刚看到他时心里非常担心，担心他因为钱的问题惹了麻烦，为了偿还债务当上了家贼。如果他是由于钱的麻烦，被罪犯指使到家里行窃怎么办？你明白我说的吗？"

"我当然明白。你们此后又发现窗子打开过吗？"

"再也没有。我们每天早晨都检查。"

"很好。出事那天晚上他离开后去了哪里？"

"我想，他可能穿过花园，顺着大路走到村子里，然后等候早晨从普赖尔菲尔德车站来的头班火车。"

"这就很清楚了，说明他没有同谋，不是受某人之命而为。当然，他也可能想先把东西看好了，再让别的罪犯来偷。但我看不像，他是家里的常客，更容易得手。不管怎么说，上个星期他没有再来庄园。"

"如果我知道他想看那些瓷器，就会安排他来家里，任他怎么看都行啊，所以我才觉得这事儿闹心。我看他没有造成任何伤害，也就没说什么，只是默默地观察。"

"勋爵，你做得很好。"福尔摩斯用安慰的口气说。

"奇怪的是，那天晚上他没戴手套。"

"他当然没必要戴。"我说，"苏格兰场的亨利探长可以像读书一样轻而易举地读懂指纹。可没有犯罪证据谁又会去寻找指纹呢？如果女管家没看到他的话，既没有证据，你们也不会怀疑他。"

布莱格登勋爵摇了摇头。

"你误解了。这半年来，亚瑟勋爵一直戴着手套，在户外总是戴着，其他时间有时也戴。他没说过他为什么戴手套，也从不说这事儿，但我们推测，他大概是得了皮疹之类的病。"

福尔摩斯流露出一丝疑虑。

"他弹钢琴时戴手套吗？"

布莱格登勋爵努力控制着自己的怒气。

"当然不，但是他基本不搞音乐了。"

"在饭桌上呢？"

"偶尔吧。最近，他来家里做客时都是在他自己的房间里吃饭,这算是他的古怪行为中最正常的一点了。"

"你最后一次看到他不戴手套弹钢琴是什么时候?"

"大约四个星期前吧,那是一个下午,当时只有几个家人在场——他们在玩惠斯特纸牌游戏,没怎么在意他。他弹了一首舒曼的狂欢曲,然后盖上钢琴盖子,搓着双手回自己的房间去了。"

"的确是位有造诣的音乐家。"福尔摩斯亲切地说,"当时你有没有看到他手上有什么明显的痕迹或损伤?"

"没有。"布莱格登勋爵说,"我坐得有点儿远,只能看到他的手背,没看到皮疹什么的。"

"那我可以断定,不管亚瑟勋爵戴手套的原因是什么,他弹舒曼的乐曲时没戴。自那以后钢琴有人弹过吗?"

"没有。不用的时候钢琴是合着并锁上的。"

"键盘清理过吗?"

"我想没有吧。钢琴通常是锁着的。我不记得罗莉太太,就是那个女管家,要过钥匙。"

"太好了!"福尔摩斯说,"那么,我想我们可以着手处理你的问题了。"

只剩下我们俩时,福尔摩斯在他的袖口上匆匆地写了两三个字作为备忘,然后抬起头来。

"华生,我觉得,这可能是短时间内我们所接手的最引人入胜的一个案子了。但是,承蒙爵爷的允许,用律师的行话说,我们首先得检查一下这件神秘之事的现场。"

2

三天后,星期一的早晨,我们在普赖尔菲尔德车站下了火车。木制的站台上很安静，等待我们的是一匹小马拉着的双轮轻便马车。这个季节，泰晤士河边的榆树枝叶茂盛，阳光照得宽阔的河面金光闪闪。河上偶尔有游艇从温莎逆流而上驶向牛津，在水面上掀起层层涟漪。

周末的聚会过后，普赖尔菲尔德庄园显得很空旷。花园里空无一人，穿过花园草坪能听到贝壳状的大水池中喷水的声音。

女管家接待了我们，她的主人暂时还没到。我们立刻被领到了北面的客厅里。客厅窗子的朝向是特别设置的，以免强光照射损坏家具。

她用一把小钥匙打开了藏品橱。

"请把钢琴也打开。"福尔摩斯很客气地说。

她双手紧扣，像一只鼓起身躯的知更鸟似的，摆出了防御的架势。只需看她一眼，就能知道，她对亚瑟勋爵不同寻常的夜访之事不会多嘴。

"布莱格登勋爵没吩咐打开钢琴。"

歇洛克·福尔摩斯叹了口气。

"如果不让我们检查键盘的话，恐怕会耽搁爵爷的时间，也会耽搁我们自己的时间。那样的话，我拒绝继续调查下去。"

只停顿了一小会儿，这场意志的较量就有了分晓。女管家走过去，打开了钢琴盖子。

这是一架黑漆的贝森朵夫平台式钢琴，洁白无瑕的键盘呈现在我们眼前。

"看起来，"福尔摩斯翕动着嘴角对我说道，"这里的女佣跟大多数豪宅的佣人一样清扫灰尘不仔细。不过，如果我是她们恐怕也会这样。清理灰尘太麻烦了，刚刚掸掉，很快又落上去了。"

女管家悄悄地离开了房间，但我们总觉得她的目光还是在从门外的某个角落盯着我们。福尔摩斯转身朝向那架钢琴，从包里拿出一个工具箱放在桌子上，打开箱子，拿出两把驼毛刷子，就像画家用来创作精美作品所使用的那种，又拿出两个小瓶，一个瓶子装着黑色的用来润滑锁的石墨粉；另一个装的是他用两份白垩粉和一份金属汞自己配制的东西。瓶子上装了两个气体喷射器，能将粉末轻轻地吹到物体表面上。他的马甲口袋里照旧装着一个折叠的放大镜。

接下来的二十分钟里，歇洛克·福尔摩斯非常耐心地工作着，全神贯注，眉头微皱。他先把浅色的白垩粉和金属汞轻轻地吹到钢琴的黑色键盘上，然后用驼毛刷子把多余的粉末扫掉，又拿出石墨粉和另一个气体喷射器，把深色的粉末吹到白色的键盘上。粉末像一层薄薄的雪似的落在键盘上，立刻显现出皮肤接触后留下的细纹。

他从口袋里拿出一面小镜子，调整角度，使之能反射到窗外的光，然后开始慢慢地逐个检查每个钢琴键。我知道这个时候最好不要打搅他。半个小时后，他直起身来，轮廓清晰的面庞突然充满活力，眼睛里也闪烁着光芒。他放下小镜子，寻找最佳观察角度。粉末附在光亮的白色琴键上，薄薄的一层，用手一拂就掉。

"华生，有一点我们可以肯定，最后一个触摸键盘的人弹奏的是已故伟大作曲家罗伯特·舒曼创作的《嘉年华》中的《前奏曲》，弹完这首曲子后，钢琴一直没人擦过，也没人碰过。"

他有点儿太喜形于色了，我不喜欢。

"为什么这么说？"

"很简单，亲爱的老兄。首先，我们只关心最后一个碰钢琴的人。我敢向你保证，所有这些指纹都是由同一双手留下的，说明自上次清理后只有一个人弹过钢琴。"

"亚瑟勋爵?"

他抬起一根手指。

"看看最右边的两个八度和音的键。四个高音键上没有指纹,也就是G、A和F、G的高音,这些键一般很少用到,我们可以不考虑这几个键。但另外四个键上也没有指纹,这四个键是很重要的。"

"为什么重要呢?"

他很宽容地叹了口气。

"我亲爱的华生,你在音乐厅的几个小时简直就是浪费时间啊。音乐厅里回响着音乐天才鲁宾斯坦或帕德瑞夫斯基的音乐时,你正在跟瞌睡虫作斗争呢。我们去威格默尔音乐厅前,我喜欢先看看将要演奏曲目的乐谱。我可以告诉你,弹奏罗伯特·舒曼的《前奏曲》时右边只有五个键——不管黑的还是白的——用不到,所有用不到的键都在最边上的两个八度和音的键上,包括下面的B本位音,上面的降D,还有两个八度和音的键中的那些E本位音键。你现在仔细看看这架漂亮钢琴的键盘,告诉我哪五个键上没有指纹。"

他说得没错,但我还是努力地想挽回面子。

"除了亚瑟勋爵弹奏钢琴这件事,很难再找到结论性证据,没有多少证据可以调查下去。"

"我的老兄,我离结论还远着呢。我向你保证,还有很多证据可以调查。你看看键盘的下半部分,然后告诉我你看到了什么。"

"最下面的十一个键上没有指纹,不管是黑色键还是白色键,其他所有的键好像都被触摸过。"

"正确，而这些键正是弹奏舒曼的精美乐曲时用不到的。对于这点你不会感到吃惊吧？"

"福尔摩斯，但亚瑟勋爵弹奏过这架钢琴，这是毫无疑问的。"

"如果我们把亚瑟勋爵当作普通罪犯，向布莱格登勋爵或者他本人索要指纹的话，肯定会引起不少争议。他是个家世良好的年轻人，没有不良记录，因此他可能拒绝被当作嫌疑人。我们现在找到了我们想要的证据。如果想要我们的调查顺利进行的话，他的指纹是至关重要的。"

这没什么好争论的。我要么承认福尔摩斯是对的，要么至少也得先搁置我的判断。他走到收藏着精美瓷器的陈列橱前。里面的花瓶、杯子、餐具和糖果碟子都是18世纪最精美的工艺，适用于皇家客厅。

他轻松地打开了已经开了锁的玻璃门。

"华生，我觉得我们不太可能在这里找到指纹。豪宅的仆人们清理收藏品时会用布包着，以免手指触到瓷器光滑的表面，所以，瓷器上不会沾上女佣或男管家的指纹。"

"亚瑟勋爵不会用布包着。"

"不对，一个大多时间都戴着手套的人——除了弹钢琴之外，因为他戴着手套几乎没法弹——在偷窃艺术品时不可能不戴手套。"

"他不会预料到会被逮着。"

"应该是，他不会预料到会被看到。"福尔摩斯用平静的语气强调道。

"那他为什么在别人面前弹钢琴时不戴手套呢？"

"我们离开房间之前就能找到答案。现在，我需要你帮忙把我递给你的瓷器放到你身后的桌子上。千万别在上面留下你自己的指纹。我们无需检查太多就能找到原先的指纹。布莱格登勋爵说过，当时，他堂弟就像我们此刻这样站在开着的收藏柜前，任何他感兴趣的东西都在随手拿得到的范围内。所以，我们只需检查不出一打的瓷器，就能找到答案。"

果然不出所料，我们只检查了八件瓷器就有了结果。其中四件是一套带有镀金把手和装饰的塞弗尔花瓶，每件都用皇家蓝色彩绘着花园景色，是弗拉戈纳尔的油画风格。福尔摩斯用深色粉末逐个测试了这四只花瓶。它们都被擦拭了有段时间了，上面没有留下任何印痕。一个粉红色的镶着金边儿的甜品盘上画着黄道十二宫图案，上面没有指纹；两只绘着印度花图案的青花瓶，上面也没有发现指纹。很显然福尔摩斯是对的，所有这些瓷器都是擦拭后收起来的，上面没有留下佣人们的指纹。

接着，福尔摩斯又取出一个小巧玲珑的糖果盒。

这是一个涂着华丽瓷釉的长方形巧克力盒子，大约六英寸宽，边上镶着蓝色和金色的百合花图案，中间有一个可以打开盒盖的金色球形把手，每侧都绘着一个风神的面孔，色调自然柔和。波瑞阿斯是北风之神，奥斯特是南风之神，欧洛斯是东风之神，杰弗尔是西风之神。

福尔摩斯小心翼翼地拿着盒子，以免指尖触到光滑的盒面。

"我觉得这个盒子在这些花瓶中显得有点儿不协调。"他边说边小心翼翼地把盒子放到桌上。"这也就显得非常有趣。在颜色这么浅的盒面上我们的石墨粉肯定管用。"

他把盒子放在窗边的桌子上，那里有他需要的日光照射进来。他用气体喷射器在盒子的表面喷了薄薄的一层深色粉末，然后用放大镜仔细查看盖子中间的金色把手和盒子的左侧。过了一会儿,他直起了身子,把放大镜递给了我。

"华生,我们现在必须更仔细地检查一下。看来,这正是我所预测的能找到指纹的地方。在盖子中间的金色把手上,有两个完整指纹和两个局部指纹,在盒子左侧有四个指纹,在这边有一个单独的拇指指纹。这些指纹可能是一个人用左手拿着盒子用右手手指掀开盒盖时留下的。我相信,你能看出来,这些指纹和钢琴键盘上的指纹一样。"

我对指纹问题不是内行,但是,福尔摩斯给我看的每个指纹上的乳头状的脊纹有惊人的相似之处。左手食指的指纹有三个朝上两个朝下的叉状纹路,和在瓷器和钢琴键上看到的是一样的。还有两个单独的短脊状纹,看起来如出一辙。我注意到,还有像岛屿或湖泊形状的指纹,可能是因为手指上有小口子或擦伤,这也是常有的事。这个人手指上的伤可能早就好了,但伤口的印痕还一直留在盒面的两侧。

福尔摩斯轻轻地捏着精美的糖果盒盖子的边缘,将它掀开。

"我想,我们可以推测,这个盒子是很长时间以前被擦拭后放在瓷瓶后面的,后来没有再被仆人的手碰过。从那以后,只有一个人摸过它并打开过它的盖子。这样,即便我们没有找到钢琴键盘上的指纹,也有了怀疑亚瑟·萨维尔勋爵的证据。"

他仔细地看着糖果盒的里面。

"华生,果然不出我所料,佣人当时只擦了盒子的外面,觉得没必要清理盒子的里面!"

他把盒子拿给我看了看。糖果盒的里面有两块饴糖的印痕,每块有邮票大小。

"这个盒子只是用来放巧克力的。"我说,"也许是因为放在火边或者从窗子射进的阳光使它受热,盒子里面的温度高,使巧克力或者什么糖果融化了。"

"两块，我看着像，"福尔摩斯快速说道，"而且是最近的事。"

他用食指按了按印痕，放在舌头上舔了舔，做了个失望的鬼脸，耸了耸肩，然后又尝了尝第二块印痕。他愣了几秒钟，像是犯恶心。他用手绢捂着嘴，三步并两步地冲到一个小桌子旁，拿起桌上的苏打水喝了一口，漱了一下口，然后冲到窗子旁，把水吐到了窗外的花圃里。

我弯腰看着盒子，闻了闻里面，闻到一种腐烂的糖果或调味品之类的霉臭味。我轻轻地用手指按了按那块印痕。

"华生，我没弄错的话，这应该是印度乌头毒草或印度乌头，或者叫比什毒药——从它侵袭舌头的速度来看应该就是。我认为，这个盒子里有毒药，如果不是打算谋杀，是不会把毒药放在这里面的。虽然我只尝了极少的一点点，但我的舌头却很疼，还有些麻木。当然，把毒药藏在糖果里，等到有人生疑的时候，估计一切都为时晚矣。"

"那么布莱格登勋爵呢？"

"目前，我们先什么也别说。如果想验证他所讲的亚瑟勋爵的事，需要再从书房的窗台上取些指纹。我认为，我们的委托人并没有误导我们，但是现在这个案子好像更复杂了。"

3

我们从书房的窗台上提取了指纹，然后回到北面的客厅时，高大驼背的布莱格登勋爵已经站在那里，他从窗前转过身来，跟我们打招呼。

"哦，福尔摩斯先生，"他局促不安地说道，"我看见你们已经开始工作了。有什么结论吗？"

"结论比我预期的要多一点点。"福尔摩斯爽快地说，"你表弟在钢琴上弹奏舒曼的曲子时留下了完整指纹，我们在书房的窗台上也发现了他的指纹，证实了你描述的事情经过。"

"我找你的时候并不知道我的话还需要证实。"布莱格登勋爵用责备的口吻说道。

"勋爵，但我还是要告诉你这个结论。"福尔摩斯毫不让步，"藏品橱里的糖果盒上也有同样的指纹。就目前我们收集的证据来看，这个糖果盒是亚瑟勋爵此行的目标。"

布莱格登勋爵好像很惊讶。

"他为什么会对这个感兴趣呢？他肯定并不是想偷它。如果他喜欢这件东西，我可以把它当礼物送给他。跟其他东西相比，这值不了多少钱。"

"我认为他不是想偷它。你不介意跟我说说这件东西近期的故事吧？"

福尔摩斯先发制人。

布莱格登勋爵好像有点儿困惑。

"福尔摩斯先生，我没有什么故事告诉你。我只是为了方便，才把它放在藏品橱里。克蕾门蒂娜·彼彻姆夫人活着的时候，这些藏品都归她所有。她是我父亲的表妹，我们都叫她克蕾门夫人。和我们很多远亲一样，她从没富裕过，但我们都尽可能地关照她。她从我们的祖父那里继承了几件糖果碟之类的物件，死后就把这些东西留给了我们。"

"她给亚瑟勋爵留下了什么？"

布莱格登勋爵扬了扬眉毛。

"给亚瑟勋爵？哦，什么也没有。她没有理由留给他呀，他也没指望从她那儿得到什么，因为她所受的恩惠都是来自我们家这边的。当然，她挺喜欢我这个堂弟的，我一直觉得他也挺喜欢她。不过，克蕾门夫人对每个人都很好，她天性如此。我不觉得她和亚瑟勋爵之间有什么更亲近的关系。"

"但他们之间有交情，是吧？"

"哦，当然，我们之间都有。至于他们之间的交情到了什么程度，我说不准。"

"彼彻姆夫人什么时候去世的？"

"差不多两个月前吧。"

"那时亚瑟勋爵在哪里？"

"那一两个星期亚瑟勋爵和我小舅子一直在威尼斯，赶不回来参加葬礼。需要知道的就这么多吧……"

"勋爵，远不止这些。"

这话刺痛了布莱格登勋爵。

"福尔摩斯先生，我是经一位好朋友的推荐才请你调查这件非常敏感的家事。而你现在做的调查让我看不出有丝毫的必要性。我很渴望听到你的建议，但如果超出了我的忍耐限度，我就放弃请你来调查这件事！"

福尔摩斯的眼睛眨都没眨一下。

"勋爵，我知道你不会放弃，因为如果我不调查这个案子，那么给你建议的就可能是市警察局。就事情的性质来看，这个案子最有可能落在拉斯特雷德探长或托比亚斯·格里格森警探的手里，他俩都是苏格兰场刑事侦查署的。勋爵，我可不想把这件重罪案件弄得更糟。"

用"目瞪口呆"来形容一个人的表情的确是陈词滥调，但布莱格登勋爵此刻的表情的确就是这样。

福尔摩斯没给他留退路。

"我必须告诉你,布莱格登勋爵,你眼前的这个糖果盒里面有两块融化了的巧克力之类的东西。我认为其中的一块里面有致命的乌头药剂,这是最致命的毒药,也是所有毒药中最神秘的一种。"

"瞎说!胡说八道!"

我以为布莱格登勋爵听到这些话会更加目瞪口呆,没想到他竟然理直气壮起来。福尔摩斯愣住了,这反倒让我有机会插话。

"布莱格登勋爵,我是医生,如果你能直截了当地告诉我们克蕾门蒂娜夫人的死因,也许能给我们些帮助。"

他几乎是在讥笑我。

"很简单,她年纪大了,死于心脏衰竭,先生!虽然她表面上硬撑着四处走动,实际上已经被病魔缠身多年了,在她这个年纪这也很正常,她活这么大年纪已经是个奇迹。我曾在印度服过兵役,知道一些通过秘密投毒进行报复的招数,也了解一些中毒症状。但是,她没有这些症状。"

他转身走到窗前,似乎是想掩饰他的恼怒。接着,他突然转过身来,使劲挥着手。

"你想怀疑我就怀疑吧!克蕾门夫人去世时我在场。我可以告诉你们,她死于心脏衰竭。最后这一次,她病了大概有一个星期,这期间她从未接触过你们所说的糖果盒。相信我,在她最后的日子里,她没有碰过。佩斯里公爵夫人在她最后的时刻来看望过她,并与她在她的房间里共进了晚餐。这位可怜的老妇人当时只能勉强喝点儿汤和白水,她的医生马修·里德先生和一名护士始终陪护在她身边。马修医生医术高超,怎么会辨别不出心脏衰竭和中毒之间的区别呢？所以，你的提法十分荒谬可笑！"

"亚瑟勋爵——"福尔摩斯喊了一声，但他没说下去。

"我已经告诉你了，福尔摩斯先生，亚瑟勋爵当时在几百英里之外。你和你苏格兰场的同伴们可以亲自去调查案发期间他是否住在威尼斯的丹尼利宾馆。他当时若不在宾馆，要么就是在亚得里亚海上玩快艇，要么就是在松树园打猎，至少能找到一打当时跟他在一起的人出来作证。说到谋杀的动机，更是荒谬至极。他从她的死中得不到任何好处，这点他很清楚，克蕾门夫人的遗愿很明确。我承认，亚瑟勋爵最后得到了一点儿好处——那只是因为在她死后，我觉得我不该接受她遗赠给我的一些物品，不过亚瑟勋爵事先并不知道这些。虽然你名声显赫，但如果你能做到的就只有这些的话，你未免也太……"

"如果你能告诉我糖果盒里的东西是怎么回事的话，也许会有所帮助。"我有些急切地说。

"糖果盒是她遗赠给我作纪念的。我不喜欢甜食，无论如何也没兴趣吃过世的人留下的糖果。我把里面的糖果扔了，并让佣人把盒子清理干净。很显然，盒子上的灰已经被掸掉了。我以为佣人会把里面也洗干净。如果里面有犯罪证据之类的东西，那我很高兴，幸好它没被清理干净。"

糖果盒的话题让紧张的气氛缓和了一些。

"勋爵，如果是那样的话，"福尔摩斯说，"我没有什么可说的了。亚瑟勋爵深夜来访的事是你自己要考虑的事情，除非你想追究，不然那个谜团会永远解不开。但是，至于克蕾门蒂娜夫人的死……"

"很好，福尔摩斯先生，这点我已经比你们先行一步了。我毕竟是一位地方法官，了解一些法律知识。你可以按你的方式行事,但你必须明白,我无法忍受让这位善良的老妇人成为公众茶余饭后的谈资或低级报刊的笑柄。"

"这也是我最不想看到发生的事情,然而……"

"她被埋在比彻姆·沙尔科特的家族地下墓室里,我可以跟你一起去那里看看。我会联系马修·里德先生,他自始至终照料她。我要问问他的意见,看他是否认为进行尸体解剖是终止一切猜测的合适手段。如果马修·里德先生认为可以,我就不反对。他可以跟尸检官商议商议。我希望这能满足你的要求。那个在比彻姆·沙尔科特教堂地下的墓室是属于我们家族的,所以,没必要像教堂墓地或市镇墓地那样公开地去掘墓。但如果真要这么做的话,也必须小心谨慎,不能引人注意。"

福尔摩斯说:"勋爵,你太仁慈了。"

他说这话的语气,好像布莱格登勋爵愿意的话可以撤回解剖尸体的提议,但实际上两个人都明白,这位爵爷已经没有选择的余地了。

外界都不知道这件事,因为这个秘密只限在家庭范围内。尸体解剖后,并没有发现克蕾门蒂娜·比彻姆夫人的尸体有中毒迹象,更别说有什么乌头剧毒了。

"我们会不会给布莱格登勋爵造成了无端的痛苦?"当我们收到信得知结果时,我在早饭桌上对福尔摩斯说。

"我认为不会。"

"我们被印痕误导了,而印痕本身杀不了人。根据那个证据我们可以想象,盒子倒空之前可能糖果里有更多的乌头毒剂。我们假设没有。可能毒药外面裹了糖或胶囊以便可以下咽,这些是从里面漏出来的残余物。也许这是顺势疗法药医师开的药,用来治疗心脏衰竭。"

"毫无疑问。"福尔摩斯似听非听地说。

"从最坏处想，这是一种江湖疗法，病人买来药放在盒子里忘了。后来，巧克力和胶囊受热受潮融化了。这是个合理的解释。"

"你真的这么想？"

"我看不出有什么不可以啊。"

"我完全了解你为什么看不出有什么不可以，这正是你的问题所在。"

"福尔摩斯，我觉得，我们不会再见到布莱格登勋爵了。"

"我不这么认为。"

在这次对话后，我们的案子似乎终结了——以一种令人最不满意的方式终结了。也就是说，糖果盒后来被擦干净并放回到了藏品橱里。如果真的有乌头毒剂的话，也成了一件无关紧要的事。我以前对福尔摩斯说过，这样的毒剂在每个药柜里都能找到，因为顺势疗法药物可以用来抑制从普通感冒到器官充血引起的各类剧痛。

案子很难再调查下去。当然也没有什么谋杀案发生。这么一点儿乌头毒药根本构不成蓄意谋杀的充分证据。还有什么证据呢？一个英国贵族小人物行为古怪，这几乎算不上什么稀奇事。他半夜悄无声息地溜到他堂兄的家里然后又走了，他在房子里查看了几件瓷器，却什么也没拿走。随着伦敦城夏初热闹的社交季结束，上流社会开始期待他们的乡村庄园假期和狩猎会，这件事也就告一段落了。

4

8月份是报纸上宣传的"假日季节",这个季节里,报纸上没有什么重要信息,尽是些读后让人后悔浪费时间的故事。这种状况也影响到了福尔摩斯的生活,弄得他牢骚满腹。很多人都去布赖顿海滩或马盖特沙滩度假了。从伦敦西部到伦敦东部,几乎没有任何刑事案件发生。我们被那些怪人或疯子们纠缠着,被迫去听他们的故事。于是,我向福尔摩斯建议,去找些大学教师或者法律和医学界的人士聊聊天,好提提神,醒醒脑。

他丝毫不考虑我的建议,宁愿被那些精神可能有问题的或疑似品行不端的委托人纠缠,也不愿用漫无目的的旅行来消磨时光。

奇切斯特的副主教,尊敬的约瑟夫·珀西医生是近两个星期以来第一个迈进我们门槛的委托人。尽管珀西医生身为副主教,并有学术成就,但他在宗教理论或教堂政治界并没有多大名气,却因行为古怪和沉迷于各种书籍和钟表而闻名。

几年前,他曾因被尸检官指责与其女管家的死有关而落得声名狼藉。这位和蔼可亲的牧师和他的女管家在家时,女管家不幸因心脏病突发而亡。那是一个星期四的下午,管家刚好在2点之前去世。但每个星期四下午的2点,这位副主教都要去城里的古德里精美出版物和善本店,于是,他把已死的女管家靠在沙发角上,像往常一样,骑着自行车穿过奇切斯特大街办事去了。大约一个小时后,他骑车回到家,才找人帮忙。

外表上看,这位副主教不像是老人,倒像是在舞台上扮成老人的年轻人。他的酒糟蒜头鼻像是在扁平鼻梁上安上了杜仲胶做的假鼻子，他的头发像是在年轻人的黑发上套了一个白色的假发，就连他的络腮胡都散发着粘假胡子用的黄胶的味道。

"福尔摩斯先生！"他声音坚定而清晰，"你对爆炸钟的事情了解多少？"

歇洛克·福尔摩斯站在没有生火的壁炉对面，面对着副主教，指尖攒在了一起。

"很少，副主教。和其他机械一样，钟表也可以被设计成炸弹，但这并不常见。钟表通常用于控制爆炸的时间。你是这个意思吧？"

副主教不断地将脚移来移去，两次用他的手杖敲打着地毯。

"先生，四天前，我从邮局收到一个古雅典风格的黑色大理石座钟——有数字的那种。如果你了解我的话，应该知道我喜欢收集钟表，而且是大不列颠钟表协会的前任主席，也是古物收藏协会的会员。"

"我知道。"福尔摩斯亲切地说。

"那好！那只钟是索霍区希腊街的一位商人寄来的。我以前没听说过这位商人，他也没说明为什么送我这只钟。我以为大概是礼物或赠品之类的，而且以为，他随后会寄来一封解释送钟理由的信。但后来我并没收到信。"

"你能否详细地描述一下钟的情况？"

"这是一只很稀有的钟，福尔摩斯，它好像产于法国大革命时期，甚至还能奏出那次革命歌曲的弦律。每到一刻钟时，它奏出《马赛进行曲》的前两个音符，每到半点时它奏出四个音符，每到三刻钟时它奏出六个音符，到整点时它奏出前十个音符，然后报时。"

"是很奇特。"福尔摩斯说道，语气中表现出自己无法忍受这种冗长乏味的叙述。"求你赶紧讲最有趣的部分吧。"

"在钟的三角楣饰上站着一个戴着圆锥帽的穆尔塑像，仿佛站在人群队伍的最前面。两边的龛里各有两个塑像，手里拿着三角旗，上面用金字写着丹东和马拉的名字。早饭后，我们把它放在书房的壁炉上。上紧发条后，座钟就会发出滴答声。星期五的中午，我正在壁炉旁边的椅子上看书，座钟演奏了十段乐曲后报时，突然，座钟里发出呼呼声，穆尔塑像的底座发出了刺耳的声音并冒出了一股烟，就像是抽雪茄时吐出的烟。接着，戴着圆锥帽的塑像从座钟上掉了下来。"

歇洛克·福尔摩斯不停地活动着他的长腿，好感到舒服些。

"先生，我担心你成了一场精心策划的恶作剧的受害者。我敢肯定，你关于法国革命暴行的言论相当出名。"

"你担心这个吗？"副主教性急地问道，"你等我把话说完。我起初也像你这样想，以为别人给我送这个座钟是在搞恶作剧。我让帕克把座钟拿到盆栽棚去，那是放这个东西最合适的地方。"

"你大概不会因为这个事儿大老远跑到贝克街来吧？"我问。

副主教又用食指指着天，眼睛瞪得更大了。

"等等！那天夜里11点过后，家里的人都睡了。大约半夜时分吧，我被一阵爆炸声从睡梦中惊醒。我立马起身，从窗子往外看，从我站的位置应该正好能看到盆栽棚——但实际上我什么也看不清。空气中弥漫着东西烧焦的味道，几块玻璃碎片反射着月光。要是爆炸时周围有人，肯定会被炸死。"

"你是因为这个来咨询我们吗？"我用怀疑的口吻问道。

"先生，不是的。当时，我把警察叫来了，但他们没帮上什么忙。他们说，我提供的证据都在爆炸中毁掉了。他们答应调查这件事，但让我耐心等待。他们说，盆栽棚的爆炸是由石蜡油加热器引起的，还说，这种事经常发生。他们的警探还开玩笑说："我想，你该不会去贝克街请教歇洛克·福尔摩斯先生吧？"然后，我就来了。"

福尔摩斯眉头紧皱。

"有一件事可以肯定，包裹上写的钟表制造商的名字是假的。"

"但我没告诉你名字啊，福尔摩斯先生。"

"这无关紧要。我比别人更了解伦敦的街道，这是我的工作。我敢向你保证，希腊街上没有任何钟表制造商，但有炸弹制造商，不过他们最近并不活跃。"

"你证实了我的怀疑。那你现在怎么看这件事？"

副主教递给福尔摩斯一个带软木塞的瓶子。

"这是哪儿来的？"福尔摩斯问，往手心里倒了一点儿粉末，小心翼翼地闻了闻。

"座钟在书房的壁炉上冒烟时落在壁炉上的粉末。"

"真的吗？"福尔摩斯问道，"好吧，不管是从哪儿来的，这是火药，但肯定不是最好的火药。如果是好火药的话，它在盆栽棚爆炸前十二个小时就该在你的书房的壁炉上爆炸了。我认为，很可能是在书房时火帽没能把炸药引爆。"

"我现在该怎么做呢？"

"你应该回家待着，采取一切合理的防卫措施。我觉得你不会再有麻烦了。"

副主教的脸上露出了愤怒和惊慌的神情。

"你不去一趟奇切斯特吗？我真的需要进行防卫吗？"

"对你的威胁不是来自奇切斯特而是来自伦敦。如果有人拿着枪站在这个房间门口射击，你一定不希望我站在你身边，而是希望我上去缴他的枪吧？"

"很聪明，福尔摩斯先生，但是你不知道杀手是谁呀！"

"正相反，副主教，我很清楚他是谁。我觉得，他不会再找你的麻烦了。"

"那你告诉我他的名字！"

"这对你没什么帮助，真的，我认为这对你没有意义。你要做的是耐心地在家等待案子出结果。时间不会太长，最多一个星期，也许更短。有一件事你可以放心：找你麻烦的人不会再来了。"

"但是你什么也没告诉我呀！"

"正相反，我已经告诉你明确的做法和具体措施。你如果想让我来办理你的案子，就必须信任我。"

"好像我没有多少选择的余地，警察也不听我说的话。"

副主教很不满意，并再三暗示，对这样的帮助他拒绝付费。但他很清楚，那天早晨他继续留在福尔摩斯这里也不会再有任何收获。

5

这就是尊敬的约瑟夫·珀西拜访我们的经过。我并不赞成福尔摩斯的做法，但有一点他是对的，就是让副主教回家待着。这位牧师刚从我们这儿离开，我就听到街上传来马蹄声和车轮碾压街石的吱吱声，紧接着是一阵急促的门铃声。

"我觉得，"福尔摩斯说道，既没从椅子上起身也没走到窗前，"这位来访者是布莱格登勋爵。我这几天一直在等着他来呢。"

"真的吗？为什么？"

"我认为，他会在他认为合适的时间来告诉我们关于他堂弟双手的事。"

这时，哈德森太太通报说，有客人来访。

布莱格登勋爵把帽子放在衣架上，在指给他的椅子上坐下。

"福尔摩斯先生，我请求你不要放弃我的案子。"

"勋爵，这并不让我感到惊讶。"

我们的客人显得很困惑，但并不吃惊。

"我希望你还有你的同事华生医生，在接下来的几天里密切注视他，并且安排人监视他。上次我们谈话之后，我在家人和仆人中做了些调查。亚瑟勋爵以前的女仆告诉我，在过去的这两个月里，他在圣·詹姆斯大街的弗罗伦斯坦商店给克蕾门蒂娜夫人买过糖果。我总是认为，她不是死于投毒——是心脏病先夺走了她的生命！"

福尔摩斯稍微思考了一下，转向我们的客人。

"勋爵，我认为你堂弟可能患有精神错乱症，但不严重。更具体地说，我认为他是手相术的受骗者。手相术是一种看手相的技术。"

"这正是我来这里要告诉你的！"

"你并没有透露任何秘密。我是从他除了弹钢琴总是戴着手套的古怪举止得出结论的。你说，他弹钢琴的次数越来越少了，而我们知道，他的手没有受过任何伤，如果有的话应该能从他的手背上看出来。对他来说，最要紧的是不能让任何人看到他的手掌。为什么呢？因为那样别人会看到他的秘密。他认为，灾难就像丛林里的野兽一样潜伏在那里并且要加害于他。"

"真是太荒谬了！"

"勋爵,对你或我来说,这是非常荒谬的。但对一位相信占卜术、颅相术,相信魔法师,相信死人的物质有灵气的人来说,手相术的吸引力是巨大的。占卜术由来已久,可以追溯到数世纪前观看肩胛骨的裂缝和曲线的迷信做法。这种占卜术从中世纪的鞑靼人那里传到了英国,古时候叫作'肩胛骨解读'。"

福尔摩斯站起身,走到书橱前,拿出一本羊皮纸装订的破烂不堪的书。这在他的收藏中也算得上是一件珍品了。

"约翰·哈特利布写的《手相的艺术》,1943年在德国奥格斯堡出版。"福尔摩斯把书递给布莱格登勋爵。"你可以在这本书里了解到这种被称为手相术的艺术。这种占卜术的倡导者们声称,他们可以通过手掌纹预测邪恶和灾难。例如,生命线是从手腕的左侧延伸到拇指和食指的中间的弧线,如果这条线暗淡但是很粗,表明有罪恶的本性;如果这条线浑浊并呈红色,表明有暴力和残忍的本性。一个晚饭桌上的客人,哪怕是个新手,也能轻易地看懂掌纹。我想这就是亚瑟勋爵所害怕的吧。"

布莱格登勋爵说:"佩斯利公爵夫人告诉我,几个月前,我堂弟参加了在兰开斯特宫举行的春天欢迎会。参加晚会的人都很聪明,但并不明智。当时,有人在讲些新鲜的东西,有人说懂占卜,就看起了手相。亚瑟勋爵主动要求给他看手相。看手相的人叫波杰,他先拿起亚瑟勋爵的右手看,然后又抓住他的左手看。佩斯利公爵夫人告诉我,亚瑟勋爵让人看手相时脸色苍白,却强作笑脸。"

"结果就诞生了一位占卜术的信徒。"福尔摩斯冷冷地说,"在我看来,这明显有表演和欺骗之嫌。"

"波杰仔仔细细地看了很长时间,但只说了一句:'这是一只有魅力的年轻人的手。'亚瑟勋爵问他看到了什么,这个骗子说,他看到了亚瑟勋爵的一位远亲的死亡。很明显，他还看出了别的什么东西。公爵夫人说，塞普蒂默斯·波杰是位职业手相师，住在西月街。"

"他俩在晚会上没有再说别的吗？"

"后来，有人看到亚瑟勋爵和那位手相师在一起待了一会儿。有人听到亚瑟勋爵说：'告诉我实情，我不是小孩。'之后，波杰冲了出去。我堂弟说这句话时手里拿着支票簿，不管秘密是什么，他肯定是花钱买的。"

沉默了一会儿，福尔摩斯问道："你对说的这些有把握吗？"

布莱格登勋爵点了点头。

"有把握。有人对我说，第二天，亚瑟勋爵的一位朋友在他客厅的窗子旁边的小桌上的吸墨纸上看到了印下来的倒着的字迹。仆人还没来得及换新纸。那位朋友看到，上面写着'波杰'和一百零五英镑。一百多英镑啊，福尔摩斯先生！但遗憾的是，他那位朋友直到最近从法国回来才听公爵夫人说起那次晚会的事。现在我们就把故事的两部分连上了。"

"他花一大笔钱买的那个信息，"福尔摩斯若有所思地说，"肯定不是预测出他用乌头毒死克蕾门蒂娜夫人，因为那件事并没有发生。"

"那还会有谁有危险呢——如果预测有谋杀的话？"

"我有充足的理由认为，亚瑟勋爵就是那个给奇切斯特的副主教送座钟的人，但是他并没有达到目的。"

布莱格登勋爵一脸茫然。

"我压根儿就不认识奇切斯特的副主教！而且我肯定，亚瑟勋爵也不认识他。除了可能是这个骗子波杰对他念咒语或者施妖术什么的，还会有别的目的吗？"

歇洛克·福尔摩斯棱角分明的脸上露出厌恶的神情。

"勋爵,我不相信咒语,也不相信妖术。但欺骗是另一回事。我相信,我可以办你委托我的事情了——也是奇切斯特的副主教珀西委托我办的事儿,就是近期内密切注视你的堂弟。"

"他的男仆克雷肖会帮我看着他的主人。他会监视他在家的举动,其他时间由我们来负责。我将尽可能弄准他活动的时间而不惊动他。他今天下午没有约会,但晚上要去国会下议院开会。"

"关于什么的?"我问。

"曼彻斯特南部的国会议员约瑟夫·基思利先生是位现代理性主义者,他提出了一个物品销售案的修正案。这个法案提议,必须让算命师对由蒙骗而造成的损失或伤害承担法律责任。该法案来源于去年冬天高等法院在黑文翰的裁决,法官斯特罗德先生敦促立法院采取某种程序处理他所说的'虔诚的欺骗'。你还记得曾有一位江湖骗子利用死亡和灾难预言敲诈一位老太太的事儿吧?当时,那个骗子对老太太说,她的房子'受到了诅咒',想骗老太太以很低的价钱把房子卖给他。"

"的确听说过。"福尔摩斯回答道。他差不多是忍着呵欠在听。

"你知道,亚瑟勋爵是代表沙尔科特的议会议员。虽然作为公爵的孙子,他拥有'勋爵'的头衔,但他实际上并不是世袭的贵族,所以只能参加下议院的会议。为了能投票反对这个修正案,他肯定会参会的。"

"他不参加辩论吗?"福尔摩斯问。

"在近五年来参加的下议院会议中,除了说过一两次'赞同',他向来一言不发。他不经常出席会议,但他在下议院的席位很保险,一个世纪以来,沙尔科特一直是我们家的土地,租户都很忠实，所以在两次选举中我堂弟都毫无异议地当选了。"

于是，歇洛克·福尔摩斯和我第一次坐到了下议院的旁听席上。我们是由布莱格登勋爵提名而获得旁听资格的，他是上议院的议员，也是一名国会议员。

6

如果进不了国会大厦，我们永远也不可能追踪到亚瑟勋爵。只要到了那里，就不大可能把他给跟丢了。进门时，大厦门口的警察向我们敬礼并给我们指路。

天色已黑，一轮满月映照着维多利亚河面和河流下游的国会大厦的哥特式尖顶。悬吊在铸铁柱上的煤气灯沿着河堤排成一排，像一串均匀的珍珠。

现在正是议员们晚饭后在国会大厦讨论法令议题的时间，如果有必要的话，他们甚至会讨论到深夜。

我们来到下议院的旁听席，那里已座无虚席，人们都在等候旁听关于算命师是否承担法律责任的辩论。布莱格登勋爵四下张望着，看到我们就座，便点了点头。

辩论已经开始了。曼彻斯特南部的国会议员约瑟夫·基思利先生正站在左边的讲台上发言。他又高又瘦，稀疏的灰色头发像被风吹了似的一边倒，黑色的燕尾服敞开着，眼镜里反射着光。他的论点反映出他是一个彻头彻尾的理性主义者和不可知论者。他讲了那个寡妇差点儿被算命的骗子骗走财产的故事。基思利先生满脸通红，要求国会重新立法，惩罚那些打着迷信的幌子抢劫的人。

他的提议得到了另一方的一位内政部的助理部长的回应。这位官员的态度平和，声音悦耳，与基思利先生愤慨的语气形成反差。

我的眼皮很快就开始打架了。以前我读有趣的国会辩论报告时从未意识到新闻界省略了这么多让人难以忍受的繁文缛节。我只听见那位助理部长用调侃的语气把手相术称作"茶话会和露天市场上无害的消遣"，然后就什么也不知道了。直到福尔摩斯使劲儿捅我的肋骨我才醒来。

一位年轻的议员站起来，问这位部长，他依据什么断定手相术是无害的消遣。我打起精神仔细地往前看。这位年轻人戴着黑色大礼帽，这象征着他的发言资格。他与布莱格登勋爵面部的相似之处、黑色的卷发以及贵族式的弓背，都显而易见地说明，这位肯定就是亚瑟·萨维尔勋爵。经历了这么久一言不发的国会议员生涯，他的雄辩欲望终于被某种东西激发出来了。

听了他的话，我怀疑自己是在做梦。他很生气地质问那位政府的助理部长：怎么可以认为算命术的"乐趣"是无害的呢？算命术的害处简直俯拾即是，于是他便开始列举起来。我盯着这位年轻人，觉得他肯定是站错了立场——他在支持宣告算命为非法行为，而不是允许这种行为！他为什么会突然戏剧性地改变了主意呢？

助理部长对他的勃然大怒迅速给出了轻松巧妙的反驳，对"这位沙尔科特的贵族议员肆无忌惮的言论"漠然处之。政府不会采取干涉措施将算命行为视为犯法行为。这位部长发言人还在继续慢慢讲着，但我没有再听下去。我和布莱格登勋爵的想法一样，都以为亚瑟勋爵参加辩论是为了反对用法律形式迫害算命师，没想他竟然改变了立场，转而支持修正案。我瞥了一眼福尔摩斯，从他的脸上看不出他对这种彻底的改变有一丝的诧异。

这时我才注意到，在我的前排有一个人靠边坐着。这人很胖，脸上的皱纹很深，穿着棕色薄面料的轻便夏装，衣服穿在他肥胖的身体上简直像个口袋。亚瑟勋爵起身提问题时，这个人深深地舒了口气，听到问题被助理部长驳回时，他转过身对我们笑了笑，脸上露出得意扬扬加上如释重负的复杂表情。

最后进行分组投票表决。虽然议院的人数不全，还是进行了投票。只有四分之一的议员参加分组表决。支持对算命师的行为重新立法的赞成票投在民众接待厅的左侧，反对票投在右侧。从涌到右侧的人数来判断，认为算命术无害的一方会轻而易举地获胜，但是亚瑟勋爵不在其中。我把目光转向左边，看到只有二三十位议员投赞成票支持立法约束这种行为。亚瑟勋爵就站在投赞成票的队伍的最后。

议员们投完票后回到了座位上。计票员把投票结果交给了议长先生。

结果跟我预料的一样。

"投票结果出来了：三十一票赞成，九十五票反对，没有弃权票。我宣布，该提议以六十四票之差被否决。"

7

亚瑟勋爵回到了自己的席位上，因为他是即将开始的畜牧业者辩论中赞成方的计票员。我们知道，辩论结束或休会前他会一直待在那里。

布莱格登勋爵把我们领到他在上议院那边的房间里，从他的房间可以观赏到跨越泰晤士河的国会大厦露台上的优美风景。他站在书桌旁，倒了三杯威士忌，然后递给我们每人一杯。

"他为什么要问那个愚蠢的问题呢?他为什么要投赞成票支持那个他曾指责是伤害自由和亵渎文明的法律呢?"

"敲诈。"福尔摩斯干脆地说。

"敲诈?他怎么会被敲诈呢?"

"勋爵,恕我直言,如果那个手相师的事儿是真的,那这件事可能会让亚瑟勋爵触犯法律或者做了在公众面前丢脸的事情。"

"是什么事?"

"相当于谋杀吧,我认为。"

"但是我堂弟并没有杀任何人呀!"

"可能没有。还没杀呢。"

布莱格登勋爵已经吩咐门卫在议院辩论开始投票时提醒他。亚瑟勋爵是计票员,所以公布结果之前他是不会离开的。在他离开国会大厦时通知我们,这样我们刚好能跟踪他。我们大致是这样考虑的。

当我意识到布莱格登勋爵的安排出了问题时,已经晚了。我们并没有接到亚瑟勋爵要离开的消息,却听到走廊里响起了熟悉的国会大厦每天宣布工作结束的声音,像是城市街道上巡夜人的喊声。

"谁要回家?谁要回家?"

我们对视着。他去哪儿了?福尔摩斯和我根本没法去找他,因为这栋楼的大部分区域我们都没有资格进入,况且,我们也不知道从哪儿找起。

"请你们在这儿等着。"布莱格登勋爵果断地说,"我去找他。如果门卫看到他要离开会告诉我的。亚瑟勋爵一定还在楼里的某个地方。"

布莱格登勋爵走了出去。

福尔摩斯和我坐在窗旁,从那儿能看到露台和从国会大厦下穿过的泰晤士河。借着远处河堤上的灯光,我们可以看到行驶在阿尔贝堤上的出租马车。河面上,一只拖轮正拖着三只驳船,朝巴特希和朗伯斯码头向下游驶去。

"我不明白这是怎么回事儿。"我说道。

"你好像是不明白。"福尔摩斯耐心地应道,"但是劳驾,请安静地看着河面。但愿没人发现我们。"

我仔细观望着从新宫院一直延伸至整个国会大厦的露台。我看到有个人正背对着河来回踱着,好像在等什么。他戴着黑色大礼帽,抽着雪茄。

"他就是坐在旁听席上的那个人。"我立刻说道。看他那块头和那件穿在身上像口袋一样的夏装,准没错。"就是那个在亚瑟勋爵很失礼地打断助理部长时转身对着我们微笑的家伙。"

"正是。"福尔摩斯平静地说,"我当时看了他拿的出入证,知道他是《心理研究季刊》的记者。如果这是一份高级刊物的话,他当时应该坐在记者席上。"

"他跑到这里来干什么?"

"注意观察,其他什么也不用做。从他出现在旁听席上和刊物的名称看,我们可以推测,他就是塞普蒂默斯·波杰先生,他在兰开斯特宫的春季晚会上看手相的事儿,可能就是亚瑟勋爵今晚奇怪地改变主意的原因,弄得亚瑟勋爵突然开始反感算命术。"

"这么说,他戴手套是为了隐藏他的手?"

"华生,是隐藏他的手掌。他弹钢琴时,一点儿也不在乎露出手背啊。我想,你应该想得到,根据波杰的预言,他左手掌上的生命线预示着谋杀。"

"福尔摩斯,你可不能相信这个!"

"头脑简单的亚瑟勋爵相信就够了。你能按他的思维方式思考一下吗?如果他必须杀人的话,那么他就会去杀害一个跟他没什么关联、生死不会让他太挂心的人。克蕾门蒂娜·彼彻姆夫人晚饭后喝咖啡时吃了一块糖果盒里带乌头毒剂的巧克力,然后就一命归西了。这么个垂垂老矣的人去世,谁能想到是被人谋杀的呢?谁会怀疑到远在几百英里以外的威尼斯而且没有杀人动机的亚瑟勋爵头上呢?当他听说她是自然死亡时,才开始感到害怕,觉得无论如何必须检查一下糖果盒里面,并将剩下的巧克力清理干净。但是里面什么也没有了。他大概以为糖果盒里的印痕只是巧克力印痕而已。"

"那副主教珀西的事呢?"

"我承认,这件事有点儿让我伤脑筋。希腊街 199 号没有钟表制造商,因为那条街根本就没有 199 号。钟表的爆炸装置是由伦敦的一个业余制造者安装的,效果很差。中午 12 点的时候,第一个火帽只是偶然引爆了一小部分火药,只是点着了在邮递的过程中露出的一点点火药,所以没有产生巨大的爆炸力。半夜 12 点时,剩下的火帽才受到敲击,发生了大的爆炸。"

"亚瑟勋爵是制造炸弹的人吗?"

福尔摩斯摇了摇头。

"我认为不是。虽然那活儿干得很粗糙,但即使那样他也干不了,是他委托别人干的。这种款式的座钟是 1871 年为了庆祝第三共和国的成立在法国制造的,在英国很少,只是拿来把玩的物件而已。我们英国人对法国大革命没什么兴趣。根据拉斯特雷德探长的资料和海关的记录,这一年进口到英国的这种钟不超过六个,其中一个寄给了莱尔街的塞尔维亚新闻机构的埃里瓦斯·路撒(Elivas Ruhtra)先生。"

"埃里瓦斯·路撒是谁？一个塞尔维亚无政府主义者会对副主教珀西有什么兴趣呢？"

"华生，人们使用化名或给锁设定一长串密码时，都会担心忘记或弄混，因此，常用1、2、3、4这几个数字或自己的生日。萨维尔·亚瑟勋爵先生只是个业余杀手，脑子糊涂，甚至可能连化名都记不住。要不是身为公爵的孙子，他可能只能生活在济贫院里或者在街上卖火柴了。不过，自己的真名他是不会忘的。"

"他就是埃里瓦斯·路撒？"

"亚瑟·萨维尔（Arthur Savile）倒过来写就是埃里瓦斯·路撒（Elivas Ruhtra）。尽管他脑子很笨，但还不至于连这个都记不住。那个副主教和他没有任何关系，是他在圣公会圣职者名册中八十岁的老人名单里挑选出来的。这样，亚瑟勋爵就找到了第二个谋杀对象，而他自己看似没有任何动机，跟被杀者也没有任何关系。他认为，那个座钟会在爆炸时跟那位副主教一并归西，从而成功地完成谋杀，让可怕的预言实现。"

我指了指窗子。

"塞普蒂默斯·波杰在这件事中扮演什么角色？"

"敲诈。波杰始终监视着他，他只需要向世人，也许是向苏格兰场，告发亚瑟勋爵，说他相信自己命中注定要杀人。亚瑟勋爵弄乌头或炸药的线索很容易找到，这样，克蕾门蒂娜或副主教的死就不再是看起来的那个样子了。布莱格登勋爵在亚瑟勋爵的吸墨纸上看到的那一百英镑的支票印痕是能说服我的最后一个证据，那个数字对于支付一个手相师的咨询费来说高得离谱，但如是掩盖谋杀的封口钱，就不算高了。"

"这就是你的证据？"

"不是全部。我相信，其余的证据很快就能找到。"

说话间，我看到一个身影正朝波杰走去。借助周围的灯光，可以看清萨维尔·亚瑟那贵族式的驼背。如果福尔摩斯说得没错的话，这是一次敲诈者和受骗者之间的秘密会面。夜里的这个时间，议员们都已经回家了，不会有人注意到这个地方。

我以为这两个人会发生一场冲突或是一场争吵，最后亚瑟勋爵让步，再掏一张支票或钞票了事。

亚瑟勋爵走上前，双手藏在燕尾服下面。

亚瑟勋爵走近了。波杰大叫了一声，突然用手做了一个动作，像是要把对手推开，但他被堵在了一个齐腰高的墙角。亚瑟勋爵的手迅速地动了一下，我发誓，灯光下我看到了一把刀。我看了看福尔摩斯，但他一动没动。

塞普蒂默斯·波杰的动作和任何人在那种情况下的本能反应一样，他手扶着墙向后一跳，一下子坐到了墙上，双脚朝着亚瑟勋爵又踢又蹬，想要挡开他。亚瑟勋爵把刀扔掉，抓住波杰的脚腕，把他的身体向后一翻，然后松开手。又一声叫声传来，但比前一次要弱。然后，随着水花溅起，我听见了身体摔到石头上的声音。

亚瑟勋爵站在墙上，望着河水。现在，即使他想做什么也办不到了。波杰已经坠入泰晤士河中，急速地顺流而下。我看不清波杰是死是活，也看不清他在哪里。他从世间消失了。我可以辨认出，一艘拖轮的正前方漂着一顶黑色的大礼帽。

福尔摩斯说："即使亚瑟勋爵现在呼救，那个骗子也没救了。天太黑，水太急，根本没有办法救人。不过这样更好，正义以这种神秘的方式得到了伸张。塞普蒂默斯·波杰是罪有应得，他是自己的死亡设计者，从头至尾设计得很周到。"

"设计他自己的谋杀？"

福尔摩斯系上衣服扣子,戴上手套。

"当然。"

"如何设计的?"

他看了看我,头歪向一边,做了一个失望的手势。

"我亲爱的华生,如果一个手相师告诉我,我命中注定要杀人——如果我相信他的话——我应该立即杀了他来解脱自己。还有别的法子吗?但是,亚瑟勋爵因为'心肠太软',每次都选择离死亡不远的人作为谋杀对象。"

"我们不用做什么吗?"

"没什么需要做什么,我的老伙计。"

"至少我们应该搜查一下波杰在西月街的住处,拿走那些有失体面的材料或跟本案相关的证据吧?"

他笑出声来。

"敲诈者只是对受骗者假称手里有控告的证据,其实他们很清楚,这样的文件就像一把刀,会让自己比受骗者受到更大的伤害。这些无赖一贯都是用脑子装着这些东西——塞普蒂默斯·波杰脑子里装的东西都随行驶而过的拖轮和驳船消失了。我们还是向布莱格登勋爵告辞,回贝克街去吧。我想,接下来的一两个星期,我们要关注一下报纸专栏。"

第二个星期,布莱格登勋爵来信告诉我们,萨维尔·亚瑟勋爵得了神经衰弱症,正在贝克斯希尔海滨的一家治疗精神错乱的诊所疗养。他过得很好,还挺开心的,近期内不会出院,所以不需要福尔摩斯和我的保护。

又过了一个星期,9月的一个晴朗的早晨,空气中透着一丝秋意。刚吃过早饭,我打开《晨报》,知道我们对萨维尔·亚瑟

勋爵的担忧可以画上句号了。

  星期天早晨7点，著名的占卜师塞普蒂默斯·波杰的尸体被冲到了船舶酒店前的格林尼治海岸。这位不幸的绅士的身份是通过他口袋里的东西和他的指纹被辨认出来的。他的尸体好像是撞到了河里的一艘汽船上。他失踪大约两个星期了，此前，伦敦的占卜界对他的安全非常担忧。据推测，波杰先生是由于过度劳累引起的暂时性精神错乱而自杀，今天下午验尸陪审团公布的一份鉴定报告证明了这个结果。波杰先生刚完成一篇精心写作的关于人的手相的论文，很快就会发表，肯定会引起很大关注。逝者64岁，好像没有亲属。

  福尔摩斯看完后，放下手中的报纸，盯着窗外柔和的阳光。
  "老伙计，之前你提议去伊尔弗勒科姆和滕比待上一两个星期的事儿，我没太在意。现在离9月底还有些日子，阳光明媚的日子里雾气也不算大。我一直在考虑做一项关于善意动机引发的刑事犯罪的专题研究，也就是诗人勃朗宁所说的'诚实的小偷'和'温柔的杀人犯'。我想，大西洋海岸温暖的秋日一定会有益于我写这篇论文的。"

国王的罪恶

1

1884年10月,一个寻常的秋天的早晨,我收到了一封刑事侦查案的求助电报,这不免让我感到十分诧异,因为寄到贝克街221号侦探事务所的信几乎都是写给歇洛克·福尔摩斯的,极少有写给我的。我和福尔摩斯认识以后又当过一段时间的医生,所以起初还有一些病人找我,但我一般在自己的检查室里约见那些紧急求助的人。不管电报的主人爱丽丝·沙斯泰尔诺,一位林肯郡梅布尔索普城的奥本莎青年女子学校校长,遇到了什么麻烦,都很显然是一件紧急的事儿。当时,正好我和福尔摩斯手头没有要紧的事,我就立即回复了沙斯泰尔诺小姐的电报。考虑到她来我们这里的路程,我约她第二天下午4点在贝克街见面。

不到一个小时我就收到了她的回复。她第二封电报里说,她的两个弟弟在两天前也就是星期天的晚上失踪了,情况令人十分

不安。果真如此的话，我反倒奇怪她为什么不首先咨询歇洛克·福尔摩斯。

我跟福尔摩斯说了这件事。

他叼着烟斗，读着《晨报》，只是笑了笑，并没有放下手里的报纸。

"她的两个弟弟失踪了……哦，这倒是给这件看似平淡的案子增添了点儿刺激。华生，别担心，明天下午你的委托人来访时我可以给你腾出客厅来。"

"她大概更希望你也在场。"我赶紧说，"当然，除非是这位小姐本人的身体出了问题，那样的话我就只好单独见她。"

他又只是笑了笑，没再说什么。

几个小时过去了。我越发觉得，沙斯泰尔诺小姐应该咨询福尔摩斯，而我只是在咨询中做个副手。我哪能介绍他是我的下属呢，我根本说不出口呀。这一点福尔摩斯跟我一样清楚。的确，他更喜欢看到我被当作他所说的"前辈"时的尴尬处境，并且乐此不疲。

第二天下午，沙斯泰尔诺小姐准时到访，刚好与我们一起喝下午茶。她举止严谨得体，外表整洁秀丽，优雅自然，鹅蛋脸透着娴静，有一种未婚女子特有的魅力。浅棕色的头发紧紧地拢在后面，勾勒出面孔的轮廓，颇有古典气质，让我联想到夏洛蒂·勃朗特①和19世纪40年代的"女式无边帽"。我猜测，她的年龄在四十至四十五岁之间。

---

① 19世纪英国著名作家，与她的两个妹妹艾米丽·勃朗特和安恩·勃朗特在英国文学史上有"勃朗特三姐妹"之称。

福尔摩斯立刻表现得礼貌文雅,俯身把她让到壁炉旁边的扶手椅上。如我所料,他并没有让出客厅的意思,只是说了句:"如果您想跟华生医生单独谈就只管说。"

沙斯泰尔诺小姐没说什么,从包里拿出一个信封,直截了当地说明了她来访的目的。

"我带来一封信,是我同父异母的弟弟亚伯拉罕·沙斯泰尔诺写给某位医生的。我怀疑他是否真的有熟悉的医生姓名可以往上写。我希望你们别介意我习惯称我的两个同父异母的弟弟为'弟弟',这样可以省去一些令人烦恼的猜测和闲话。"

我觉得她的这种做法看起来微妙而刻意,不过也许正因为此她才会成为奥本莎青年女子学校的校长吧。

她继续往下说道:

"信封里的信是星期天晚上我在亚伯拉罕和罗兰失踪后发现的。我没给任何人看过,想先给一位医生看看。在梅布尔索普城我就听说过跟贝克街的福尔摩斯合作共事的华生医生。这封信以及我弟弟的失踪让我觉得,我应该来找您求助。"

她看上去是位让人敬畏的年轻女士,文雅而果断。在这种焦虑时刻,她表现得比预料的要沉着。

"先跟我说说您两个弟弟的情况吧,沙斯泰尔诺小姐。"

"他们是萨顿十字口河口湾的古灯塔管理员。这座古灯塔坐落在梅布尔索普城南部大约四十英里处的沃什海岸,就在金斯林①的上游。这不是一座正规的灯塔,只是一座用九根木桩支撑起来的信号站,上面有一间营房和一间灯室,建在河口湾附近的泥沼中。涨潮时,灯塔与两岸陆地隔绝的时间有一两个小时

---

① 位于英格兰东北诺福克郡,现在是英国王室最爱的圣诞度假地。

左右。"

"那这封信是怎么回事?"

"星期一早晨天还没亮,灯塔的机械就出了故障,灯室里的灯亮了,之后不久,我的两个弟弟失踪了。那天晚些时候,我从梅布尔索普城赶过去,在营房的桌子抽屉后面发现了这封信。信我已经看过了,华生医生,我想请您也看看。"

说着,她把信递给我。看完信后,我立刻就愣住了。这位校长的举止中表现出的冷静、沉着和她弟弟的信中所表露出的那种缺乏教育的拘谨、卑微的态度极不相称。要不是事先知道,我几乎不敢相信他们是姐弟。

发信人的地址写在信的顶端:古灯塔,萨顿桥,波士顿海。众所周知,波士顿海是穿越这片浅水域和沃什淤泥水域的通航渠道。林肯郡海岸的海岸线在几个世纪前就蚀退了,这条航道现在已极少使用。以前我一直以为,这块陆地像东英吉利亚①的其他地方一样一马平川,适合建造灯塔。萨顿十字口的这座信号站可能是用来提醒来往船只,行驶到波士顿海时注意危险。

我瞥了一眼信的下端,看到用不整齐的大写字母写着亚伯拉罕·沙斯泰尔诺的名字。这不是常见的英国姓氏,让我想起东英吉利亚曾是法国基督教新教徒工匠的家乡,他们在二百多年前为了逃避宗教迫害从法国逃到这里。

这封求助信是写给"亲爱的医生"的,这位医生是谁,我不得而知。

> 我染上了邪恶之苦,疼痛难忍。我已经忍受多年

---

① 英格兰最东的区域,沿岸有重要的渔港。

了，偶尔会觉得，我也许已经摆脱了，但我错了。我听说一位圣人可以帮助我，我曾一度以为找到了秘诀，但现在又没戏了。我如果有妻子也许能好些，但我有了这个污名，哪个女人肯陪伴我这样的男人啊？我没法隐藏我的真实状况，所以没人会靠近我。我需要一位能创造奇迹的外科医生，如果您是那个人，请写信告诉我要花多少钱。

    您忠实的亚伯拉罕·沙斯泰尔诺

我读了一遍后，把信放下。
"看到这封信时，我想，也许他听说过您和您的同伴。"沙斯泰尔诺小姐轻声说道，"但我不知道这是写给谁的。肯定是写给您这样的人的，因为他在萨顿十字口根本不认识什么医生。"

我又看了看信。这的确是封奇怪的信，信中不止一处让人有这样的感觉。笔迹显示出写信的人是一个半文盲，组句方式又显露出他有一定的修养。在措词上，写信的人用的是"外科医生"而非"医生"、"染上"而非"遭受"之类的词。毫无疑问，亚伯拉罕·沙斯泰尔诺没有受过教育，然而他却听说过圣人的传说。他是从谁那里知道这段历史的呢？看得出，这个人极少写信，只是偶尔为之，但从他的表达方式可以看出他跟受过教育的人有交往。难道这封信是别人口述给他的？

"沙斯泰尔诺小姐，这里的确存在很多疑点。如果这封信是放在抽屉后面的，那它放那儿有多久了？信上面并没有写日期，那您弟弟是什么时候写的？他真的是写给某个人的吗？您能让我的同伴歇洛克·福尔摩斯也看看这封信吗？"

爱丽丝·沙斯泰尔诺点了点头。

福尔摩斯低着头快速地读了一遍信，然后对着壁炉伸了伸腿，又重新把信读了一遍，但这次的速度稍慢些。他还没来得及发表意见，房东哈德森太太敲了敲门，端着银制茶盘，拿着亚麻桌布走进来，倒上茶，递上三明治，拉上窗帘，遮挡住越起越浓的雾，然后离开了房间。

煤气灯点着了。

福尔摩斯转向我们的来访者。

"沙斯泰尔诺小姐，我认为您还得帮帮我们。有两件事很清楚。首先，您的弟弟，如果我可以这么称呼的话，在精神上有问题。其次，他写了我们刚读过的这封信后就和您的小弟弟就失踪了。您认为这两件事之间有联系吗？还是说只是其中的一件需要我们调查呢？"

沙斯泰尔诺小姐面无表情地直视着福尔摩斯。

"福尔摩斯先生，我不清楚。这正是我到这儿来的原因。他俩都是我同父异母的弟弟，跟我关系比较疏远。我父亲约翰·沙斯泰尔诺是油渣饼制造商，给乳牛场供应饲料。我母亲去世后，他娶了第二任妻子。我同父异母的大弟弟亚伯拉罕出生时我才十六岁。那时，我有一年多的时间身体不好，被怀疑患了肺结核，我母亲也是死于这个病。继母在金斯林附近的海岸租了处公寓，我住在那儿养了几个月的病。不久后，亚伯拉罕出生了，我继母就回家了。我后来在梅布尔索普城的奥本莎青年女子学校上学，毕业后留在学校做助教。四年前，继母去世后，我被她的托管人雇用。"

"应该祝贺您。"福尔摩斯轻轻地说，"请继续。"

"我的生活跟我的两个弟弟完全不同，我们的年龄差距比较

大。他们一直住在萨顿十字口海岸的小村庄里,起初跟着我父亲做奶牛油渣饼生意。后来,那里的沼泽渐渐干枯,建起了乳牛场。父亲在萨顿十字口的生意最初很赚钱,雇了十几个人。后来,因为建了铁路,乳牛场的生意越来越惨淡,饲料的价格也越来越便宜。最后,我的两个弟弟只得到了很少的遗产。"

很显然,他们姐弟间的关系并不密切,这让福尔摩斯放开了思路。

"沙斯泰尔诺小姐,如果您想让我们调查他们的下落,请告诉我们一些他们的其他情况。首先,他们是什么样的人?我并不想强求您,但如果想调查成功就得赶紧动手,因为这些谜团的线索可能稍纵即逝。"

面对这样的警告,她依然沉着冷静。要不是知道她跟两个弟弟的关系不密切,我肯定会认为,沙斯泰尔诺小姐是个冷漠无情的人。

"福尔摩斯先生,我跟他们没多少来往,并不是因为我冷漠。和其他许多兄弟姊妹一样,我们不生活在一起,而是生活在完全不同的圈子里。但我可以坦率地告诉您,我知道,他们在那个地方人缘不太好,曾经跟别人争吵和打架。我的这两个弟弟都不善社交,亚伯拉罕喜欢一个人待着,罗兰也讨厌周围人对他的好奇心。"

"他们是怎么当上古灯塔管理员的?"

"自从十多年前我父亲去世后,他们的麻烦就开始了。父亲的油渣饼制造生意没能让他们支撑多久。这条河上的那座老房子以前是一个仓库,空置了一段时间以后被改成了信号站。后来,我的两个弟弟被雇为这座信号站的管理员。亚伯拉罕和罗兰既在这里当管理员,同时也为自己找到了一个栖身之处。虽然他们住的地方离村庄不到一英里，但周围全是湿地和流沙，方圆十二英里内都被几个小时的海路阻隔着。"

我向她建议："请您再告诉我们一些古灯塔的事。"

"灯塔建在河口的淤泥中，位于下游一英里左右的地方，用几根离水面大约 18 英尺的木桩支撑着。从河滩到营房门口有个铁梯子，周围都是湿地和沙滩，四周是流沙地，他们管这一带叫作'颤抖的沙滩'。"

"这个村子的情况呢？"我问道。

"萨顿十字口建在古罗马海堤上。河上的第一座桥建于五十年前，之前只能靠涉水过河。现在又新建了一座铁桥，桥下全是沼泽。自打河上架起了桥，村庄发生了翻天覆地的变化，只有客栈和教堂还是几个世纪前的旧貌。"

福尔摩斯把手插进口袋，在炉边思考着，脸上露出了微笑。

"沙斯泰尔诺小姐，几天前我去萨顿十字口参加了剑桥大学的杰布教授举行的大学生阅读会。我记得，在那座桥下的河边有条小路，就在客栈附近。小路一直通向河口的沼泽。我记得，以前在林肯郡和诺福克郡两边都有信号灯。"

沙斯泰尔诺小姐点了点头。

"五十年前，船从大海驶入河道还需要这两盏信号灯引航。现在那里成了淤泥，已不能再行船了。距离河口一英里的河上架起了桥以后，河两岸的生意慢慢萧条了，信号灯不再使用了。只有林肯郡河岸的古灯塔还在为波士顿海的泊船引航，但如今已经没有多少船只在那里泊船了。"

福尔摩斯说："我记得，有座很有特色的中世纪教堂，教堂的旧塔楼的一个角上有座高高的角楼，角楼里有一个旋转楼梯，塔楼的顶上有盏灯。这个塔楼大概比任何灯塔都要古老，它还在使用吗?"

"它照射不了那么远,已经不用作船只导航了。如今它跟古灯塔一样,只用来给在沙滩里捕鱼或打猎的人当路标。那些沙滩很危险,特别是在天黑以后或有雾的时候。"

"现在我们再回到您弟弟的问题上来。他们是什么样的人?"

"罗兰是小弟弟,"她简单地说,"村里的年轻人都嘲弄地叫他踩高跷的人。"她转向我,"您知道这个称呼在沃什海岸是什么意思吧,华生先生?"

"我不知道。"

"人们叫他踩高跷的人,是因为他憎恶变化,而别人都喜欢变化。几个世纪前,渔民和猎人常在危险的浅谈和沙滩上踩高跷,现在踩高跷这个习俗早已濒临消亡了。总之,他被叫作踩高跷的人,是年轻人对他的鄙视。"

"您的大弟弟,就是写信的那个人,是个什么样的人呢?"

沙斯泰尔诺小姐想了一会儿,然后小心翼翼地说道:

"他很孤独。我认为,他是约翰·班扬①作品中的巨人式人物,总是与失望为伴。他跟罗兰完全不同。他们两人都依靠手工、打猎维持生计,但亚伯拉罕一直生活在梦想与传奇、历史与浪漫的世界中。他总能从中找到安慰,但这些似乎又总让他感到失望。"

"他有梦想,这让人钦佩。"福尔摩斯直了直身子,说道,"他们兄弟关系融洽吗?"

"不,"她静静地说,"我觉得不融洽。因为生活窘迫,他们

---

① 英国著名作家,他写的《天路历程》被誉为"英国文学中最著名的寓言"。

不得不一起住在古灯塔的营房里。我不是很了解，但我觉得，最多是一种互不关心的生活吧。"

她把身体靠在椅子上，好像事情讲完了，停顿了一会儿。

"还没讲完吧？"福尔摩斯轻声说道，"要是我没弄错的话，这件神秘的失踪事件中应该还有些您清楚但我们还不知道的事情。这样不行，沙斯泰尔诺小姐。如果您想让我们帮忙的话，就请让我们知道这件事最重要的部分。"

她脸颊微红，却仍直视着福尔摩斯。

"福尔摩斯先生，您刚才说的那个萨顿十字口的老教堂的角楼里有个旋转楼梯，可以通向屋顶和灯塔。天黑后，灯光可以给猎人和渔民指路，以防他们陷入沼泽。夜幕降临后，行人可以通过那盏灯和前滩的灯塔判定自己在沼泽中的位置。即使在潮水淹没脚后跟或在大雾中，依靠这两盏灯，行人也可以找到回家的路。秋天里的雾气和水汽，跟涨潮的海水或颤抖的沙滩一样，是行人的大敌。"

她顿了顿，第一次露出了说不下去的神色，然后接着说：

"上个星期天的晚祷之后，傍晚的时候，教堂司事和牧区司铎登上塔楼去点灯。薄暮时分，天色还不是太黑。随着涨潮的到来，雾气越聚越浓，就像一层薄帘笼罩着河岸。潮水还没有涨到湿地。这两个人登上旋转楼梯的台阶时，忽然听到了一声枪响。"

"是什么枪？"

"是猎枪，福尔摩斯先生。枪声是从湿地方向传来的。这在白天很常见，但很少在傍晚时分发生，除非是发信号。他俩爬到屋顶的通道时，涨潮速度加快了，河口越来越窄，潮水漫过了湿地。更糟糕的是，福尔摩斯先生，沼泽和泥滩变得一样高，这种情况很罕见。如果你站在一片没有被潮水覆盖的沙滩上,海水在离你一百码之外的地方,你会觉得很安全。但如果海浪已经把你包围,涨到后背一样高的潮水和已经被潮水淹没的沼泽断了你的后路,坚硬的沙滩正在变成流沙,随后海水从四面八方蜂拥而至,速度比人跑得还快,你在暮色中会觉得加倍危险。您明白吗?"

"完全明白。"

"上个星期天晚上,那个时间待在沼泽里或浅滩上的人是很危险的。教堂司事很快点着了古灯塔里的信号灯。然后,吉尔默先生,就是那个牧区司铎,和教堂司事看到有两个人在浅滩上。因为离得太远,光线很暗,所以很难看清楚他们是谁。他们好像在扭打,一个人抓着另一个人,然后俩人倒在地上。开始被抓着的那个人爬起来跑了,另一个人又追上去,抓住他,把他摔倒在地。暮色越来越浓,雾气越来越重。俩人在又软又滑的沙滩上不停地摔倒。如果他们真的是在打架的话,那样子好像谁也赢不了。牧区司铎和教堂司事站在塔楼顶上,离得太远了,就算是豁出命去也帮不上什么忙。"

"也许他们以为那两个年轻的家伙是在闹着玩儿吧?"我问道。

"华生先生,了解沙滩的人是不会在那种地方闹着玩儿的。"

"那好吧。"

"因为离得太远,吉尔默先生和那个教堂司事看不出那两个人的年纪。从那时起,再也没人见过我的两个弟弟。第二天早晨,潮水退去后,因为一位船员发现古灯塔的信号灯在天亮前一小时左右突然不亮了,两个警察去了古灯塔。我从梅布尔索普城赶到那儿,在他们的帮助下爬上梯子进了那间营房,在桌子抽屉里看到了这封信。"

她说罢,沉默了一会儿。

福尔摩斯打破了沉默。

"第二天您到营房的时候,没注意到别的什么东西吗?"

"我在亚伯拉罕挂在门后的夹克衫口袋里发现了一粒石子。"

"什么样的石子?"

"我没仔细看。石子是用一张纸仔细包着的。起初我还以为,那张纸上写着什么东西呢。结果什么也没有,只有一粒石子。"

"现在石子在哪儿?"

"我拿走了,我认为这个对警察没什么用处。"

"沙斯泰尔诺小姐,您错了。您现在随身带着石子吗?"

她把手伸进上衣口袋,拿出了那张折着的纸。如她所说,上面什么也没写。我站起身,走到福尔摩斯身旁。福尔摩斯把包石子的纸打开。我们看到了一粒小石子,上面沾着黏土,像是海岸边那种粗糙的石子,最多也就拇指指甲那么大。

"沙斯泰尔诺小姐,如果您愿意的话,我想借用这粒石子几个小时,仔细研究一下。您一定想今晚就返回梅布尔索普城吧?那我们送您去国王十字车站。明天中午华生先生和我在萨顿十字口等您。我会随身带着这粒石子。我不敢向您保证这件神秘事件的结果如何,但从您告诉我们的情况来看,我相信,您弟弟的失踪之谜会在三天内揭开。"

"一粒石子会对您有什么用处呢?"

"如果石子没有被这么精心地包着,我也许会觉得它没什么用处,然而,它被这么细心地包着反倒让我觉得这是块有用的石头。虽然它来自软泥河床,但实际上它并不是软泥河床上的石子。我还没有得出结论——但将其他证据一并考虑的话，它就很能说明问题了。"

2

那天晚上，我们把沙斯泰尔诺小姐安全地送上了火车。

回到住处，福尔摩斯把托盘放在他的工作台上吃着晚餐。工作台上沾满了盐酸，残留着化学"实验"的痕迹，一片狼藉。工作台上还摆着一副眼镜和一把镊子，盘子里放着一把污渍斑斑的铅笔刀和一把手术刀，还有一把拆开的左轮手枪放在那里两三个星期了，等着他收拾。吃完晚饭后，福尔摩斯换下了正式的黑礼服，穿上了紫色便袍。

10点钟后，他又弓着背仔细研究那块我们称之为"沙斯泰尔诺石子"的石子。他用一副珠宝商用的放大镜使劲儿地盯着那块小石子看了好几分钟，然后直起了身子。

"华生，我相信，我们能做得更棒。我们可不是大街上那些普通的手表和首饰供应商。"

我们把沙斯泰尔诺小姐送到国王十字车站回来后，他几乎没有说过一句话，有半小时没主动跟我搭话了。他从椅子上站起来，走到他的"自然科学"橱柜前，取出一件仪器。那是一台红木贴面吸湿天平，底座上盖着"E. 迪尔特林，伦敦"的金印章。

他坐下来，把天平摆在面前。

"华生，我觉得，我们现在的室内温度大概有华氏60度吧，你觉得呢？"

他终于开口说话了。

"肯定不会低于这个温度，因为房间里生着火而且还拉着窗帘。"

福尔摩斯掏出"沙斯泰尔诺石子",用一把细毛刷把可能粘在上面的浮尘扫掉,用天平称了一下石子的重量,然后用镊子把石子取下来,放入一小罐水中,又把细毛刷放入水罐里,重新刷了刷石子。很显然,他是想把石子上面的气泡刷掉,因为气泡有可能给这么小的物体增加浮力。

看着福尔摩斯干活的那股认真劲儿,我觉得,他不像是贝克街的大侦探,更像个圣诞节早晨开心的孩子。

他拿出他的铜制自动铅笔,在他洁白的衬衫袖口上做了些笔记。他终于找到答案了。

"华生,如果我们对室内温度的估计没错的话,当然我想我们的估计不会差太大,这种物质的比重是3.993。我想,它不可能是钙铁石榴石,因为我用刀在上面试过了,没有划痕,也不会是锆英石之类的。所以,我推断,这个东西是一种刚石,只有金刚砂和钻石比它硬度大。根据1812年尊敬的弗里德里希①所做的硬度表,只有钻石的硬度超过它。这不可能是钻石,因为它的比重比钻石要高得多。目前我们只知道这么多。"

福尔摩斯给了我这个期待已久的机会。我并不想惹恼他,不想说从林肯郡的沼泽捡回来的一块石子不可能对这个案子的调查有任何价值或提供任何参考之类的话。我就想去睡觉,明早还要长途旅行呢。我打了个哈欠,伸了个懒腰,找了个借口就缩到床上去了。

我的头碰到枕头时大概是11点半。几个小时后,我被一声

---

① 德国地理学家和矿物学家,他提出了测定矿物相对硬度的十种标准矿物,由小到大分为十级。

可怕的尖叫惊醒了。尖叫声很像报丧女妖的声音,或者说至少像我想象中的报丧女妖的声音。

我坐起来,心怦怦地跳,有些愠怒。

我点着蜡烛。这时,又传来了尖叫声,是从楼下的某个地方传来的。现在我完全清醒了。我意识到,不管声音是从哪儿传来的,这是机械发出的声音,而不是动物的声音。我看了一眼手表。现在是凌晨3点10分。很显然,福尔摩斯还没睡。

我穿上睡衣,系上腰带,拿着蜡烛,往楼下的客厅走去。走到半路时,我看到客厅门外的小椅子上有个孤单的身影。借着摇曳的烛光,我看清是哈德森太太。她在睡衣外面裹了一块披肩,轻轻地来回摇晃着。她把脸埋在手中,不停地斥责着,几乎是在抽噎。

"哦,听听那声音!哦,多可怕的声音啊!他为什么还不住手?"

她抬起头,看到我拿着蜡烛站在楼梯上,就像吕克昂剧院舞台上的班珂幽灵。

"哦,华生先生!这么多年来,我还从没见过像福尔摩斯先生这么令人讨厌的人呢!我该怎么办呀?明天早晨我该怎么对隔壁的阿米特吉夫人解释呢?"

"真是太糟糕了。"我安慰她说,"哈德森太太,回屋去睡吧,让我来处理。我保证让那个声音停止。"

我一分钟都无法再忍受了。我转了转客厅的门把手,发现门上了锁,于是我便使劲敲打木门。噪音停了下来。我听到福尔摩斯朝门口走来,用钥匙在锁孔里转动了一下。他猛地把门打开,眼里放着光,把我拽进房间。我现在才发现,他把他的金刚砂轮固定在工作台的边缘,刚才的声音是那块灰色的硬石头与砂轮摩擦发出的噪音。他显然刚才在用砂轮打磨沙斯泰尔诺小姐的那块石子。那块石子的一侧已经露出里面的样子了，像块暗淡的皇家蓝色玻璃制品。

"是刚石，华生！是制造红宝石和蓝宝石的材料，蓝宝石是用来做英国皇冠的！埋藏在泥土里被时间遗忘了！我听了那位优雅的女士讲的故事后，就怀疑这才是真相，虽然我不敢相信。当我们发现石子的比重是 3.993 时我就有把握了。这个数字有时会更高一点儿，但还有室内温度的原因。"

"刚石？"

"依据晶体的构造来划分，刚石可以分为红宝石和蓝宝石。红宝石在白光下除了红色以外，可以吸收所有的颜色，因此发红光。蓝宝石在白光下只反射蓝色。你用这个宝石镜看看，就会发现这些晶体和蓝宝石一样长而尖，而红宝石比较短而且呈直角。"

"我看不太像宝石。"

"它在泥土里埋了好几个世纪了，当然不像了。这种东西需要进行适当的打磨抛光才像。"

"但不能今天夜里鉴定，除非你想让哈德森太太把我们俩扔到街上去。"

福尔摩斯不以为然地咯咯笑着，好像在恶作剧。

"好吧，那今晚暂且不打磨。我们已经了解了不少，算是摸清了路子，明天很快就能证明我们是对的。"

"我们可以假定沙斯泰尔诺兄弟就是因为这么一块儿可怜的小东西而被杀的吗？"

"哦，不，我的老伙计。我认为，你完全没有理解这个问题的本质。这里面隐藏着更多的罪恶，远远不止这些。"

3

第二天早晨,我们乘火车一路经过剑桥、伊利、金斯林,最后跨过那座新桥到达萨顿十字口。这是10月份一个晴朗的日子,伦敦的北部郊区雾散云开,云淡风轻。从火车上几乎看不到剑桥的学院楼,也看不到伊利①那些精美的中世纪大教堂塔楼。福尔摩斯无心欣赏风景。他给苏格兰场的拉斯特雷德警探打了个电话,说我们对那两个失踪兄弟的案子有兴趣,请求他尽可能地帮我们在林肯郡警察署铺好路。拉斯特雷德说,如果我们愿意在这件普通的"家庭成员失踪"或是说"溺水而亡"的案子上浪费时间,就请便吧。

福尔摩斯喜欢在火车旅途中大量阅读,但总是目标明确。我想,他从来不觉得自己该欣赏一下简·奥斯丁的小说魅力或沃尔特·斯科特爵士的戏剧情节。相反,他却能沉浸在罗伯特·勃朗宁或托马斯·胡德的著作中,欣赏他们洞悉那种毛骨悚然的变态心理和男女个性中的"病态剖析"。如果是消遣性的阅读,他就嘴里叼着烟斗,读些如威廉·帕尔默博士编纂的《著名英国审判集》中的《鲁吉利投毒者》之类的书。

去萨顿十字口的途中,福尔摩斯翻阅了几本他走前塞进旅行箱里的书。这种旅行的主题对他来说不是跟同车的旅客聊天。我们读过莫兹利的《精神错乱》和斯蒂文森的《刺激毒药》。这其

---

① 英格兰中东部一地区。

中最令人难受的是读克拉夫特·埃宾①的《性精神病态》。福尔摩斯缩在角落的座位上,一连两个小时专心研读这本集子,他的对面坐着一位回牛津郡牧区的乡村教长。

今天他的选择也不例外。他从利物浦大街到剑桥的路上一直在读莎士比亚的《约翰国王》,之后又沉浸在普拉克内特②编辑的《金雀花王朝羊皮卷》之中。我只知道,这两本书都是关于亨利二世和约翰国王君主统治的官方记载。

我们在金斯林站下了伦敦快车,然后乘一列地方火车一路颠簸着走完了诺福克海岸的最后几英里路程,穿过宽阔的沃什河口到达林肯郡。这趟火车在每个小站和乡村小站都停。沼泽一望无际,湿地和水路纵横交错。四下里,可以瞥见乳白色的碎浪,看到一条棕色的潮汐缠绕着金光闪闪的沙滩。这就是北海,也有人称之为"德国海洋"。

这列地方火车驶过横跨在一条宽阔的河流上的铁桥,终于到达了萨顿十字口车站。福尔摩斯给大桥旅馆打电话订了房间,并不是因为那是最好的旅馆,而是因为那里是这个村庄唯一可下榻的住处。这家旅馆已有一个世纪的悠久历史了,坐落在河边,是一个正方形的白色建筑,离小火车站只有扔一块石头的距离,我们把它称为"工作基地"。我们迅速地熟悉了一下周围的环境,放下所带的物品。我注意到,福尔摩斯带了他的黑色皮制格莱斯顿轻型旅行袋和旅行衣箱,皮包里好像主要有珠宝商用的放大

---

① 奥地利精神病专家,性学研究的创始人,早期的性病理心理学家,以他的医学著作《性精神病态》而著名。

② 1923年至1931年任哈佛法学院法制史教授,是继梅特兰和霍兹沃斯之后英国法律史领域的又一著名大家,曾担任剑桥大学教授。

镜、吸湿天平和可以固定在桌子边缘上的金刚砂轮。

我觉得，要不是手头有案子，在萨顿十字口住上一两个星期倒是件很惬意的事儿。从北海吹来的微风和宁静的大草原让人心旷神怡，与贝克街形成鲜明对比。福尔摩斯还是保持他一贯的作风，已经给这个牧区的罗德里克·吉尔摩牧师打电话约了一小时的访谈。这位牧师脾气很好，他以前在剑桥三一学院是福尔摩斯的哥哥麦克劳夫特的同事，好像很好相处。

我们在吉尔摩的家里见到了他。他是个让人感觉舒服的中年男人，由三一学院派到萨顿十字口的克莱门特街任职。他和麦克劳夫特一样，在剑桥的数学荣誉学位考试中为人称道，但他喜欢萨顿十字口的平静生活胜过学院的研究员职位。看他谈话的样子，仿佛我们是老相识了。他夸耀着精美的教堂中殿、罗马式凸窗和高窗，还有建于14世纪的朝南的通道。我们坐在他的书房里喝茶，从格子窗向外望着由紫杉篱笆围着的墓地。远处是午后的天空和宁静的大海。

我们夸奖了一番他的教堂和庭院。他温和地说："我们为我们的小铁路桥感到自豪，它是灯塔工程师罗伯特·斯蒂文森设计的。"

我们低声附和着。然后，吉尔摩静静地等着我们说明来意。

"沙斯泰尔诺兄弟的失踪真是件糟糕的事。更糟糕的是，他们的人缘不是太好，的确是，他们甚至不承认自己是我的牧区成员，这更加令人痛心。"

福尔摩斯放下茶杯。

"我们从沙斯泰尔诺小姐那里了解到，星期天的晚上，您和教堂司事在塔楼顶上，当时灯塔还亮着。你们看到有两个人在打斗，或者说是在扭打？"

吉尔摩先生看着我们,很伤心的样子。

"我们正往塔楼上爬,我听到一声枪响,毫无疑问是猎枪的声音,像是这里大多数猎人用的那种枪。住在古灯塔的沙斯泰尔诺兄弟离湿地和泥堤最近。跟很多人一样,他们有时用枪声给彼此发信号,这样很方便。但天色太晚了,正常情况下猎人是不会到那里去的。黄昏临近,所有的渔民都收网去了,而捕野禽和捕鳗鱼的人已经回来很久了。"

"是什么让您感觉那兄弟俩在那里特别奇怪的?"我问道。

"医生,难道不奇怪吗?本应该有一个人留下来看守古灯塔,或者至少离开岗位的时间应该尽可能地短。一个兄弟不理睬另一个兄弟发出的预示着不幸的信号,这不符合人之常情,毕竟他们从来不离开古灯塔,那个时间航标灯不会灭掉。另外,古灯塔几乎算不上是像爱德斯通灯塔和钟岩灯塔那样的灯标,它的作用很小,只是为通过河口的船只警示。自从可以通火车的铁桥建好后,船只就不再驶入或靠近河流了。我觉得,这座灯塔不久就会取消了。谁还愿意做这份工作呢?谁愿意选择远离居住区来到周围被湿地和泥滩包围着的地方当管理员呢?"

福尔摩斯有点儿粗鲁地打断了他的话。

"吉尔摩先生,告诉我,您和教堂司事从塔楼上看见了什么?"

"看见?"吉尔摩先生摇了摇头。"福尔摩斯先生,当时很难看清楚,因为他们离得有段距离,大概有半英里吧,而且那个时候几乎没有灯光,甚至很难看清他们的衣服。当时,暮色随着潮汐越来越浓。也许他们提着灯,一般情况肯定会的,但他们没有朝我们闪灯光。虽然我不敢完全确定,但我觉得,我当时好像又听到一声枪响,也许是另一杆枪发出的。我当时看见,他们打斗的样子不像是拳击那样,也不像是殴打,更像是摔跤,好像在抢什么东西。"

"最后谁抢到了?"

吉尔摩先生摇了摇头。

"这个我说不上来。我们没有看到最后结果。他俩的事儿还没解决,暮色就已经降临,薄雾将他们遮住了。我看着好像是一个人在跟另一个人抢东西,另一个人摔倒后挣扎着爬起来跑了,先前那个人追上去,把他摔倒后又把他拖起来。当时没有灯光所以看不清楚。这些我都跟温莱特警探说了,但我不知道在法庭上我应该说多少。"

"我们希望今天下午在古灯塔见见温莱特先生。"

"福尔摩斯先生,温莱特人很好。当时,那兄弟俩在那儿扭打成一团,更危险的可能是,他们被淹没在潮水和流沙中了。但是,如果当时教堂塔楼上的灯亮着而且古灯塔的航标灯也亮着,这些几乎是不可能发生的,所以我非常急于看到我们塔楼上的灯赶紧亮起来。那兄弟俩对这儿的沙滩和泥沼再熟悉不过了。后来,这两个人都失踪了,所以我们可以断定,当时在暮色中的那两个人就是他们。"

"就这些吗?"

"福尔摩斯先生,还有一件事,我也告诉过温莱特先生。当时,因为希望能跟那两个兄弟谈谈,教堂司事就从塔楼上下来,拿了支步枪上去后,朝空中放了一枪,想让他们回应,好让我们知道他们在哪儿。我再也没听到动静,但好像有一声模糊的枪响,也许是海浪拍打海岸的声音,毕竟离得那么远,这两种声音听起来也差不多。"

"这个村里的人非常不喜欢他们吗?"我插了一句话,因为这毕竟是我接手的案子。

吉尔摩先生停了一下，仔细地斟酌着措辞。

"华生医生，更准确地说，他们经常被嘲笑，他们非常憎恨那些欺负他们的人。当地人对待处于不幸境遇的人往往是很残酷的。老约翰·沙斯泰尔诺死后，他们家的油渣饼制造生意垮了。你现在还能看到那栋粗糙的石头建筑，就在大桥旅馆的对面。那些讨厌吝啬的老约翰的人，还有那些嘲笑他娶了个年轻女人的人，丝毫不掩饰他们看到老约翰的生意垮掉时的满足感。一天晚上，在大桥旅馆发生了一次争斗。双方先是互相侮辱，之后罗兰·沙斯泰尔诺打断了一个人的鼻子。地方法官沃尔特·巴特爵士担心事情闹大，对他们俩提出警告后把他们释放了。此后，两个兄弟谁也没有再进过酒馆或教堂。真的，他们已经对教堂很陌生了。"

"这种憎恨也扩大到他们俩之间了吗？"

"我曾经听说，他们俩打架就像两只雪貂在一个麻袋里扭打似的。别人就是这么跟我形容的。我简直不敢相信事情有那么糟糕。他们靠管理古灯塔维持生计，他们的工资是公家付的。俩人就住在古灯塔的营房里。"

"还有别的情况吗？"我问，"他们吃饭怎么办？"

吉尔摩先生的表情好像在对我说，这不用问也该知道。

"罗兰打猎和捕鱼。亚伯拉罕是哥哥，他负责看守灯塔，保证指向大海的航标灯总是亮着的。他还种了一块菜地。他们是否还有别的生计我就不知道了。"

"他们没有遗产吗？"

"我想，他们一无所有，除了油渣饼公司被卖掉时留下的债务。华生医生，他们属于我们国家的那种贫穷的阶层，但又到不了进贫民院的程度。上流社会的人很少关注他们,直到报纸上报道在社会底层发生的犯罪或丑闻之类的事儿,他们才会注意这些底层的人。"

"他们的姐姐情况如何,就是爱丽丝·沙斯泰尔诺小姐?"

吉尔摩先生听到她的名字时脸上露出喜色。他笑了笑,声音变得轻快了些。

"我对爱丽丝·沙斯泰尔诺小姐了解不多。她回来参加她父亲的葬礼和处理相关事情时我见过她。几年后她继母去世时,我又见过她一次。我来这里之前她住在村里,还是个小姑娘时就离开了。除了这两次,我想不起来什么时候还见过她。她的身体有些瘦弱,但不管怎么说,她都是个可爱的女士,实现了她在梅布尔索普那所小学校的诺言。"

"这两个兄弟的生活中从没出现过年轻女人吗?"我小心翼翼地问。

吉尔摩先生低下头。

"我没发现过。我想,如果有的话,我应该知道,因为这样的事情在一个村里传得很快。"

吉尔摩先生说完后,我们起身表示感谢。

福尔摩斯又问:"我们可以看看塔楼和灯塔吗?我想,这或许会对我们了解地形有帮助。希望没有给您添麻烦。"

吉尔摩先生对此没有表现得非常热情,但他脸上的表情表明,有机会炫耀一下他的另一个财富他也很乐意。

我发现,在牧区区长的书房里谈话时,福尔摩斯始终没有提过沙斯泰尔诺小姐给我们的那块石子。

我们现在朝教堂走去时,福尔摩斯问道:"吉尔摩先生,两兄弟中有谁是寻宝的吗?我想,假期里您这里一定聚集不少这样

的人吧?"

吉尔摩先生停住了脚步,站在墓碑之间笑起来。说到这样的话题,他显得更开心些。

"福尔摩斯先生,您是读浪漫的东西太多了吧?或者大概是读了剧作家阿文的巴尔德①的著名戏剧吧?1216年约翰国王临死前躺在床上听到的消息多可怕呀!你回忆一下,他的珠宝和皇饰,就是加冕礼服,就像传说中所说:

不小心全丢到沃什了

被出其不意的洪水吞没了

在同年的10月12日,这件事发生在离这儿不到两英里的地方。这大概是我们这个岛国历史上发生的最大一起皇家财宝遗失案。"

"所以我才相信。"

这件财宝遗失案发生在男爵战争②期间,当时,国王在这里同英国王爵们作战,事情就发生在他临死前几天。夜间,他和他的队伍开往斯万斯海德修道院。退潮的时候,行李车装载着所有的皇家财宝穿过这里的河口。七个世纪前的海岸线跟现在大不相同,但河流的位置就是你们现在看到的位置。那时,暴露的河口湾在低水处只有几英里宽,到处都是流沙。10月份的海水退潮时会以可怕的速度涌来,现在也如此。快到中午的时候,行李车在没有向导的情况下试图穿过泥滩和溪流。他们当时应该请一位向导用杆子在前面带路,但是他们没有这么做。流沙被洪水淹没,

---

① 英国诗人、剧作家和演员莎士比亚的别名。
② 1215—1217年,无地王约翰进行颠覆《大宪章》的活动,引发内战。

吞噬了人、牲畜以及车上拉的珠宝、皇冠、装饰品和家具。这些东西大多数都是约翰国王在与贵族之间的一场长期内战中南征北战掠夺来的战利品。这就是几个世纪前在这个的河口发生的那场悲剧。据说，即便现在，如果你独自站在静谧中感受大浪淘沙，似乎依然可以听到人马的喊叫声。这是每个小学生都知道的故事！"

"我想知道的是，"福尔摩斯的语气温和而坚定，"您这里是否有来寻宝的？"

吉尔摩又笑了笑。

"他们乘兴而来，败兴而去。沧海变桑田，土地被开垦，约翰国王的所有财宝大概都沉到地下一两英里深处的淤泥中了。不要浪费时间了，福尔摩斯。"

"从来没有发现过什么吗？"

吉尔摩先生微微皱了皱眉。

"也不完全是这样。中世纪后期，甚至时至今日，都曾在这里发现过一些东西，这些东西基本上是在那场灾难后的一个世纪左右被发现的，之后那些东西又被埋葬、遗忘，然后再度消失了。后来又有人在这里发现了少数小装饰品，而大量的财宝，包括加冕礼服，似乎都永远消失了。"

"非常有趣，"福尔摩斯礼貌地说，"真的很有趣！"

吉尔摩站在墓碑中间讲着他的故事。我一想到那块蓝色的石子，后背便有针刺般的痛感。难道沙斯泰尔诺兄弟一直在寻宝？难道在风吹雨打的海岸边隐藏着一个与王权有关的谋杀之谜？

我们从黑暗的塔楼通道走到阳光明媚的屋顶露台，上面有城垛和旗杆，挂着灯塔的提灯。我站在阳光下，鸟瞰着延伸到内陆的一望无际的沼泽和在低水区顺流而下汇入波光粼粼的大海的泥

沼。在这样一个晴朗的下午,很难想象这里潜伏着什么危险。这时,我听到吉尔摩先生在我身后说话了,他看到有几个人影正在海滩上弯着腰看什么东西。

"我的天哪,"吉尔摩似有所悟地说,"我想,他们一定是发现了什么。一般退潮时会有这样的发现。海水完全退去后,大约三四天后,海水会把尸体冲上来。会不会是沙斯泰尔诺兄弟中的一位呢?"

4

艾伯特·温莱特警探那张带着几分严肃和沉闷的脸上长着一双忧郁的棕色大眼睛,他黑色的头发和整齐的络腮胡仿佛是在故意模仿艾伯特亲王早期的达盖尔式照片。

"我按照警长的要求跟苏格兰场通了电话。"他语气忧郁地说,"先生们,拉斯特雷德探长的意思很明确。谁也不知道这样的案子结果会怎样,我会尽量提供帮助但不会让你们越权。既然你们受聘于沙斯泰尔诺小姐,我允许你们查看古灯塔。坦率地说,通常这样做是不允许的。但如果我不给你们这个特权,拉斯特雷德先生就会威胁说,他会亲自从苏格兰场赶过来。通常我们自己就能把这类事情处理得很好。"

福尔摩斯和蔼地笑了笑。

"我想,拉斯特雷德先生的意思不是说,我们是被雇来纠正林肯郡警察局的警察们的错误的。"

温莱特警探好像不知道该怎么接话,所以什么也没说,只是重重地叹了口气。

我和福尔摩斯告别了吉尔摩先生,沿着村子的大街来到河岸

和古灯塔。古灯塔是漆着白漆的木质结构,下面是黑色的铁质结构,用九根粗壮的四方桩子支撑着。这是座圆形灯塔,大约四十英尺高,屋顶是带窗子的圆屋顶。在它的远处,穿过沙滩、芦苇和沼泽,我看到下午的潮水就要由退潮转向涨潮。我们爬上营房的那架铁梯子上面满是金属锈斑。灯塔里散发着浓烈的沙滩和海藻的味道。

我们和温莱特警探站在狭窄的营房里。房间里到处弥漫着潮湿的味道,橱柜、架子、一张桌子还有两把黑色椅子将房间塞得满满当当。屋子的一边靠墙放了一张帆布床,一扇门通向一个更小的房间,很显然另一个管理员睡在这里面。墙边有一个木梯子。天花板上有一个通向上面灯室的门。

"我们掌握的信息不多。"温莱特说,"你可以了解一下这里的情况再去沙滩。里克森先生在那边。我们可以从细节上推断,尸体是兄弟俩中的弟弟罗兰·沙斯泰尔诺的。他们正把他的尸体抬上来,并且已经对沙滩和沙丘做了进一步的搜查,潮水所及之处都搜查过了。我们发现了一只损坏的提灯和一支损坏的猎枪,枪里没有子弹,被海水浸泡过。尸体就是在不远处被发现的。不论兄弟俩之间发生了什么,看上去两个人是死于上星期天晚上涨潮期间。一场大悲剧啊。"

警探皱了皱眉,又说:"先生们,请你们注意,我说的是'死'而不是'被淹死'。假若亚伯拉罕·沙斯泰尔诺去了流沙地,我们就永远不会得到一个准确的判断了。"

"那样的话,"我说,"你也就永远无法得知他是否死了或者是怎么死的。"

"医生,我们不可能再见到他。当然,如果我们真的发现他还活着,我肯定会审讯他,他很可能是杀害他弟弟罗兰的凶手。"

如果亚伯拉罕·沙斯泰尔诺还活着的话,我想,艾伯特·温莱特会毫不犹豫地指控他犯了杀人罪。不过,这种可能性好像不存在,所以他也就对这个案子没兴趣了。

警探打开营房的门,走到狭小的铁制平台上。上面有架梯子通向沙滩。他站在门前,停了一下。

"先生们,这个灯室里的钟表机械跟所有灯塔中的一样,是那种古式落地钟,只是体积更大些。有一根吊着钟锤的粗链子用曲柄转动到顶上,一个自动调速装置如同钟表的钟摆,控制着它以八小时一个循环徐徐降落。就像钟表的钟锤转动秒针和时针一样,链子上钟锤的降落转动着反光镜的键,继而调节着航标灯的灯光照射着海面。在雇佣新管理员之前,弗雷斯顿海岸那边先派了一个临时管理员负责转动曲柄给钟表和自动调速上发条,同时负责保证贮存池里供航标灯运转的煤油是满的,一两天后他们将从林恩派新管理员来。在涨潮之前,我们的警官将随时回答你们的问题并按照你们的要求帮助你们。"

"温莱特先生,请您稍留片刻。"福尔摩斯礼貌地说,"管理员在这里的职责是什么?"

"每次有一个人值班,负责记录风速、气压计的压力等,每天早晨必须有一个人负责擦反光镜的镜片,必要时还必须清洁灯室窗户的玻璃。"

"正如吉尔默先生所说,"福尔摩斯说,"就像教堂塔楼一样,这只是一个天黑时为海岸和泥沼提供服务的灯塔。"

过了一会儿,我们爬下梯子,吃力地穿过沼泽,来到一片宽阔的沙滩上。罗兰·沙斯泰尔诺的尸体就是在这里被发现的。里克森先生已经检查完毕,四个人将尸体抬上了海滩。

后面跟着两个人,一位是吉尔摩先生,另一位是里克森医生,他穿着花呢套装,戴着帽子,拿着一个黑色医疗包。我礼貌地做了自我介绍。他因为不是第一次被请到这样的溺水现场,所以他对自己的工作持客观态度,不介意讨论任何话题。

"看起来这个可怜的家伙是被淹死的。"我试探着说。

"验尸结果会证明这点。"他立马说,"当然,我们必须对尸检结果进行解释。"

"他的脸和头上没有什么伤吗?"

"没有,但是有死后留下的污点。在这样的海岸他不太可能撞到岩石上,在这样的地方即使涨潮时也不会发生这样的事。"

歇洛克·福尔摩斯加入了我们的谈话。

"里克森先生,请允许我问一句:有这弟兄俩的照片吗?"

里克森一脸困惑。

"没有,福尔摩斯先生。我认为,尽管他们俩长得很像,但这是罗兰而不是亚伯拉罕。我们很早就认识他们。"

"他的口袋里没有证明身份的任何物品吗?"

福尔摩斯摸了摸尸体上褪了色的又脏又湿的夹克衫口袋。从他脸上的表情看,他什么也没有摸到。

"没有。"当福尔摩斯把手伸进两边的口袋时,里克森医生很不高兴地斥责道,"不能这样,福尔摩斯先生。"

"只有这样的海滩遗物吗?"福尔摩斯一脸无辜地问道。他用食指和拇指捏着一块几乎跟沙斯泰尔诺小姐给我们的那块石子一模一样的暗褐色石子。"或者这个?"

他手里有三四块这样的石子。

里克森医生还没来得及回答,福尔摩斯耸了耸肩,接着说道:"被潮水来回冲刷了几天后,衣服的皱褶里很容易夹着这样的碎石。"

我当时以为他把石子扔了,因为他手里没有了。我又想了想,确信这些石子已经从罗兰·沙斯泰尔诺的口袋里转移到了歇洛克·福尔摩斯的口袋里了。

5

趁艾伯特·温莱特不在,我想,我们可以在他回来之前利用这个晚上的时间仔细检查古灯塔里的抽屉和橱柜。

我们回到灯塔时,一位穿制服的警官正在下面的沙滩上临时站岗。我们又爬上了铁梯子。那位警官随即爬上来告诉我们,他一会儿就要离开了,因为再过一个小时左右他站的那个沙滩就要被潮水淹没了。福尔摩斯对他表示了感谢,然后穿过房间走到灯室的木梯子旁边,踩着梯子上去了。我听到他在上面四处走动。过了一会儿,他的面孔又出现在门口。

"华生,上来!石子的事待会儿再说。来看看,这儿是多么美的仙境啊!"

我跟着他爬到了高高的灯室里。这是一间合二为一的房间,上半部分安装着庞大的反射器装置。玻璃圆屋顶上是宽大的窗玻璃,秋日的阳光下空气暖暖的,银色金属反射得房间里很热,房间里弥漫着从下面的储油池里散发出的浓浓的煤油味。

要弄明白这复杂的设计,对读者的耐心可是考验。在灯室的下方,也就是我们站的地方,摆放着一张桌子,上面放着管理员的日志本。灯室的中间有一个竖井,有一个用链子吊着的沉重铁钟锤按照八小时一个循环慢慢地降落下来,平稳地转动着高处的一列列反射器。曲轴转动时,链子缠绕在上面的一个大滚筒上。一个装有一个白色搪瓷表盘和两个键孔的高大木头箱子控制着整

国王的罪恶

个装置,看上去像一个古式落地钟。左边的孔好像是用来缠绕钟锤的,钟锤的降落转动转盘上的钟表指针;右边的键用来缠绕一个自动调速器之类的东西,以保持反射器装置匀速转动。

我们头顶上是明亮的白色灯光,每束光都反射到它后面的一个带镜子的玻璃漏斗上,从而使灯光加强。四周是银色玻璃的碗碟状反射器,反射器的边缘像是站立的一排排浅杯子,慢慢地转动着。一束强烈的灯光昼夜不停地照射到海面上。除非是雾天或者恶劣天气,白天几乎是看不见灯光的。

福尔摩斯检查完了灯光闪烁装置。

"华生,这是奥古斯丁·菲涅尔的折光系统。法国人是发明这种设施的先驱。我想,这种设备不久就会被替换或者彻底退役。"

温暖的空气中,除了木头在轮轴上偶尔发出的嘎吱声,几乎一片静寂。福尔摩斯站在带有钟表盘和自动调速器的高大木箱子前面,打开了钟摆门。垂下来的小钟锤控制着航标灯的供油量。我发现,在箱子的内侧有一个刻度尺之类的东西标示着钟锤的进度。

为了防止反射器停止运转,在刻度尺底座往上一点儿的位置有一个金属敲击铃,就像不停的钟声一样,这个警报器在钟锤被缠绕完毕之前及时地通知营房或周围的人员。据温莱特警探说,"我们在弗雷斯顿海岸的人"那天一早就查看了发条装置,之后又跟里克森医生一起查看了一遍。

我走到那张小桌子旁,打开日志本。日志本上的前两栏记录着链子缠绕的日期和时间,第三栏记录着链子缠绕完毕之前钟锤所在的位置,第四栏是下一个值班管理员写的意见。最下面是值班管理员的名字。

栏目里的记录显示，星期天晚上，亚伯拉罕·沙斯泰尔诺在 8 点之前上紧了钟锤发条，这个时间大概就是罗兰在涨潮时开枪诱骗他去沙滩之前不久。弗雷斯顿海岸警署第二天的一项记录证实，古灯塔的信号灯是在星期一早晨 5 点 20 分停止照射的。

福尔摩斯匆匆地看了看记录，合上了日志本。

"日志和石子的事回头再说，我们有整个晚上来研究它们呢。趁着天色还不算太晚，我们去海滩走走，看看兄弟俩最后扭打的地点。"

我望了望窗外。狭长的沙滩渐渐成了暗灰色，已经开始涨潮了。

"福尔摩斯，我觉得天色有点儿晚了。太阳几乎落山了，暮色很快就要降临了。"

"那样反而更好，正好是他俩当时吵架的时间。当然，我们不会吵架。古灯塔的强烈灯光会指引我们回来的，有灯光我们就不会有麻烦。"

10 月份的傍晚，淡黄的太阳半个小时前就躲到黑色的苏格兰冷杉树后面了，天边映现出萨顿十字口平直的地平线。宽阔的沙滩上到处是低矮的沙丘，海岸上空荡荡的，暮色越来越浓。我发现，福尔摩斯把他那根能搞定所有争论的拐杖也带来了。

我们爬下了铁梯子，来到了沙滩上。

福尔摩斯摇着手里的拐杖和我穿过黑色泥地，来到罗德里克·吉尔摩和教堂司事星期天傍晚看到那两个身影扭打的地方。我们朝着大海的方向，站在离圣克莱门特教堂塔楼半英里左右的地方。此刻正是那天出事的时间，徐徐降临的夜晚薄雾裹挟着潮水慢慢地笼罩了周围。

我们勘察完后，只要直着往回走就能回到古灯塔的灯光照射

区,然后沿着河岸逐渐升高的小路,向右转 45 度,就能爬上铁梯子。潮水在我们脚下渗透着,我已经感觉到脚下的沙子开始变软。借助灯光,我看到我的脚印越陷越深。

福尔摩斯最大限度地表现出他的霸道。

"我认为,我们再走半英里才能到达他们扭打的地方。我想确定从圣克莱门特教堂塔楼到潮水之间的直线距离。"

他说这话的时候,我注意到,在我们的右侧,黑色的天空和大海之间唯一能看到的是模糊而明亮的海浪线。我们走了大约十五分钟,几乎没有一句交谈。10月份的夜晚的十分寒冷,晚霞也已消失在村子那边的地平线上。其他地方的海岸线也看不清楚了。薄雾笼罩着我们和圣克莱门特灯塔,慢慢凝聚成了浓雾。

我用一种乐观的语气说:

"福尔摩斯,这里的地面好像稍微高一点儿,是一块坚硬的沙地,如果我们从这里返回,只要转弯时看到吉尔默的灯塔在右侧,应该很快就能看到古灯塔在我们正对面了。"

"我认为,"他并没有转回去的意思,不耐烦地说,"如果我是星期天晚上兄弟俩那场打斗中的幸存者,我应该能推测出大致情况。"

"我们原来的看法是没有幸存者的。"

"这正是我们要去证实的。"

事到如今,我已经没有多少欲望去证实这件事了。事实上,随着事情逐渐明朗,我开始不那么喜欢这件事情了。我们相距不到八英尺远,我已经越来越看不清楚福尔摩斯,但他手里模糊的灯光还可以看得见。

他好像看透了我的心思,说道:"我们必须走在一起,这个地方还算硬实,但在沙滩比较危险的地方最好不要分开。"

我们走到了与教堂塔楼齐平的距离，看样子我们好像已经穿过涨潮的沙滩走得很远了。

"我们必须小心，保证身后没有潮水。"我有点儿气喘吁吁地说。

福尔摩斯没有听我说话。

"停一下。"他说，"我们来确定一下自己的位置。我们现在假装是沙斯泰尔诺兄弟，在这个地方不是你死就是我活，凶手可能是在实施一个蓄谋已久的计划，也可能是被一时激怒而为，也就是因为一时激动酿成的可怕事故。不论是哪种情况，接下来幸存者会做什么呢？"

"返回古灯塔！他还能去哪儿呢？"

"很好，华生。你杀了人，或者至少你过失杀了人，请继续假设。"

这出乎我的意料，但我总算可以在潮水来临之前往回走了。西边的地平线上已经没有亮光，天空中也没有月光，远处村子里的灯光看着像针孔一样微小。此时，黑暗中波涛滚滚的大海持续不断地鸣咽着，声音比我们来时大多了。海上刮起了猛烈的东北风，夹杂着零星的雨点，这让我们意识到，尽管下午还阳光明媚，但毕竟是春分时节，暴风雨要来啦。

十年前我在部队的医疗队当兵时，曾经随诺森伯兰步兵团到过阿富汗，还参加过一次外科医生的训练，学过包括看地图、确定罗盘方位、判断距离以及辨认地形等课程。现在，我在脑子里勾勒出一张正方形的地图：右上角是教堂塔楼的灯塔，左上角是古灯塔，下方是即将来临的潮水。福尔摩斯和我现在处于右下角的位置，正沿着地图的底部前行。

我们沿着坚硬的沙滩走着。坚硬的沙滩比我们周围的黑色沙

滩高出大约六英寸,比其他沙滩更坚固些。幸好那天下午我透过营房的窗子勘察了地形,知道如果我们如果直着朝古灯塔走,会走到地势较低的地方,那儿也许已经被潮水和流沙淹没了。我们现在应该沿着地图的底线一直走,直到看到古灯塔的灯光,然后我们就知道我们已经到达左下角的位置了,只需要右转弯就可以看到古灯塔的灯光,然后安全地登上营房的铁梯子。

我们脚下的沙滩越来越软,但毫无疑问我们还走在那块高些的坚硬的沙滩上。我想到了福尔摩斯的问题和我的答案。假设我是杀害我弟弟的凶手,我首先要做的就是逃跑。除了古灯塔我无处可去。我出来时并没有打算杀死他,因此,我不可能不返回营房就直接逃走。

圣克莱门特灯塔的灯光照在了我们身后右侧的位置,古灯塔的灯光在我们前方,但灯光照射的角度有点儿偏离我们所在的地方,我们此时似乎处在灯光后面的危险地带。我们必须想方设法逃离,因为这就是我先前注意到的泥沼和危险的"渗透的沙滩"。

这时,我感觉到我的腿已经在冰冷的泥沼里陷到了胫骨处。

"停下!停下!福尔摩斯!"

我们的位置几乎跟古灯塔的灯光齐平了,但不知为何我们脚下现在踩的是深不可测的泥沼而不是先前坚硬的沙滩。我们还没到达我们该经过的灯塔灯光呢,但不知为何我们却越走越远。这怎么可能呢?我们怎么又回到了我们刚才走过的地方?我们是怎么到这里的?数世纪前,约翰国王在那场灾难中也曾经认为自己是安全的。难道我们犯了同样的错误?我读过福尔摩斯拿给我的编年史,现在惊慌地回忆起了书里所说的,一旦陷入了移动的沙滩就意味着无路可逃了,就像我们现在的处境。

我们本来小心翼翼地沿着安全的路走着,却忽然发现自己走到了死亡边缘。如果不是这样的话，我们现在应该已经到达目的地了。我们必须马上离开这里，不然即将来临的潮水会吞噬了我们。但我们往哪里走呢？我们周围全是海浪和下沉的沙滩。

按照精确的计算，我们现在应该走在坚硬的河岸上。断断续续的灯光应该是我们的救命稻草，却把我们一步步地引入了冰冷的河泥之中，也就是说我们完全迷失在黑暗和海雾之中了。本应该是坚硬土地的地方现在变成了松软的泥土。

我们已经无路可走。我脑子里的那张正方形地图已经如同溺水而死的罗兰·沙斯泰尔诺一样被淹没了。

"往后点儿！"福尔摩斯说。

他抓住我的上臂。我在他的帮助下向后转过身子，又踩在了刚才我所踩的坚硬沙滩上。我借着灯塔的光看到他用拐棍在泥沼里试探着。我们试探着走了十几步之后，先前那种好似踏入了无底深渊的恐惧感消失了，感到脚下的沙滩慢慢地变得坚硬起来了。但是我们离开了古灯塔的灯光，毫无疑问我们走错了方向。

"我觉得，如果我的计算正确的话，还得往前走走。"福尔摩斯说。

他计算的是什么我不得而知。脚下的泥沼又变成了坚硬的沙滩。但是古灯塔好像落在我们后边越来越远。

"我觉得，再稍微往左边一点儿就行了。"福尔摩斯兴奋地说。

难道我们又要路过古灯塔走进我先前看到的那片流沙中了？在坚硬的沙滩上走着走着，我慢慢地认出了古灯塔那鬼屋般的轮廓以及它的粗粗的木桩子和圆圆的营房。但是，如果那是古灯塔的话，本应该照射波士顿海的灯光却有点儿偏向了金斯林方向。这点儿误差在远处是不会被发现的，但会误导我们在泥沼中偏离

国王的罪恶

一百码的距离。这是否也是一个世纪前使船只失事的家伙诱导船只撞到岩石上然后进行抢劫的计谋呢?

我们很快回到了岸边,刚爬上铁梯子,一排海浪便翻卷而至。

福尔摩斯点着了营房的灯。下面的沙滩上已经没有警官站岗,因为潮水很快就会淹没沙滩了。在潮水转向和弗雷斯顿海岸警署的人到来之前,我们可以安稳几个小时了。

福尔摩斯从口袋里掏出他的银酒瓶,让人感到舒缓的威士忌酒香飘了过来。我坐在一个黑色马鬃椅子上,慢慢地从恐慌中恢复过来。

"罗兰·沙斯泰尔诺不是受害者!"我大声说,"他是杀他哥哥的凶手!"

福尔摩斯沉默不语。他爬上木梯子,进了上面的灯室。

过了一会儿,我听到了他的声音:

"正如我所料,白天看不清楚,窗子上的黑色铁窗板被调整了,故意改变了灯光的方向,改变不是很多,但却是致命的。如果谁想从兄弟俩扭打的地方按照这个灯光的指示返回古灯塔,就会被上涨的潮水追赶着而陷入河口之中。华生,不是陷入流沙中,而是被卷入裹挟着潮汐的水流中。"

我总算弄清楚了整个神秘的事件。罗兰·沙斯泰尔诺用枪声把他哥哥诱骗到泥沼后,两人扭打在一起。罗兰要么是当场被打死了要么是逃离后被淹死了。罗兰在去海滩之前挪动了灯室的黑色铁窗板,使它的照射角度有了偏差。改变之后的灯光在白天是根本看不出来的,夜晚它对波士顿海来说也只是远处的微弱灯光。但是,不论两人在海滩上扭打的结果如何,罗兰的设计都不会让亚伯拉罕·沙斯泰尔诺活着回到古灯塔。即使罗兰的计划失败了，福尔摩斯和我刚才涨潮时在河口逃过的那场生死之劫也会把亚伯拉罕吞没。

罗兰·沙斯泰尔诺逃回来后，只需要返回古灯塔，把铁窗板的角度调回到原来的位置就可以了。但罗兰没有料到，吉尔默先生和教堂司事看到了他们在沙滩上打斗。从现有的事实来看，人们会认为，亚伯拉罕·沙斯泰尔诺是因为在黑暗和潮水中走错了路被淹死的。

6

"有了这个细节，我们的故事就全了。"我说。

这时，时间已经过去了大约一个小时，潮水正打着旋涡拍打着营房下面的木桩。

福尔摩斯若有所思地看着我。

"华生，值得祝贺。这是你的案子，你调查案件的方式让我确信，温莱特警探和我们的朋友拉斯特雷德会同意你的结论。"

他的语气里有种我不太喜欢的东西，有些讽刺挖苦的意思。但是此时此刻，我更想得到的是睡觉而不是祝贺。营房里好像除了用热水冲调的可可之外没有别的食物。我一直都认为，人没有食物可以生存相当长的时间，只要他有充足的睡眠，没有睡眠他也可以生存一段时间，只要他有充足的食物。如果情况是这样的话，那我就舒舒服服地躺在营房靠墙的吊床上睡上一觉吧。

福尔摩斯还在四处走动，在我熟睡之前我清晰地听到他爬上了灯室的梯子，但不清楚他在做什么。我醒来时已经是午夜了，发现他竟然拆除了灯室的整个圆屋顶。我们下面的沙滩上已经没有了水声。

福尔摩斯表现出极大的耐性,让我睡了大概一两个小时。

"华生!"可能是我起床时吊床的嘎吱声让他听到了。"你能否过来谈谈你对这件事的看法?"

我坐起来,穿上鞋子,片刻后,我爬上了梯子,惊讶地盯着被拆除的钟表。在我看来钟表好像还在工作,但福尔摩斯从钟表的木框结构里抽出了几个零件,摆在放日志本的桌子上。

很显然,他一直没有睡觉,他的脸色像羊皮纸一样苍白,但他那双深陷在黑眼窝里的眼睛却炯炯有神。

"华生,告诉我,如果你有一些小财宝,在这种地方你会把它们藏在哪里?"

"那取决于我对谁隐藏这些东西。"

"对全世界隐藏,但最主要的是对你的朋友隐藏。"

"福尔摩斯,这件事与钟表有关系吗?"

"没有。为什么要有关系呢?"

"很好。我不会放在抽屉或者橱柜里,因为这屋里没有多少抽屉和橱柜,东西很快就会被发现。也许我会藏在灯室的机械装置里的某个地方,但那个装置必须每周七天每天二十四小时都在运转。还有,据温莱特所说,航标灯和反射器通常每隔几天就被清洗一次,玻璃圆屋顶的玻璃也要擦拭。"

"到目前为止你只说了你不会藏在哪里。"

"我应该会把东西藏在一个不会停止运转的装置里。既然你对钟表那么感兴趣,我想,那就是我喜欢的地方吧。"

"很好,华生!我会把你培养成一位刑事侦探。"

我看了看桌子上的木块、散乱的螺丝、小螺栓,还有一些不知名的铜和铁零件。虽然控制反射器的机械装置还在不停地运转着,就像其他落地式钟表一样,木箱子内部留有一定的空间。

福尔摩斯看着我的眼睛,琢磨着我的想法。

"把你的手伸进钟表里摸一摸。"

我摸了摸,发现在钟表内部的四周有个木制的壁架。

"有个大约一英寸宽的壁架,但上面什么也没有啊。"

"做什么用的?"

"上面什么也没放,可能是用来加固结构的吧。"

"把你的手指放在壁架下面,沿着盒子的后部摸摸。"

"盒子的后面摸着像是金属的,可能是用来加固箱子的吧,其他几个面是木头的。"

"你把那块金属朝上推推。"

我朝上推了推,感觉那部分壁架被完全抬起来了。

福尔摩斯紧紧地盯着我把它取出来。

"如果我找地方藏东西的话,"他若有所思地说,"我会找一个看起来像是某个设施或建筑的组成部分的地方。如果一件东西经常被看到,人们往往永远不会去检查它,这样的东西即使被检查,看起来像是钟表的组成部分。"

"我感觉像是一位手艺一般的木匠在钟表的后部凿出了一个壁架,大小可以容纳我手里拿着的这片金属。即使它被人无意中取出来,也会被看作是支撑内部结构的一个小装置。"

我把那块腐蚀的金属块放在桌子上。金属块的两头粗糙不平,六七英寸长,一英寸左右宽,不到一英寸厚,上面有污垢,颜色黯淡,由于腐蚀得太厉害已经看不出它是什么材质,像是一把将弃置不用的凿子,常年的锈蚀使它的表面凹痕斑斑。

福尔摩斯把金属块翻了过来。它的在背面有一个凹槽,厚度大约有金属块的三分之一深,大概可以镶入一个横木。这应该不是凿子,我猜想着缺失的部分可能会是什么东西,但我脑子里出现的是十字形状的东西，或者更准确地说是一个十字架。

"它藏了多久了？"

福尔摩斯耸了耸肩。

"我觉得时间不长，可能几年吧，也许几个月，不会早于沙斯泰尔诺兄弟当灯塔管理员。"

我又看了看，发现我先前以为是螺丝孔的地方其实只是灰暗色的腐蚀金属块上的三个凹槽。

福尔摩斯从口袋里拿出一个小皮袋子，从袋子里取出了那块蓝色的"沙斯泰尔诺石子"，把它依次放进每个凹槽里，结果放进最前面的那个凹槽里最合适。接着，他把另外一块颜色跟海滩的泥沙很像的石子，也就是他从罗兰·沙斯泰尔诺的口袋里取出来的那块，放进第二个凹槽里，刚好把第二个凹槽填满。以前那个十字架可能是垂直固定在里面的。他又把第三块石子放进了凹槽里。他把剩下的两块石子在以前可能是十字架横杆的位置一边放了一块。

在这个没有取暖设备的地方我感到夜晚的空气寒冷无比。

"这个村子为什么叫萨顿十字口？"

福尔摩斯看着他摆出来的图案。

"因为桥建好之前这里是横渡河流的地方，也许是因为这里是传说中的皇家财宝中的某样物品被丢失、找到、再丢失的地方。"

"那可能是什么物品呢？"

"据一份法院文件记载，1216年10月，潮水和流沙吞噬了约翰国王的运送珠宝的车，那时他正与贵族们连年征战。据吉尔摩先生描述，约翰国王从全国各地征募了很多财宝，其中有切斯特十字架。十字架的中间饰带上有一个蓝宝石挂件，以前归切斯特

福尔摩斯和国王的罪恶

主教所有。如果我们相信编年史的话,这个十字架不只是件珍品,它曾经为一位圣人所有,相传具有治愈疾病的魔力,传说是从'忏悔者'爱德华①那儿传下来的。"

"我们是否可以断定这块不起眼儿的金属是切斯特十字架上的东西呢?"

福尔摩斯摇了摇头。

"呃,不,不是。我认为它什么也不是,是仿品和赝品。自那场灾难之后,这种冒充的东西太司空见惯了。但我很想知道那兄弟俩认为它是什么。"

我瞥了一眼窗外。一轮半月正从北海地平线的云层里露出头来。

第二天一大早,我带着兄弟俩失踪的故事去萨顿十字口警察局找艾伯特·温莱特警探。亚伯拉罕·沙斯泰尔诺和罗兰·沙斯泰尔诺之间本就没有爱可言,很显然,是罗兰杀了他哥哥。罗兰事先把那些石子放进自己的口袋,调整了古灯塔上的铁窗板,然后走到渐渐黑下来的海滩上,开枪把亚伯拉罕诱骗到那儿。随后两人发生了争吵,之后,也许是意外或是设计好的,罗兰被淹死了。对他的死他哥哥是清白无罪的,甚至一无所知,他哥哥按照改变了的灯塔灯光被卷入河口的流沙中。

遵照福尔摩斯的嘱咐,我对温莱特警探或弗雷斯顿的管理员只字未提那块神秘的金属和那些石子。也许这些东西是兄弟俩打斗致死的原因,但目前还没有证据。我们需要证明那些石子是什

---

① 英国的盎格鲁-撒克逊王朝君主(1042年至1066年在位),因为对基督教信仰无比虔诚,被称作"忏悔者"。

么，才能把这些支离破碎的细节当作证据。

7

我们最后一次拜访吉尔摩牧师显然比第一次拜访要愉快得多，尽管结果还是有些令人沮丧。

那是一个晴朗的秋天的早晨，上午 11 点，明媚的阳光照射着墓地的紫杉树。教区长的女仆扎着围裙，端来一个银托盘，上面放着一瓶 1868 年的索莱拉马德拉白兰地，还有三个玻璃杯和三盘黄色的蛋糕切片。虽然吉尔摩先生已经离开剑桥大学的三一学院，但他似乎还没有忘记让人愉快的上午茶习惯。

杯子里斟满了芳香四溢的琥珀色液体后，福尔摩斯立马直奔主题。

"吉尔摩先生，这里时常会发现一些被称为约翰国王遗失的财宝之类的物品吧？1216 年后，海岸退缩了一两英里，有些财宝现在可能就埋在地下很浅的地方吧？"

牧区长脸上的微笑表明，他以前听说过这类故事。

"福尔摩斯先生，这不是最近几年的事了。如我先前所说，大部分行李车及其物品可能都被埋在这个村子的田野、牧场和内陆的地下了。那场灾难后，少数珠宝和金属制品可能由于被埋得不深，被潮水冲到了四处，因而离地面比较近。"

"所以有可能被发现？"

吉尔摩先生咯咯地笑起来。

"当然，所以很有可能被伪造。中世纪后期，从约翰国王时代到 1485 年的都铎王朝，有记载说，财政法院对那些发现并不值多少钱的小饰品并上交王室的人进行奖励。据英国法庭的卷宗记载，上交约翰国王戴的王冠上的宝石奖励不超过二十先令。"

"一直都有伪造财宝的历史记录吗？"

"那场灾难之后，皇家专利特许登记簿的书记员开列了丢失物品的详细清单，此后的许多年里，每当有人声称发现了一件物品，就仔细查对清单上记录的物品条目。"

福尔摩斯从他的袋子里掏出一块叠着的黄色绒布，从柔软的布包里拿出了我们找到的那块两端腐蚀的金属块，又从口袋里掏出了包着那五块石子的皮袋子。这是我们目前发现的所有物品。他把绒布铺在桌面上，把那块金属块立在桌子上，然后把袋子里的石子倒在桌子上。

"吉尔摩先生，我已经用金刚钻打磨了石子的表面。石子表面的金属是金子，但并不是质量上乘的金子。我想知道，这件东西是否能让您联想到什么。"

牧区长盯着石子看了一会儿，然后从黑色牧师外套的胸前口袋里掏出放大镜，仔细观察这些物品。他的困惑多于乐趣。福尔摩斯拿起那五块石子，把其中三块摆成锯齿状，另外两块摆在两边，这大概是在十字架横杆上的位置。

吉尔摩先生拿开了他的放大镜。

"等一下。"他说。

他站起来，走到高大的书橱旁，打开书橱的玻璃门，拿出一本书，他把书放在书架上，打开了一页插图。

福尔摩斯和我跟他一起看着插图。

插图上有一个用钢雕刻的十字架的照片，但这只是一件复制品的照片。

"你们马上就可以看到了。"吉尔摩先生用手指着照片说，"这是制作者用工具雕刻的一个镶嵌物的凹槽，与你们那件物品上的两条线相似。工匠镶嵌了五块石头。"

"这张图片是什么?"我问道。

吉尔摩先生把书打开。

"这是主教们在约翰国王征战贵族期间捐赠给国王的用金子、蓝宝石和珊瑚制作的20世纪一位主教的饰品挂件的复制品,据说这些东西具有神奇的力量。这种财宝的丢失意味着厄运的到来。约翰国王在行李车出事的那天到达了斯万斯海德修道院,听到财宝出事的消息后,国王陷入了极度的悲痛,随即高烧不止,七天后死于斯温内谢德。躺在病床上的他的东西被侍奉他的人抢劫一空。"

"那这个呢?"福尔摩斯指着那些石子和那块金属块问。

吉尔摩先生摇了摇头。

"福尔摩斯先生,我没法发表意见,因为一直都有复制品、类似的物品以及赝品。如果它是赝品,有可能是中世纪的或者都铎王朝时期的,甚至有可能是现代的,可能是五六个世纪前人们通过出示一件神奇的遗骸实施迷信或骗人的物品。很多东西的用途取决于如何被发现以及在何地被发现。如果您能告诉我这些,也许我能做出更好的判断,在此之前,我只能保持沉默。"

"就这么多?"我问道。

"华生医生。如果有人声称,这件东西是最近在泥土里被发现的,我敢说它肯定是赝品,因为这几乎是不可能的。如果它是以其他某种间接的方式传到我们手里的,那就是另一回事了。"

"以其他什么样的方式?"

"华生医生,在六个半世纪前,一件物品可能被丢失、发现、再丢失,然后再发现、再丢失和再发现。那是很容易理解的事情。"

"神奇的力量指什么?"我又问。

"中世纪的人们生活很悲惨而且寿命短。像斑疹伤寒、坏血病、淋巴结核、鼠疫之类的病现在已经很罕见了,但在当时却是很常见的病。远离这些普遍存在的苦难是祈祷者们最主要的祈祷内容。"

"您不知道亚伯拉罕·沙斯泰尔诺和罗兰·沙斯泰尔诺祈祷的原因吗?"福尔摩斯问。

"我对他们的熟悉程度不足以了解这些。我想,也不会有人能回答您的问题。"

吉尔默不仅为我们提供了有用的信息,还给我们塞了一脑子用不着的东西。他在隐瞒什么吗?

8

那天晚上,我们坐在旅馆的餐厅里吃晚饭。古灯塔的灯光断断续续地照射着黑暗中的大海。灯室和营房的新管理员已经上岗了。旅馆的晚餐中有土豆、荷兰豆和一瓶圣爱美浓红酒。

福尔摩斯吃着羊排,抬起头来。

"我们发现的那个东西究竟是什么?"我问,"从这个案子来看,可能是切斯特十字架,也可能不是。"

"这件事我考虑了。"他说,"就像所有财宝一样,应该把它上交给英国财政部。我哥哥麦克劳夫特最适合做这件事,他认识财政部的那些家伙,能给我们省很多麻烦。"

"除非是复制品或赝品。那样的话,你可以把它保存在你的纪念品里。"

他若有所思地看着我。

"华生,我认为,它不是切斯特十字架上的东西。我才不屑于把它存放在我的纪念品里呢。如果它是真品,应该是忠实和清白的象征,放在杂货铺般的东西中是不合适的。"

我没有再纠结这件事,再次望着古灯塔的灯光照射着地平线。

"还有一件事。"他意味深长地说。

"什么事?"

他放下手里的刀叉,看了一眼漆黑的窗外。

"不管流沙里埋的是什么,这是你的案子,不是我的。你处理得很好,我相信,拉斯特雷德警探会表扬你的。但如果是我的案子,我觉得,我现在应该把调查结果告诉爱丽丝·沙斯泰尔诺小姐。"

"我当然要告诉她!我们一回到贝克街我就会去告诉她。当然,对于发生在她弟弟身上的事情我不会一点儿不漏地告诉她,没有人会那样做。在这种情况下,起诉一个人谋杀了另一个人是很荒谬的。但她可能会根据证据得出自己的结论。然后,我就可以给这件事画上句号了。"

歇洛克·福尔摩斯用他的汤匙敲打着桌子,稍微转动了一下他的椅子。服务员走过来,手里托着一个奶酪盘。在蓝白相间的垂柳图案的盖布下面的盘子里放着一大块农家制作的斯提耳顿干酪。

服务员走后,福尔摩斯把嘴角往下撇了撇,说:

"我很难理解这些旅馆为什么总把奶酪放在波特酒里糟蹋!另外,华生,如果是我的案子,我认为,给沙斯泰尔诺小姐写信或写私人报告都不太合适。我们现在离梅布尔索普城很近。我认为,应该去拜访一下这位女士。我会以非正式谈话的方式很策略地告诉她这个消息,这是用信件无法做到的。"

对此我无可争辩,只是觉得他的措词听起来不太体谅人或者说很没有风度。如果福尔摩斯不用这种方式提这件事,我第二天就要返回伦敦了。我还是医生,虽然我不在期间会有人临时帮我打理我诊所里的事务,可还是会有一些病人需要我亲自处理,还有一些病人需要照看。

"你可以这样想,"我有点儿沮丧地说,"但我不能总待在萨顿十字口等着跟沙斯泰尔诺小姐见面。"

他并未灰心。

"我的确是这样想的。"他用很友好的语气说,"我并不认为有必要约见,我们毕竟是例行公事。我们乘明天一大早的火车,午饭前就可以到达梅布尔索普城,然后乘晚上的火车在餐厅关闭之前回到这里。后天你就可以返回伦敦了,你的病人们将会对你的返回不胜感激并鼓掌欢迎。"

9

第二天早饭后,我们坐上了去梅布尔索普城的火车。福尔摩斯事先给沙斯泰尔诺小姐发电报通报了我们的行程,至于沙斯泰尔诺小姐是否在家他并没有多大的把握。

我不知道梅布尔索普之行能有什么收获。这个地方有一座教堂和两三个酒吧,雅致的建筑半掩在杉树和橡树林中,正符合年轻女子学校的风格。别的地方尽是些用油漆刷得色彩明亮的住房和类似散步广场的场所,是常见的海边浴场或"旅游胜地"风格。

福尔摩斯和我在一家名叫"卷不离手"的小酒店吃了午饭,

然后步行去沙斯泰尔诺小姐的学校。在梅布尔索普城这个小地方去哪儿都不远。校舍跟我想象的一样，是一个富裕家庭的住宅，古典风格，或者说至少看上去是方方正正的。月牙形的车道的入口处有一对石头门柱。正面是一栋三层的房子，石头门廊的两侧各有一个凸窗和两个高大的垂直拉窗。草坪上有个灰色的木头凉亭，里面有一条长凳，看上去能坐十至十二位学生。

福尔摩斯按了门铃后，一位戴着帽子扎着围裙的女仆打开门。福尔摩斯通报了我们的身份后，我们被领着穿过一个门厅，来到了一个房间。我猜，这肯定是校长的起居室。

沙斯泰尔诺小姐很显然在等我们。她背对凸窗站着，面部在背光的阴影中。她看上去跟上次在贝克街拜访我们时一样矜持，但是我觉得，她的家庭悲剧让她有些焦虑而不是悲痛。

阳光透过窗户上的印花棉布窗帘照进起居室。一个小桌上摆着一只带有绿色龙柄的中国花瓶。我们在埃及风格的沙发上坐下。我和福尔摩斯面对面坐着，沙斯泰尔诺小姐坐在我们俩的中间。

我尽可能婉转地详细地说了我们对她两个弟弟的失踪之谜的调查情况。

沙斯泰尔诺小姐挺直身子坐着，静静地听着我说。我说完后，她非常真诚地对我表示感谢，没有流露出多少表情，肯定是因为她在悲痛之余始终处于一种惊讶的情绪中。

"还有您，福尔摩斯先生，"她转向福尔摩斯小声地说，"也感谢您来看我。"

福尔摩斯自始至终微低着头坐着，仿佛在研究壁炉边的地砖。听到这话，他挺直身子，靠在椅子上直视着她。

"小姐，您弄错了，我不是来看望您的，那是华生医生的事

儿。我是来这里看望亚伯拉罕·沙斯泰尔诺的。"

在那个装饰精致的房间里,就是炸弹爆炸也不会比他的话更让人瞠目结舌。我刚开始竟然没听明白他是什么意思。我们的女主人仿佛在做梦,只是说:"福尔摩斯先生,我不明白您的意思。"

"您不明白吗?那么我来解释一下。"

"他不在这里!"她绝望的喊叫声不像是她沉着冷静的一贯作风。

我感到后背凉飕飕的。

"如果您说,"福尔摩斯说,"他不可能瞒着您来这里,我暂时还能接受。但我请求您,不要非等到我说出真相才承认,不要用拒绝承认来折磨自己。"

她没有回答,眼睛盯着福尔摩斯,那架势仿佛会疯掉。

福尔摩斯继续说着:

"有人告诉我们说,您弟弟亚伯拉罕曾在星期天晚上最晚不迟于7点45分在萨顿十字口的古灯塔里转动灯光装置的链子,同时,他把钟表和控制钟表的自动调速器上紧了发条,以保证钟表正常运转。之后不久,他被一声枪响骗到了漆黑的海滩上。我们不十分清楚当时您的两个弟弟之间究竟发生了什么,但之后不久罗兰·沙斯泰尔诺就死了。我们推测他是被淹死的,不管是什么原因。"

"我知道这个,福尔摩斯先生。"她语气平静地说。

"亚伯拉罕当时好像企图返回古灯塔。这本应该是很简单的事情。但是,据说罗兰曾经发誓,无论在海滩上发生什么事,他都不会让他哥哥活着回到古灯塔。因此,那天的早些时候,他调整了灯室圆屋顶的窗户玻璃上的活动窗板。没人会爬上去检查,因为那天早晨玻璃刚清洗过，没人会在白天看到灯光的方位。"

她从口袋里掏出一块手帕捂着嘴，低着头。

"沙斯泰尔诺小姐，事实胜于雄辩。活动窗板被调整后，灯光照射的方向也发生了变化，从波斯顿海一直照射到金斯林附近甚至更远的距离。罗兰这样做，肯定是打算把亚伯拉罕骗到河口和流沙中，那样，他的尸体就永远不会被发现。如果罗兰的这个阴谋得逞的话，他只需要在涨潮时返回古灯塔并把窗板调回到原来的位置。但不幸的是，他自己在涨潮前被淹死了，然后被人动过手脚的窗板被华生医生和我发现了。这原本是罗兰的犯罪证据。"

"原本是？"她突然抬起头，大声说道，"我不明白。华生医生，告诉我，这的确就是真相。"

"我必须告诉您，那绝对不可能是真相。"

"为什么？"

"有两个非常简单的原因。亚伯拉罕不可能把钟表调到差1刻8点或者9点之后的任何时间。看看任何跟这个表盘一样的落地式钟表您就会发现，当时针转到3和4之间或者8和9之间时，表盘上的两个孔就会被挡住，这时的钟表是无法上紧发条的。"

"也许是早些时候调的呢。"

"第二天早晨查看古灯塔的钟表时，定时器已经不转了，它运转八个小时就到时间了，链子太重，没人能把它缠绕上去使它运转更长时间。根据波士顿海的一位运煤船船长那天在日志中作的记录，那天早晨的5点15分时，古灯塔就没有再发出信号。"

"那与这件事有何关系？"她又问道。

"沙斯泰尔诺小姐，有关系。谋杀犯罪行为的证据不在于信号灯在5点之后失灵而在于它之前一直没有停止。如果钟表在前一天晚上被调到了 8 点钟，时针就会一直挡着表盘上的孔，钟表就会停止，古灯塔就会比它原来的时间提前 1 小时 15 分钟停止运转。在亚伯拉罕·沙斯泰尔诺听到他弟弟的枪声去沙滩之后，有人回到古灯塔并把钟表调了一个多小时。"

她盯着福尔摩斯，露出恐惧的神情，似乎在猜测他到底还知道多少。

"在海滩上发生的事情，"福尔摩斯继续说，"可能是谋杀、事故或者是意外事故。我们唯一有把握的是，罗兰由于某种原因被淹死了，而亚伯拉罕还活着并且知道他弟弟失踪了。他大约 9 点钟时安全地回到了古灯塔。"

"他为什么没有被改变方向的灯光骗到河里？"我问。

"因为灯光根本没有被改变。亚伯拉罕认为，无论在沙滩上打斗的原因和结果如何，他都会因为他弟弟的死受到审讯和处决。没有人能证明他无罪，没有人能证明不是他而是罗兰开了这场悲剧开始时的那一枪。事后，他独自坐在营房里，毫无疑问他当时非常悲伤和恐惧。他活着而罗兰死了，他很可能被当时在教堂塔楼上的两个人看到了，他们可以作为他们扭打的证人。教堂司事当时开的那一枪证实了这一点。"

我和沙斯泰尔诺小姐都没有说话。

福尔摩斯继续说道：

"谁会相信他呢？他了解金斯林的那些面孔严肃的警官，他了解法庭的被告席，知道他会被法官套上黑头套绞死。最糟糕的是他知道他将在死刑犯牢房里度过可怕的几个星期，最后穿过监狱院子走向那间高高的小屋，里面有十三个台阶通向等候他的绞索。"

福尔摩斯终于听到了沙斯泰尔诺小姐的啜泣声，但他没有理会她。

"涨潮时,古灯塔会被潮水困住,在洪水阻断他逃到岸上之前,他只有几分钟的时间。他想,必须让钟表尽可能地运转以掩盖他不在灯塔的事实,于是,他登上灯室把钟表的发条上紧,然后,他调整了铁窗板以便发出错误的信号,这样看起来好像他是上当受骗的人。绝望有时可以使人产生灵感。您在听我说吗?对这件事感兴趣的人肯定会发现,窗板被人改变了方向。但是,如果幸运的话,罗兰会被发现淹死了,亚伯拉罕失踪了。被改变方向的窗板诱骗的人除了陷入深深的流沙中还能去哪儿呢?除了他弟弟还能有谁会做这种事呢?因此不会有人再寻找亚伯拉罕。他做完这些之后,赶在古灯塔下面的沙滩被淹没前穿过海滩的沼泽地逃走了。他知道,他失踪的时间越长就越有可能被认为陷入了河岸的流沙中。"

"假定是亚伯拉罕给罗兰设定的窗板圈套呢?"我问道。

"那亚伯拉罕就没必要逃走了。那样,罗兰会被判定为意外溺死。只要亚伯拉罕把窗板搬回到原来的角度,他就不会受到指控。这是另外一种情况。"

"那他需要忏悔的罪恶是什么呢?"我问,"他做了什么?"

"他不在场我不能说。沙斯泰尔诺小姐,请您带他进来。我保证,我对你们俩没有恶意,而且我会尽力帮助你们。"

这真是个特例!歇洛克·福尔摩斯追踪一个杀人犯只是为了帮助他吗?

沙斯泰尔诺小姐站起身来向门外走去。她很快就回来了,后面跟着一位气色红润、四肢发达的高大男人。他的目光掠过我们几个人时,看不出他是个很有头脑的人。

福尔摩斯站起来,向他伸出手。

"亚伯拉罕·沙斯泰尔诺先生吗?"

沙斯泰尔诺小姐好像在保护一个野生动物免受猎杀,急忙插话:

"我弟弟看到你们进入门厅,以为你们是来抓他的警察。"

"不是。"福尔摩斯平静地说,"您不必担心,沙斯泰尔诺小姐。请您站到那边的凸窗旁边,面对着灯光。华生,如果你愿意的话也请站过去。亚伯拉罕,不要担心。我的同伴是医生,也许他就是你信中要找的那位医生,虽然你没能亲自寄出那封信。"

我盯着亚伯拉罕·沙斯泰尔诺。他的下巴和脖子上都有久已治愈的发炎的小肿块或疙瘩留下的疤痕。如果可以检查一下的话,我想,在他的胸前和肩膀上肯定也有感染、化脓、治愈后留下的疤痕。

"沙斯泰尔诺先生,我猜想,你一直饱受淋巴结核的折磨,对吧?"我问道。

"我听人这么说过,但我不太清楚自己得的是什么病。"

"你弟弟以前经常嘲笑你吧?"

"他有时是这样,先生。但我不会因此杀了他,也不会因为任何事杀他。"

歇洛克·福尔摩斯打断了他的话。

"华生医生告诉你,你得的是淋巴结核,但你是否听到过有人把这种病叫作'国王的罪恶'?"

"先生,大多数人都是这么叫的。我听说,一千年前,'忏悔者'爱德华被教皇赋予了治愈这种病的力量,只要国王或女王摸一下患病的人这种病就能治愈。国王所赐的装饰品也有治愈这种病的力量。国王爱德华三世曾经赐予一枚金币治愈这些可怜的人们,金币的一面是圣·迈克尔的头像,另一面是一艘船。他们把这枚金币称为天使。"

我们来到萨福克郡后,我第二次听到了莎士比亚的诗句。这次是被福尔摩斯引用:

"国王是否治愈了那些被这位吟游诗人称为奇怪的拜访者的人得的病呢?我想,你可能不熟悉《麦克白》这部戏。"

> 一切外科手术无法医治的,
> 他只要嘴里念着祈祷,
> 把一枚金币亲手挂在他们的颈上。

"像我现在这样,谁会给我检查呢?"亚伯拉罕·沙斯泰尔诺平静地问道。

"因为你内心的罪恶吗?"

"因为这些病痛而产生的罪恶。有人是这么说的,先生。"

我不能容忍这种胡言乱语再继续下去了。

"我告诉你吧,"我说,"你得的并不是什么用邪恶咒语才能治愈的疾病,而是一种慢性结核病,这种病不像肺结核那么严重,但它通常会造成化脓的红肿硬块。"

"先生,有什么办法吗?"

"建议你合理饮食、晒太阳、锻炼身体、洗澡,这些都需要长期坚持。"

"那切斯特十字架是怎么回事?"福尔摩斯问亚伯拉罕·沙斯泰尔诺。

这个可怜的家伙眼里又有了光芒。

"先生,我说不清楚。我是从我父亲的油渣饼作坊里发现它的,当时它被扔在一边,我把它跟那些石子一起放在了抽屉里,我们离开作坊时我把它们都带走了。我说不清楚它最初是从哪儿来的，我听说是我父亲用一两个先令连同那些石子一起从一位修补匠那里买来的。我们不知道那位修补匠是从哪儿弄的，但我希望它就是很多年前约翰国王赐予的那块，并且认为，触摸它肯定能治愈我的病。"

福尔摩斯把他拉到一把椅子旁让他坐下。

"现在请告诉我沙滩上发生的事。"

亚伯拉罕·沙斯泰尔诺明白福尔摩斯说的是什么意思，但他没有丝毫不安地看着我们。

"先生，罗兰和我一直合不来。但十字架和那些石子是最终的祸根。他把它们叫作冒牌货，我们刚到古灯塔时，他就发誓要把它们扔到海里去。"

"所以你就在钟表后部的壁架上凿了一道凹槽把这块金属放在里面？"我提示说。

亚伯拉罕·沙斯泰尔诺点了点头。

"还有石子，我把它们包起来藏在桌子抽屉的后面。那个星期天的晚上，8点前，我去给钟表上发条时，我打开钟表，发现那块金属不见了，我就去查看桌子抽屉，发现四块石子也不见了。有一块他没有拿走，是因为我一直带在身上祈求保佑。"

"那封信是怎么回事？"我问，"他也可以一起拿走，不是吗？"

亚伯拉罕·沙斯泰尔诺摇了摇头。

"不会的，先生，他不识字。"

"你当时听到枪声了吗？"

"我正在查看抽屉的时候，听到他的枪声就去了沙滩。他总说，我是个傻瓜，所以才不相信他会真的把石子扔进海里。当时,沙滩四周又黑又湿,脚下根本没有坚硬的沙滩了。"

"你和他打斗了吗?"

"我走到他跟前,想抢回他攥在手里的那个十字架和石子。我比他健壮,而且他喝了酒,所以我占了上风,把他摔倒在地。我当时以为那些石子掉在地上了。他试图把十字架扔到海里但没扔出多远。我们的身体分开时,我跪下来找那些石子和那块金属。罗兰跑开了。我没有找到石子,就又去追赶他,但并不想伤害他。他转过身,举起了枪。我比他强壮,但由于他手里拿着枪我不敢靠近他,甚至不敢去救他。他跑得越来越远。"

"他开枪了吗?"我问。

"他一直想开枪,但我们之间的距离越拉越大。我努力靠近些,大喊着让他回来和别做傻事之类的话。他陷入了软沙滩中,水几乎没过了他的膝盖。他大概还想跑回来,然后他真的开枪了。在海里,又隔得那么远,我几乎听不到海浪中的枪声,但我看到了火星。他开枪时身体失去了平衡,倒在了海浪里。子弹朝着我飞来,但我蹲下身子躲过了。我站起身再看时已经看不到他了,只看到海浪翻滚着,汹涌的潮水有几英里远。夜幕降临,我们周围都是水,我根本无法靠近他,也看不到他。就是这么回事。"

"你知道当时有人从教堂的塔楼上看到你们了吗?"我问。

"我想,我听到枪声时有人看到我们了,如果他们看到我们扭打,结果只有一个人回来了,那他们肯定以为是我掐死了他。我永远也说不清楚。我回到古灯塔后,稍微调整了一下窗板,上紧链子,然后离开了。我把所有的事情都考虑到了,就是忘了抽屉里的那封信。"

"然后你逃到了这里?"福尔摩斯问。

"我在沼泽地里过了几天难熬的日子,我有这方面的生活经验。我姐姐去伦敦找你们时并不知道我还活着,真的是这样。我平静地过了几乎一个星期后,听说罗兰的尸体被找到了,就来找她,因为我无处可去。"

沙斯泰尔诺小姐坐在靠背椅上,双手捧着脸,说道:

"这房子和里面的东西都不属于我,但我有点儿钱,我想把钱都给他,让他去赫尔港。大家都以为他淹死了,没人会找他。他可以乘船去阿姆斯特丹,在那里很安全,几个小时就能到。但我不能去。那里有什么地方可以让我这样的人生存呢?"

"很值得尊敬。"福尔摩斯用挖苦的语气说,"沙斯泰尔诺小姐,告诉我,您的那点儿钱能让他在阿姆斯特丹撑多久?钱用光了您的弟弟怎么办?他不会说荷兰语,他也不认识人,没有工作,除了面临到那里不久就会被抓住的危险,还会有什么结果呢?"

装饰华丽的小房间里一片寂静。过了一会儿,沙斯泰尔诺小姐问:"如果您不打算出卖我们的话,您建议我们怎么做呢?"

福尔摩斯转向了那位年轻人。

"因为我是歇洛克·福尔摩斯,所以人们认为我会把自己凌驾于法律之上,其实我只是偶尔为之。如果现在让我对你们做出判断的话,我认为,你们说的都是实话,我相信,你去海滩并不是想谋杀你弟弟的。你弟弟拿着石子的故事听上去也是真的,因为的确在他的口袋里发现了石子。他一共开了两枪,虽然你只听到了诱骗你的那声。他想伤害你,但他没伤到你,自己却被淹死了。尸检结果也许能证明他喝了酒。这些事实并不能作为你无罪的结论性证据,但它们足以让人相信是真的。但即便这样,这些证据还是会引起争论的。"他从椅子上站起来,就像他在贝克街

遇到这种情况时一样，踱到窗子旁，继续说，"如果遇到一位老道的起诉人，你在法官和陪审团面前将会一败涂地。从法律的角度来说你需要面对一个案子，但从正义的角度我不会出卖你。"

然后，他转过身对着他们俩说：

"一个人旅行可能会被人怀疑，而一对夫妇则不会。沙斯泰尔诺小姐，如果您爱您的弟弟，就跟他一起穿过奔宁山脉①去伯肯黑德②码头吧。如果您愿意的话，你们可以扮作未婚夫妻，乘同一艘移民船，分开住两个卧铺。在成百上千的乘客中你们不可能被注意到。去澳大利亚的航行需要三个月，那时萨顿十字口之谜早就成了老掉牙的消息了。"

他们俩看着福尔摩斯，谁也没说话。

福尔摩斯继续说：

"你们到达昆士兰或者新南威尔士时，这个国家已经把你们遗忘了，你们去的那个国家对你们一无所知，也没有人会找你们，你们可以重新安全地过着姐弟生活。你们都还年轻，可以重新开始。这是旧生活的结束，也是新生活的开始。"

沙斯泰尔诺小姐沉思了一会儿。

"福尔摩斯先生，这里目前只住着三个女孩。我已经把我的情况告诉了她们的家长。他们答应把孩子们转到林肯郡的修道院封闭式学校去。我这里的房屋的租约很快就到期了，租金也已经付了。"

福尔摩斯点了点头，打开他的皮袋子，拿出一件用绒布包着的东西。

---

① 英格兰北部主要山脉，有"英格兰的脊梁"之称。
② 英国西部城市，位于英格兰西北部的威勒尔半岛。

"亚伯拉罕·沙斯泰尔诺,这是你的了。它可能是一件圣人的遗物,就我所知至少有一块石子是蓝宝石。那块金属是质量一般的金子,本身没有很大价值,假如说它在这几个世纪里已经不具有治愈效果的话,那它现在对你来说是具有治愈力量的。"

10

我们离开梅布尔索普城和萨顿十字口,回到了贝克街。他们已经走了三个月,我们再也没听到或看到神秘古灯塔的任何消息。几个月后,我收到了一封爱丽丝·沙斯泰尔诺寄给我的信。信上写了两句感谢的话,信封上没有写地址,但盖的是布里斯班①的邮戳。

我把信递给正在吃早餐的福尔摩斯。他看完后又把信递给我,低声咕哝着:"华生,唉,希望他们幸福吧。我想,你肯定注意到了,她偏袒亚伯拉罕胜过罗兰。可你肯定从未想过,她可能不是他的姐姐。"

我愣住了。

"怎么可能,那还能是什么?"

"她或许是他的母亲。"

"不可能!"

"你把那些令人费解的细节联系在一起考虑一下。她十五岁那年突然离开家,说是因为得了结核病。他父亲的新任妻子陪她在海边休养了几个月。期间,老约翰·沙斯泰尔诺去看过她们俩。就在她们从海边回来之前不久,有消息传到萨顿十字口,说

---

① 澳大利亚第三大城市。

她继母生了亚伯拉罕·沙斯泰尔诺。"

"荒谬至极!"

"是吗?假如母亲跟她的孩子关系密切,孩子就能从他的母亲那里长点儿见识。他看上去像个没有修养的穴居人,但你不记得了吗?他在信中用'外科医生'而不是'医生',用'染上'而不是'遭受'。而且他还知道那些关于英国国王'忏悔者'爱德华和爱德华三世的故事。"

"荒唐!"

"好吧,老伙计,如果你到萨默塞特府①查一下出生、结婚和死亡记录,查查沙斯泰尔诺这个姓氏,就会发现,沙斯泰尔诺是他母亲婚前的姓。并且他也姓沙斯泰尔诺。"

"即便是真的,我也绝不会做这样的事。有些事还是不知道的好,当然不究查更好。"

他耸了耸肩,叹了口气,又翻了一页报纸,自顾自地说:

"老伙计,还记得在古灯塔的灯室里我祝贺你有了点儿发现吗?我当时还说,我可以培养你成为刑事案件的私人侦探。看来我错了。你身上缺少那种病态的执著,这会阻碍你的侦探能力。"

---

① 英国伦敦中部的一幢大型建筑,1837年起,司职英格兰和威尔士两地出生、婚姻和死亡证明的注册总处就在萨府北翼。

葡萄牙十四行诗

1

在歇洛克·福尔摩斯的档案里,存放着1890年查案时获得的一小笔收藏品,其中包括一些文学手稿和珍贵首版书。这可都是些稀罕物,倘若拿到世界各地的拍卖行去,牛津大学博德利图书馆、大英博物馆和像约翰·皮尔庞特·摩根这样的富豪收藏家们都会为其竞相出价。

时至今日,这些宝贝多半都还不为文学界和学术界所知。在贝克街的档案中存放的诸如拜伦勋爵的《唐璜在新大陆》的稿子,乃是诗人真迹。这些诗证实,这位离经叛道的伟大浪漫主义诗人曾有过把家安到托马斯·杰弗逊的国家去的雄心。这些手稿中还有声名狼藉的威廉·贝克福德于1820年写的《威尼斯修女:一个哥特传说》。贝克福德就是当年名噪一时却好景不长的丰特希尔隐修院的修建者。在另一个文件夹里存有一篇稿子,写的是十四世纪佛罗伦萨的一位著名异教徒在面对火刑时的独白,名为

《萨佛纳多致佛罗伦萨领主》。很显然,罗伯特·勃朗宁在他1855年的诗集《男人和女人》中删去了这一段。

在同一起案件的调查中,福尔摩斯还获得了一架子的图书善本。这些也都是些颇不寻常之物。福尔摩斯尤其钟爱其中的一本浅桃色封皮的书,书名叫《伊丽莎白·巴瑞特·勃朗宁十四行诗集》。封皮下角印着"非出版物,仅供阅读,1847年"。这便是《葡萄牙十四行诗集》的首度露面。诗集是伊丽莎白·巴瑞特前一年与新郎私奔时写的,借以表达对新郎的爱恋。1847年出版的私人珍藏版留存于世的不过三四本,是为送给密友们而准备的,由玛丽·拉塞尔·米特福德小姐负责印制。现在歇洛克·福尔摩斯手上的这本诗集的扉页上,就有用铅笔写的题字:"米特福德小姐惠存,伊丽莎白·巴瑞特·勃朗宁"。勃朗宁夫人写这行字,是要提醒自己这本诗集是要留赠给她的朋友米特福德小姐的。

然而,这样的珍宝居然在半个世纪后落在了一个毙命的敲诈犯手里。

2

这起案件发生时,我与歇洛克·福尔摩斯相识已近十年。1890年4月24日,我们伦敦警察厅的朋友托比亚斯·格里格森警探来拜访我们。他当时有一个习惯,每周抽一天晚上来我们这儿坐坐,跟我们喝一两杯纯麦威士忌,聊聊当时侦探界的一些小道传闻。

格里格森告诉我们,那天傍晚,他下班后正准备离开办公室,接到报告说,在位于切尔西金尼顿街的一家酒吧外面的一条阴沟里发现了奥古斯塔斯·霍威尔的尸体。他的喉咙被割断了,

牙齿之间还被塞了一枚金色的半金镑①硬币。几年后，在调查"红圈会"一案的时候，我才知道，这是那不勒斯的黑社会对敲诈犯或向警方告密者的"传统奖励"。警方多次怀疑这名男子恫吓他人索要钱财，但一直都找不到证据定他的罪。

福尔摩斯听完之后，一字不差地吟诵了一句莎士比亚《麦克白》中的台词："他反正迟早要死的！我亲爱的格里格森，在霍威尔这件事上，我敢肯定，既然他死过如此多次，他还会继续去死的！"

"我不太明白你的意思，福尔摩斯先生。这个人怎么可能在此之前就已经死过多次了呢？"

福尔摩斯靠在椅背上，兴奋地大笑，然后又平静下来。

"给你提个醒儿，格里格森。牵扯到奥古斯塔斯·霍威尔的案子都不要碰，别蹚浑水。留给伦敦警察厅别的可怜小子绞尽脑汁去吧。"

"我还是不太明白你的意思，福尔摩斯先生。我不认为这是一件可以拿来开玩笑的事儿。"

"很显然，你还不太了解你的那些同事们。你知道在过去的三十年里，奥古斯塔斯·霍威尔因为他不光彩的职业死过多少次了吗？据我所知，至少四次。每次他的讣告一出，克里斯蒂拍卖行或苏富比拍卖行都会拍卖他的遗产。时不时地通过宣布自己死了来逃避债主，还真不失为一个妙招。当然啦，如果你说的是真的，可能就是有人用一种一了百了的方式跟他结账啦。但也许他这次又是故伎重演，不过是搞得更耸人听闻些罢了，弄得更像是一出恐怖剧。"

---

① 英国硬币，值二十先令，已不流通。

"这怎么可能呢,福尔摩斯先生。你确定吗?"

"怎么不可能?之前就曾有过一次'亡者霍威尔'的遗物拍卖会在圣詹姆斯国王街的克里斯蒂拍卖行举行,还不到一两年的工夫呢。竞拍的物品包括约书亚·雷诺兹①爵士和托马斯·根兹博罗②的画作,还有几幅但丁·罗塞蒂③的作品。霍威尔曾经做过罗塞蒂的代理人,当罗塞蒂发现霍威尔把他未完成的画作或者根本没打算创作的作品拿去抵押,从收藏者口袋里骗钱时,就解雇了他。后来,那些买家都跑去找画家要钱,而这些钱已经被霍威尔挥霍了。他从罗塞蒂的画室里偷了《维纳斯阿斯塔特》的草图,在画布上模仿罗塞蒂的签名,然后当作已完成的作品以不菲的价格卖给了一个比较好糊弄的买家。"

格里格森现在开始专心致志地听着了。

"曾经有一段时间,霍威尔和一个女人以夫妻之名住在罗莎科德的邦德街。那女人是一名专画马和狗的画家。霍威尔把她训练成了一名'复制者',他是这么称呼她的,说白了,就是个造假的人。他俩还给一些品位低俗的客户复制福塞利④的画,相当令人倒胃口的那种。"

"哦,幸好我从没插手过他的案子!"格里格森若有所思地说,"我可以跟你透露一点,福尔摩斯先生,伦敦警察厅存有霍威尔年轻时的档案。根据记录,他是奥尔西尼⑤的支持者,曾经参与谋划在巴黎歌剧院门口制造爆炸事件,企图谋杀拿破仑三

---

① 英国著名学院派肖像画家。
② 英国肖像画家和风景画家。
③ 英国画家兼诗人,拉斐尔前派画家的重要代表。
④ 瑞士画家,作品多为黑暗、脱离常规的主题。
⑤ 意大利人费利切·奥尔西尼,1858年企图刺杀拿破仑三世。

世。根据当时的法律,参与一起未遂的案件还算不得犯罪。但不久法律就改了。我还记得,根据内政部的档案,在阿伯德尔勋爵①的年代,霍威尔让人把罗塞蒂夫人的棺材从海格特墓地挖出来,就为了取出罗塞蒂的诗作。他干的这些事看起来都很蹊跷。这家伙出生在葡萄牙,父亲是个英国人。"

"确实如此。"福尔摩斯大笑道,"他十六岁那年,在里斯本打牌时耍花招,遭人拿着短剑威胁。就是在那个时候他被带回了英国。我对他的了解都是些道听途说,据说他这个人就是个十足的流氓、骗子、卑鄙小人。我以前听罗塞蒂吟过一首诗,那首诗是他打发走这位代理人之后作的,好像是这么写的:

> 有个人叫霍威尔,
> 一个造假的家伙,
> 一个可耻的流氓,
> 总是夸大其词,
> 谎言漫天飞扬。
> 他若哪天不撒谎,
> 必是快要见阎王,
> 因为对他而言,
> 活着哪有一日不打诳。

这家伙一丁点儿优点都没有。我都有点儿喜欢这个无赖了。但是,考虑到现在我自己这行干得还算顺当,我还是别这么想

---

① 阿伯德尔勋爵:亨利·奥斯汀·布鲁斯,第一代阿伯德尔男爵,1873年8月9日—1874年2月21日担任枢密院议长。

了吧。"

"你想做个敲诈犯?"格里格森满脸狐疑。

福尔摩斯摆了一个不以为然的姿势。

"你永远也定不了他敲诈勒索的罪。他太聪明了,干这行小菜一碟。霍威尔曾介绍诗人斯温伯恩①去逛摄政王公园马戏团路的那家臭名昭著的妓院。那些富家子弟常在那里寻欢作乐,在粉面桃花的年轻女人堆儿里打发百无聊赖的下午。真是可悲啊,叫人想起已故的放荡贵族萨德伯爵。"

看到一向自信、独断的格里格森突然脸涨得通红,我觉得有趣极了。福尔摩斯继续他的话茬儿。

"霍威尔和这位初出茅庐、涉世不深的诗人互通书信,在信中讨论了很多幼稚懵懂的东西。十年后,斯温伯恩声名极盛之时,收到了这位故交的来信。霍威尔之前把诗人过去所有的来信粘贴成了一本纪念册式的集子。穷困潦倒的时候,他便把这本集子拿去典当了。现在他没钱把集子赎回来。当铺老板等得实在不耐烦了,建议霍威尔把集子拿出去公开拍卖。一周之内,斯温伯恩上将和夫人付了一大笔钱,把他们儿子年少轻狂的历史记录买了回来。这笔钱被霍威尔和他的同谋开心地瓜分啦。"

格里格森定了定神。

"我的天哪!"他若有所思地说道,"竟有这样的事儿!真是闻所未闻!"

"的确如此。若是对方比较难对付,霍威尔就拿出那些有失对方体面的信件给他邀请来的客人们看,大肆宣传其中的一些内

---

① 英国维多利亚时代最后一位著名的诗人阿尔加侬·查尔斯·斯温伯恩。

容。他经常用这种方法要挟对方,直到对方把那些有损形象之物买回来。你想想,斯温伯恩夫妇既然想尽一切办法重金买回那些信件,以掩盖儿子的愚蠢行为,他们会站在证人席上把这件事抖出来吗?你能在典当信件这件事上找到敲诈勒索的证据吗?当众吟诵这些书信,固然绝非君子之举,但也构不成犯罪。"

"你对这个人早就有所耳闻了,是吗,福尔摩斯先生?"

"我跟他谈不上熟络,格里格森。我有快十年没见过他了。我接触这个人,是因为受一位叫悉尼·摩斯的先生委托,调查一个被称为'猫头鹰和橱柜'的案子。"

格里格森的眼睛里闪烁起顿悟的光芒。

"摩斯先生的案子是不是也与美国画家惠斯勒先生有关呢?"

"1878年,惠斯勒打算去威尼斯,就把一个价值不菲的日本橱柜卖给了摩斯先生。这个橱柜由上下两个部分组成。惠斯勒把送货单交给了霍威尔。摩斯先生某个周六来到霍威尔住所,付了橱柜的钱,说好周末之后来取。他前脚刚走,霍威尔就叫来了一个典当商,以高价把橱柜抵押了出去。橱柜的上半层当时就被装上了典当商的马车,霍威尔也拿到了钱。他答应典当商,周末之后交付橱柜的下半层。"

"我想,我看出这里头有什么猫腻了。"格里格森脱口而出。

"估计你是看出来了。周一的时候,霍威尔只把橱柜的下半层交给了摩斯先生。他谎称橱柜的上半层在运输过程中损坏了,已经拿去修了,他一取回来就会立刻给摩斯先生送去。但他后来又告诉那个典当商,橱柜的下层因为受损拿去修了。"

福尔摩斯吸了口气,本想大笑一阵,但忍住了。

"然后,霍威尔就拿着收到的两笔钱失踪了,让那两个傻子各自拿着半个橱柜。俩人都挺信任霍威尔,认为他拿半个橱柜也

没啥用。他们太不了解他啦！为了解决这桩案子，走必要的法律程序就花了三年的时间。那段时间，摩斯先生聘请了我。惠斯勒先生回来后，付了抵押款和三年的利息才从典当商那里把橱柜的下半层赎了回来，交给合法买家。"

9点刚过，客厅响起敲门声，哈德森太太出现在门口，手里拿着一封电报。

"先生们，有封给格里格森先生的电报。不必回复。"

她把电报交给格里格森后就出去了。我们看着格里格森读电报。虽然不知道上面写的是什么，但内容好像让这位刚刚被泼了冷水的警官重新拾起了信心。

他抬起头来。

"啊哈，华生医生！福尔摩斯先生！有一条关于霍威尔先生的消息要告诉你们，电报是在菲茨罗伊广场家庭医院那里的当班警官不到一小时前发过来的。"

福尔摩斯询问具体是怎么回事的时候，眼中闪烁了一下。

"你确定这封电报不是霍威尔假扮成执勤的警官自己送到苏格兰场去的？他耍这些花样可是游刃有余！"

格里格森瞪了福尔摩斯一眼——这种情况我还真是唯一一次见到——然后才继续说道：

"他们在霍威尔先生的口袋里发现了一本书，是伊丽莎白·巴瑞特·勃朗宁太太的《十四行诗集》。从外表上来看，这是本很旧的书。他身上就再没其他什么值钱的东西了。还有，这个可怜的家伙最后勉强说出来的话是'草叶'，还重复了好几遍。"

就这样，十四行诗被牵涉进了这件案子，尽管到目前为止，我还没看出这里面有什么意义。但是，霍威尔跟沃特·惠特曼有什么关系呢？

"《草叶集》,惠特曼所著。"我迅速说道。由于读过这位新派美国诗人的作品并对他极为赞赏,我一下子就猜出了这本书的名字。"电报里有没有说霍威尔现在是死是活?"

还没等格里格森回答,福尔摩斯就插了一句:

"不管他是死是活,但一谈到奥古斯塔斯·霍威尔这个人,恐怕就很少有什么是可以相信的了。"

3

两周之后,我们接待了两位作风迥异的访客。此前几天,福尔摩斯就跟我提过,5月8号下午2点半会有一对勃朗宁夫妇来访,他们有一件棘手的事想咨询一下他。我推想,他们可能是伟大的诗人勃朗宁夫妇的儿子和儿媳。

著名诗人罗伯特·勃朗宁此前一年刚刚去世,但同样久负盛名的伊丽莎白·巴瑞特·勃朗宁太太则逝世近三十年了。《十四行诗集》在霍威尔的口袋里被发现之后,勃朗宁夫妇的后代又来造访,这两件事看似是个巧合。然而,歇洛克·福尔摩斯却从来不相信巧合,在他的世界里,只有因果关系。

预约时间刚到,哈德森太太敲了敲门,推开了门,脸上自然而然地带着一副庄重的神情:"罗伯特·维德曼·佩尼尼·勃朗宁先生和范妮·康弗斯·勃朗宁太太来了。"

我听出了这是罗伯特·勃朗宁的儿子的名字。这个名字很有特色,任何看报纸的人都能认出来。他更为大家熟知的名字是"潘·勃朗宁"。他是一个随和的年轻人,从事绘画和雕塑而不是诗歌。我发现,他比我想象的要瘦,尽管已经三十出头,看起来还像个没有完全成熟的少年。尽管蓄着浓密的胡子,头发稀疏,

但他的脸庞显得很年轻,跟他已故父亲那轮廓清晰的脸庞截然不同。范妮·康弗斯·勃朗宁太太看起来比他略小几岁,是位小巧、美丽的女士,身材略显丰满,长着意大利画家提香的画中的那种蓝眼睛和红头发。我从报纸上得知,她出生在美国,在英国长大。

我们相互介绍后,勃朗宁夫妇坐下了。然后,潘·勃朗宁——如果我可以这么称呼他的话——先起了话题。

"福尔摩斯先生——还有华生医生——我和我太太最近去找了苏格兰场的格里格森警探,但他说帮不上我们,并且建议我们来这儿寻求你们的帮助。这件事十分棘手,我担心这跟一个叫奥古斯塔斯·霍威尔的人的死有关。这个人颠倒是非,耍诡计行骗,已经威胁到我父母的名誉,也弄得我们心绪不宁。"

"很抱歉听到这样的事。"福尔摩斯谦恭地说道。为了接待客人,他今天特地穿上了他的黑色长礼服。"我听说过霍威尔这个人,当然啦,也听说他死了。我还从格里格森先生那里得知,在他身上找到了一本您母亲的诗集。"

潘·勃朗宁点了点头。

"在收到他的一封短信之前,我根本不认识这个人。他在信中暗示说,要把那本诗集还有其他一大堆跟我父母有关的东西以极高的价格卖给我。实际上,他是要我第二天跟他见个面。他说,他是什么代理人之类的,是受人委托的。他声称,手头有一些我父母的私密文书,还说这些文书的所有者委托他把它们拿出去公开拍卖。那本《十四行诗》是极其珍贵的1847年版的私人珍本,比公开发行的版本要早三年。正是因为他找我们,我们上个月才来到了伦敦。可能您也知道,我和太太大部分时间都住在威尼斯。"

"是的。"福尔摩斯说道,"您住在威尼斯大运河左岸的雷佐尼克宫,对吧?"

"正是。先父买下了那里并留给了我。您可能对已故的杰弗里·阿斯帕恩①在威尼斯的生活也有所耳闻吧?"

福尔摩斯露出一丝惊讶的神色。

"谁不知道杰弗里·阿斯帕恩?他是埃德加·爱伦·坡②的前辈,1818年离开美国弗吉尼亚,在欧洲生活了大半辈子。他是拜伦的朋友,据我所知,他去世前几年在意大利的时候,还跟雪莱有过一段短暂的友谊。爱德华·特里劳尼③不是在他的《回忆录》里面写过他们在威尼斯和拉文纳见面的事吗?"

"对,他的私人文书里面对此提到得更多。"

福尔摩斯兴奋地说:"如果我没记错的话,他生于1788年,逝于1863年,活得远比拜伦勋爵和其他英国诗人要长。作为一个浪漫主义诗人,他和威廉·华兹华斯一样,都活得太长啦,很快就过了最佳创作的年纪。"

"您真是博闻强识啊,先生。"潘·勃朗宁看了看福尔摩斯,然后将目光转向别处。"阿斯帕恩生前的伴侣胡安妮塔·伯赫德罗也活了很大岁数,去年刚刚去世。这您知道吧?"

"我在报纸上看到过她的讣告。我记得,她去世的时候都九十几岁了。"

"1820年,她还很年轻的时候,就做了阿斯帕恩的情妇。他待她越是差劲,她越是对他死心塌地。七十二年前他去世的时

---

① 美国著名诗人。
② 十九世纪美国诗人、小说家和文学评论家。
③ 小说家、冒险家,与诗人雪莱、拜伦是朋友。

候,她的妹妹蒂娜搬到了阿斯帕恩宅邸来和她同住。她们一直住在那里,直到去年。俩人都至死未婚。那所宅邸位于一条运河边上。"

"确实如此。"福尔摩斯再次应道,并用眼神示意潘·勃朗宁继续说下去。

"姐姐去世后,蒂娜·伯赫德罗就回美国去了。房子一直空置着。遗产问题很复杂,因为阿斯帕恩和她的情妇并无婚姻关系,二人也膝下无子。一切都由遗嘱执行人和代理人负责打理。阿斯帕恩的宅邸里存有一些很有文学价值的珍宝,屋里还藏着足够制造一起让人无法接受的丑闻的秘密。有人告诉我,在一张拿破仑时代的写字台的抽屉里放着所有拜伦勋爵和阿斯帕恩之间未公开的信件。"

歇洛克·福尔摩斯非常惊讶地把眼睛眯了起来。

潘·勃朗宁继续说道:

"据说,那里还有一些拜伦未曾公之于世的诗歌手稿。曾经有个交易商想把一本1820年的未发表的小说稿卖给我,据说那本手稿是拜伦勋爵在离开威尼斯去希腊之前赠给阿斯帕恩的。那次远行是拜伦勋爵最后的一次,也是致命的一次旅行。小说的名字是《威尼斯修女:一个哥特式传说》,作者是贝克福德,那个所谓的'丰特希尔隐修院院长'。据说此书只流传下来这么一本,作者把它送给了拜伦。天知道那里还有些什么东西啊。对我来说最糟糕的是,据说那儿还有我父亲和母亲的一些不为人知的诗歌和信件。我来这儿,为的就是此事。"

"这很值得注意啊。"福尔摩斯表示理解。

"据说那里的信件既有我父亲的,也有我母亲的。虽然可能都是些信件草稿,但还是会有失体面,因为其中有他们之间的私

密信件,还有一些是我父亲在我母亲1861年去世之后写给一些关系密切的女性朋友的信。他在佛罗伦萨的时候和伊萨·布莱格登小姐走得很近,我母亲跟她也很熟。父亲和她的关系一直保持到他鳏居之后很久,那时候他们每天都会通信。父亲在伦敦的时候与茱莉亚·韦奇伍德小姐的关系也很密切,也是持续到我母亲去世很久以后。这些女性都是他的至交,是他生命的一部分。他们的友情中不存在任何有伤风化或不得体的地方,甚至可以说连丝毫轻率的言行都没有。但代理人却告诉我说,在阿斯帕恩宅邸存放的那些我父亲的信件中,有一些表达私情的内容,而且信件已经到了交易商的手中。"

他顿了顿,好像在等着我们露出怀疑的神情,但我们并未表露出有所怀疑。

"我认为,"福尔摩斯说道,"尽管收信人没有出版这些信件的权利,但却有这些信件的所有权。无论如何,这些信件的内容还是可以被公之于众的。"

"但这些都是谎言啊,福尔摩斯先生,或者至少可以说是误解。我不知道那些文书是怎么到了阿斯帕恩那里的,更不知道是怎么到了伯赫德罗姐妹手上的。出现家贼是不大可能的,但很可能是有人耍了什么花招。可能是有人假装追求家里的女仆,但实际上那人的目的是混进家中,将那些文件偷出来卖钱。大概就是这种情况吧。我父亲认识杰弗里·阿斯帕恩,我母亲也认识他。我觉得,他们对他并没有什么好感。我敢肯定,我父母是不会在知情的情况下把那些文书托他保管的。那些文书包括罗伯特·勃朗宁的诗,据说在阿斯帕恩家的那些文书里,有一首未被采用的《指环与书》的序诗,还有我父亲从他1855年那本伟大的诗集《男人和女人》中删去的戏剧独白。"

他再一次停了下来。

"请继续说下去,勃朗宁先生!"福尔摩斯的眼睛里的不耐烦神情已经消失了。

"我怀疑伯赫德罗姐妹是否真的知道宅子里有些什么东西。她们都不是懂诗歌的行家,而是——请原谅我的无礼——贪得无厌的粗俗恶妇!阿斯帕恩死后,她们一直过着与世隔绝的生活,我从来都没见过她们。我父亲在意大利一直居住到1861年,在晚年的时候认识了阿斯帕恩。后来,我父亲每年都回威尼斯,到我们这儿来,他是12月在威尼斯去世的。"

"那些据说是放在阿斯帕恩的写字台里的材料,您从来都没亲眼见过,是吧?"

"我没见过。我起初知道这些,是因为公证人安杰洛·菲奥里曾经间接地跟我提到过。他曾经处理过阿斯帕恩的遗产问题。所幸的是,他姐姐是我们家的一个朋友,曾在我父亲在世的最后的日子里照料过他。菲奥里和我之间都是通过她联系的。"

福尔摩斯瞄了一眼他的烟斗,但因为范妮·勃朗宁太太在场,他忍住了没抽烟。

"请原谅,勃朗宁先生。除非是您父亲自己给杰弗里·阿斯帕恩或伯赫德罗姐妹的,不然那一大堆收藏物里怎么会有那么多的私人文书呢?一个女佣加上她的追求者,能解释您所描述的一切吗?可能您提到的那些您父亲写给女性朋友们的大部分信件到阿斯帕恩那里前,阿斯帕恩已经死了。"

"一点儿没错,福尔摩斯先生。可能有人偷偷闯进我父亲家中,偷了那些信,然后卖给了伯赫德罗姐妹。可能那些都是些无关紧要的信件,只是在某些方面被误读了。我真的搞不清楚。阿斯帕恩死后,这两姐妹干了很多中伤他人的勾当,手法还不高

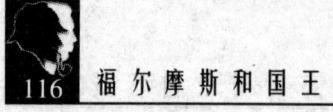

明，搞得名声臭得很。用丁尼生①勋爵的话说，叫'文学这缕秀发上的虱子'！我父亲就曾经用这句话来形容她俩。他一向对胡安妮塔·伯赫德罗没什么好印象。他觉得她好管闲事、无事生非。她年轻的时候就丑闻缠身，岁数大了，自己没什么可以拿来制造丑闻的东西了，就编造别人的丑闻。我父亲就是这么评价她这个人的。这么多年来，哪怕是能引起一丁点儿轰动效应的文件、善本等东西，她都要收集，搜罗的尽是些威廉·贝克福特之流的文稿。后来，她更加肆无忌惮，她雇了些'探子'——如果我可以这么叫的话——去拍卖行拍卖或者偷偷摸摸做点儿私下交易。"

"但她没跟您或您父亲做过什么交易，是这样吧？"

"她知道我们不会跟她做交易。但是，我父亲离世后，有两个可耻的家伙来找过我，问我愿不愿意花钱把我父亲的一些文稿买回来。我把他们打发走了，我拒绝跟他们谈生意。现在看来，也许这么做不明智。现在，胡安妮塔·伯赫德罗已经死了，蒂娜·伯赫德罗不管是对那些文稿还是对杰弗里·阿斯帕恩，一概没什么兴趣，她只关心能不能靠这些东西赚到钱。自打她姐姐死后，她把一切事务都交给代理人一手操办，那些人只负责把这些东西以最好的价钱处理掉。会不会给生者在感情上造成伤害，会不会损害死者名誉，他们才不管这些呢。"

"那么，奥古斯塔斯·霍威尔就是现在的代理人或代理人之一吧？"

潘·勃朗宁点点头。

"我来伦敦，就是为了跟他谈价钱的。但刚开始，他写信给

---

① 英国19世纪著名诗人，代表作《尤利西斯》等。

我们,威胁说,现在谈为时已晚,很多影响最不好的东西已经到了拍卖商和估价人的手中了。他还解释说,蒂娜·伯赫德罗没有授权他去中止他们的拍卖,我要想买的话,只能去公开竞价。"

"他是不想跟您谈?"

"最后,用他的话说,他还是做出了'让步'——如果我愿意在公开拍卖展出现货之前买回那些文稿,他可以给我一个'特价'。换句话说,就是我压根儿都不知道自己要买下的东西是什么。现在,那个卑鄙的家伙已经一命呜呼,即使我同意这笔买卖也不可能了。"

"他就是要让我们相信这些,引我们上钩。"

"您现在知道我的困境了吧,福尔摩斯先生?整件事都掌握在蒂娜·伯赫德罗的手中,天知道这个眼里只有钱的女人现在跑哪儿去了。过不了多久,那些所谓的文稿就会被公之于世。"

福尔摩斯走到窗前,看了看楼下明媚春光里车水马龙的贝克街,然后又转过身来。

"勃朗宁先生,在我们浪费您更多的时间之前,或者说在浪费您更多的金钱之前,我想,我们必须早早做些准备。方便的话,您应该尽早回威尼斯。"

"我们下周一就动身。"范妮·勃朗宁平静地说。

"很好,越快越好。如果你们希望的话,我和我的同事将尽快去找你们,最迟在下周末。就像我刚刚说的,你们应该提前回去。我们必须尽早找机会亲眼看看那些文件。"

"但怎么才能看到呢?"她惊讶地问,"那些文件分散在不知道多少个不讲道德的交易商手上。"

"夫人,"福尔摩斯用冷静的口吻说道,"当有毒的眼镜蛇缠住您的时候,努力挣脱它的缠绕、防御它的毒牙或者到处捅它都是没有用的。您必须斩掉蛇头,这样它就立刻松开了。阿斯帕恩宅邸就是这起阴谋的蛇头,那儿才是我们要打击的地方,趁现在还来得及。"

"我真希望如此,福尔摩斯先生。"潘·勃朗宁先生激动地插话道,"我想请您采取行动,捍卫我父母的名誉。我到伦敦之后,也打听了霍威尔这个人。我只了解到,他曾经吹牛皮说,自己曾经潜入深海,寻找沉没在海底的西班牙大帆船残骸中的宝藏,还在摩洛哥的一个阿拉伯部落当过酋长。他是个爱讲大话的家伙,很可能还是个撒谎精。我可不想让我父亲的人品被这种人或那些现在仍在干他这种勾当的家伙玷污。"

"这样说很对。"福尔摩斯说道,"我觉得,在现在这种情况下,说霍威尔的坏话也是无可厚非的。他就是个十足的无赖——虽然也有两下子。"

"福尔摩斯先生,我真的希望您能去威尼斯,去阿斯帕恩宅邸,去清剿那个搞阴谋诡计、造谣生事的老巢。您有侦查断案的才能,而我没有。相信我,我需要您的才能。"

"我们必须赶在另一个像霍威尔这样的人接替他之前,把一切办妥。"福尔摩斯语气坚定地说,想尽量安慰这个年轻人。"现在那里由谁负责?"

潘·勃朗宁面露不安的神色。

"现在那里正是交接期。房子暂时由威尼斯的公证人菲奥里作为蒂娜·伯赫德罗的代表管着。对于那些文书,除了它们的商业价值外,她一概没兴趣,因为她姐姐才是诗人死心塌地的情妇。在其他人插手之前,或者在拍卖行举行拍卖之前,我们可以先跟那位公证人谈谈。他可能会同意您代表我去查验那些据说放在阿斯帕恩写字台里的我父亲写的那些文书。"

"然后呢?"福尔摩斯警惕地问道。

"福尔摩斯先生,罗伯特·勃朗宁和伊丽莎白·巴瑞特之间的爱情是伟大而高尚的,是从疾病和死亡中获得的救赎。它不能被肮脏的糟粕和金钱交易玷污。如果我必须要为此掏钱的话,那这钱我一定出。"

福尔摩斯若有所思地沉默了良久,然后说:

"请给我点儿时间。明天中午前,我会做好必要的安排。"

"当然,福尔摩斯先生。"

潘·勃朗宁站了起来,福尔摩斯也站起身。我们的访客极其热情地握着我朋友的手,这种热情程度超出了我的想象。勃朗宁先生和我一样清楚,只要我们买到欧洲大陆快线的卧铺车票,八匹马也拦不住福尔摩斯去威尼斯。他已准备和死去的霍威尔这个看不见的对手一决高下了。

刚刚听到的这些事让我高兴不起来。客人走后只剩我俩时,我便掩饰不住这种感觉了。

"这是件麻烦事儿,福尔摩斯,不管我们怎么处理都很麻烦。那些文书一旦流散到世界各地,造成的丑闻将覆水难收。不管真相如何,人们都会说,什么事都不会是空穴来风。"

他正在埋头阅读《环球》晚报,听到我这样说,他抬起头来。

"为了让你更清楚些,华生,我再重复一遍:要想杀死毒蛇,必须斩掉蛇头。这是唯一正确的方法——也是我要遵循的法则。"

福尔摩斯说得很清楚,但我的疑虑还是没有完全消除。

4

几天后,我们坐火车从荒凉寂寥的梅斯特雷来到了景色迷人的威尼斯。潘·勃朗宁正在站台上等我们,把我们从吵闹的火车站解救了出来。他麻利地帮我们叫脚夫,把我们的行李放到汽艇上,最终把我们安置在他的贡多拉①上。

勃朗宁邀请我们到雷佐尼克宫去住,但我们拒绝了,住进了丹尼利旅馆。照福尔摩斯的话说,保持"独立"才是最好的。还有一个原因,潘·勃朗宁是一位有才华的艺术家,擅长于创作女性裸体绘画和雕塑,据说这常常导致他们夫妻不和。范妮·康弗斯是在严格的美国清教徒传统下长大的。福尔摩斯说,他可不想卷到他们两口子的争执中去,如果被卷进去还得选择站在哪一边。

潘·勃朗宁和范妮·勃朗宁夫妇比我们早三天离开伦敦。他告诉我们说,回到威尼斯后,他把所有事基本都办了。他从雷佐尼克宫写信给西格纳·安杰洛·菲奥里,就是那位阿斯帕恩遗产的公证人,他的姐姐还曾非常有幸地照料过罗伯特·勃朗宁的晚年生活。菲奥里立刻给蒂娜·伯赫德罗发了封电报,告知她,根据意大利的法律,在办理后续一切事务之前,需要给整个阿斯帕恩宅邸估价。他当天就收到了她的回复和指示。姐姐死后,她曾经私下告诉过菲奥里,她一直对威尼斯这个城市没啥好感,想要离开这座城市已经不是一天两天的事了。她对杰弗里·阿斯帕恩更没什么好感,尽管她连见都没见过他。她不会帮我们,不过她

---

① 意大利威尼斯特有的和最具代表性的传统尖舟。

对阿斯帕恩家的那些文书不讲感情,只谈价格。

贡多拉在过往汽艇掀起的阵阵波涛中左右晃动,我们在两岸大理石宫殿和它们反射出的柔和阳光中间前行。潘·勃朗宁向我们讲了他最近一次与蒂娜·伯赫德罗进行的毫无结果的讨价还价。安杰洛·菲奥里同意任命福尔摩斯为这些可疑的文件的"估价员"或"估值师",让他去看看仍然存放在阿斯帕恩宅邸的那些文书。菲奥里警告伯赫德罗小姐说,若那些东西被鉴定为赝品,就无法当成真品卖出。于是,她同意让福尔摩斯去看看。

"您没跟这俩姐妹打过交道啊,福尔摩斯先生。"潘·勃朗宁说道,"她们会毁了别人,把别人搞得倾家荡产,到头来一无所获。她们像卖鱼妇一样跟人讨价还价,总想耍些小手段,用意大利语说叫'combinare',就是串通好了做戏,哄抬出一个'特别价格'来!要是这个伎俩行不通的话,她们就像小摊贩一样用花言巧语哄骗你。她们可能会说,'也许我们可以想办法给您一个更好的价格',但到头来却肯定是更糟的!"

到达威尼斯后的第一个早晨,我们乘贡多拉来到了阿斯帕恩家。

福尔摩斯拉了拉已经锈蚀的铃绳,一位披着披肩的女佣打开了门。

我们穿过一个长长的、落满灰尘的大厅,跟着女佣走进一栋看似已经废弃的建筑物。我们穿过一扇扇装饰精美的门,看到那里挂着棕色的画,画框已经失去光泽。地板上什么也没有,墙上亦是空空如也。很难想象这样一个地方会有什么值钱的东西,更难想象这里可能会有奥古斯塔斯·霍威尔之谜的答案。除非他本人还活着,自己出来把答案告诉我们。

我们进了楼上的房间,透过窗子,可以看见粗瓦片的屋顶和远处阳光照耀下的湖面。楼下是一个花园，确切地说是一个杂乱的小院子，由周围的石墙将之与外面的世界隔开。这样荒凉的地方，怎么会一年前还有人住在里面呢？

女佣拿出了一串钥匙，打开了我们面前的那扇门。这是一间积满尘埃的房间，红砖地面上放着几把草垫椅子和几张灯芯草垫子。屋里十分昏暗，只有从北边的窗户里照进来的一点儿光线。远处的那堵墙被一张高大的暗色桃木写字台占去了一大部分。那张写字台比很多衣柜都要大，是拿破仑·波拿巴第一帝国时期的家具。想必这就是杰弗里·阿斯帕恩有名的"秘密"了。写字台里面装着的东西，正如他在名诗《衰老与年轻》中所描绘的，是"干巴无味的灵魂腐朽的秘密"。紧锁的抽屉和两旁的柜子，正是藏着那些讲述不正当私情和诡秘罪行的故事的绝佳之处。写字台上，放着仅有的一把用来打开抽屉和边柜的钥匙。

"请坐。"女佣指着一把椅子说，"您请坐。如果您需要，我就会过来。那把钥匙可以打开所有的抽屉和柜子。"

她英语说得这么好让我感到很惊讶，尽管带着些口音。

"我曾经在医院做过翻译。"她笑道，"安杰洛·菲奥里是我的表弟。杰弗里·阿斯帕恩的这些文书有两次差点儿遗失。年长的那位伯赫德罗小姐奄奄一息的时候，把它们藏在自己的床垫里。她叫来我的表弟，让他在她的遗嘱中加上一条，说要把这些文书跟她一起下葬。可能她觉得这些东西让她感到有些羞愧吧。但后来并没这么做。她的妹妹留在这里的最后一晚把一些文书在厨房的火炉里烧了。剩下的都在抽屉里。这里还存有一些图书善本，放在边柜里和架子上。"

"非常感谢，夫人。"福尔摩斯说道，并彬彬有礼地向她鞠了一躬。"我想，您也见过霍威尔先生，是吧？"

她笑了笑,但眼睛里流露出一丝担忧。

"一个多月前他来过这儿。后来他回英国了,我就再没见过他。"

"他没留下任何口信吗?"

"我想没有。"

女佣走了出去,没有关门。我们能听见她在隔壁房间里忙忙碌碌时发出的声音。

尽管威尼斯春天的第一股热浪已经涌来,歇洛克·福尔摩斯还穿着他的正式套装。他从口袋里掏出高倍放大镜,放在写字台上,然后开始工作。他用钥匙打开了下层的几个抽屉。第一个抽屉里除了灰尘和木条外什么也没有,第二个里面只有几张再普通不过的纸片。

他又拉开写字台中间的那个最大的抽屉,从里面掏出了一个破烂不堪的橄榄绿色的皮包。那东西看起来好像放在那里落了好几个月的尘土了——可能是蒂娜·伯赫德罗放的。皮包下边放着一个对开的信盒,外表是皮革的,上面还用烫金字印着阿斯帕恩的姓名。

福尔摩斯扭开皮包的两个扣环,取出里面的东西,又打开写字台两侧的边柜。里面排放着一些书。这些书几乎都是新的,充其量只是有一点点残旧。让我没想到的是,这些宝贝里有很多是印刷出版的书,大多数的出版日期还比较近,而且不止一册。我注意到里面有但丁·罗塞蒂的《诗选》,出版日期是1881年。柜子里大部分书都是约翰·罗斯金、威廉·莫里斯和阿尔杰农·查尔斯·斯温伯恩以及罗塞蒂的作品。架子上还有三本罗伯特·勃朗宁的诗歌珍本,其中两本是诗人题字后送给杰弗里·阿斯帕恩的,日期可以追溯到五十年代。第三本叫《金发》,是在阿斯帕恩死后出版的，题字写的是赠给胡安妮塔·伯赫德罗。

福尔摩斯打开了印有烫金字的信盒。如果我们之前所获信息属实的话，这里面应该有拜伦勋爵、罗伯特·勃朗宁和威廉·贝克福德写给杰弗里·阿斯帕恩的信和其他一些文学珍宝。这些文书被放在了不同的文件夹里，可以看出是最近才整理归类的，因为文件夹的外皮比里面的文书要新得多。这些文书的纸张由于年久失色，但用黑墨水写的字却远不及我想象中"腐蚀"得那么厉害。

福尔摩斯站起来，走到窗边，举着纸对着从外面照进的光线查看。

"二十年代的时候在墨水里掺有靛青，目的是使字迹更加清楚。就现在的情况看来，我们手上的文书应该是真的，与纸张水印上的日期没有出入。"

"纸上写的内容是什么？"

"是《唐璜》第六章手稿中修改过的一页。约翰·皮尔庞特·摩根肯定愿意出一大笔钱买下它，放入他收藏的拜伦手稿中，给他的私人藏书室里增加一套完整的作品。根据文书的目录，这的确出自拜伦之手。注意页眉上的日期，'1822'。第一个'2'的形状让日期看起来很像是'1892'年，不是吗？"

"的确很像。"

"造假的人可能会小心翼翼地把两个'2'字弄得很像。但没有人能签两个一模一样的名或画两条一模一样的线。一个尽善尽美的伪造品可能会过于一致、过于完美，弄出来的像是画的而不像是写的。你看看这儿。拜伦在第一行中写道：'There is a Tide…（有一股浪……）'这其中两个 T 的上面一横的一端都有一个小圈。在这句中，每个字母和下一个字母之间都会有间隔。这过于

一致,引人怀疑。但是,到了第四行,诗人的笔开始自由游走,无所顾虑,毫不迟疑。每个字母 T 都和后一个字母连在了一起,没有小圈,而是翘起一个小尾巴。"

"就这么些?"

"远远不止,老兄。不管怎么说,在所有英国诗人中,拜伦勋爵的作品是被伪造得最多的。人们渴求有新的发现,贪得无厌。1872 年,舒尔泰斯-杨就无中生有,造出两套拜伦的书信,还说信是拜伦的姨妈的。那些很明显是冒牌货,但无从获得原稿来验明真伪。他书中的另外十九封信的原稿经检验证明是出自德·吉博勒之手,此人自诩为拜伦少校,声称自己是拜伦的私生子。他的把戏很久以前就被戳穿了,因为那些信纸上面的水印年代是作者死后十年!"

鉴别高级造假,福尔摩斯很在行。他在写字台前坐下,调了调放大镜的观察距离。

"如果仔细查看手稿,可以看出行与行之间存在着瞬间停顿,因为作者在此处提起手来,笔纸分离。真迹里面,比如说这里,相对来说提笔的地方很少。一个天赋平平的造假者停顿的次数会多些,时不时地将自己复制的东西与真迹对比。为了模仿得更像,有时还要修改一个单词中的某个字母,就是他们说的打补丁。停顿会使字迹毛糙、羽化,也会留下造假的蛛丝马迹。"

"伪造就是通过这些线索被发现的?"

"还有其他很多线索。当然啦,一个造假水平很高的人知道我要找什么破绽,所以会小心行事,避免出现这些破绽。的确,一个长期模仿某位作者笔迹的伪造者是可以写出很流畅的仿制品的。那样的话,我们就必须采用别的方法去甄别,可以通过墨水或纸张的年代,也可以通过作品的出处来辨别。我觉得,我们可以确认,这页拜伦手稿是真迹。"

他仔细看了看某一封信,然后笑着念了《唐璜》中的两行诗:

> 这封短信写在镀着金边的纸上,
> 用的是一直小巧雅致的乌鸦羽毛笔,轻盈又崭新!

"对这两页应该没什么疑虑了。将近八十年前人们就知道它是伪造的了。"他说。

我从他的肩头望过去,看着窄窄的手稿,读着看起来极像出自拜伦那只写过《唐璜》的手的开头的几个词:"再一次,我的至亲挚爱……"

福尔摩斯笑了。

"这封信是假冒拜伦之名写给卡罗琳·兰姆夫人的。但这封信是1813年卡罗琳·兰姆夫人自己伪造的,她想以此偷取拜伦的画像。这件事人尽皆知。她爱他爱到疯狂,她说拜伦是个疯狂的人,是个坏蛋,说结识他很危险!她模仿拜伦的笔迹写了这封信,信中授权她去找拜伦的出版商约翰·默里索要诗人那张著名的纽斯泰德①微型人像画。她拿到了画像,拜伦也从默里那里拿回了她的信。"

诗人在兰姆夫人模仿的签名下面写道:"此信由卡罗琳·兰姆夫人以我之名伪造。"并在后面签上了自己的名字。

"信上的两个拜伦签名非常相似。"

"兰姆夫人在那时候算得上是个相当不错的伪造者了。但是,再看看这个字母't'。拜伦写的这一横很长,都延伸到后面两个

---

① 拜伦十岁的时候,从叔父那里继承了纽斯泰德宅邸。

字母上去了。她把它拖得更长。伪造的时候,把这些小缺点夸大,就是个致命的错误。如果从头到尾笔尖的压力都一样大的话,就像这儿,就可以怀疑是仿冒的了。总而言之,不管这两个字迹看起来多像,卡罗琳·兰姆夫人尽其所能伪造的这份东西还是有太多疑点,实在难以让人信服。"

"这样一份文件是怎么到杰弗里·阿斯帕恩手上的呢?"

"一定是从拜伦那里得到的。拜伦生前离开威尼斯去希腊时把这些珍宝留给了他的朋友们,阿斯帕恩肯定是在那个时候得到的。"

尽管阿斯帕恩接受了很多拜伦信件这件事人尽皆知,但这个皮盒子里面的许多文件还是很可疑的。盒子里还有一份更假的伪造的文件,可以称之为"印刷品",也是卡罗琳·兰姆夫人的杰作。它是1819年印刷的,声称是拜伦的《唐璜》的一个新章节。

福尔摩斯开始读开头的几行:

"'我已厌倦名誉——我已被其塞饱——如此之饱……'上帝保佑,华生!这听起来就不像是拜伦写的!"

他把这份模仿品放在一边,表情凝重。

"我相信,这个就是那个'拜伦爵士在美国'的传说了!据说,在前往希腊抗击土耳其人前很多年,他曾决定要作为欧洲的使者前往美国,到新大陆去生活。除了杰弗里·阿斯帕恩这样的美国诗人,还有谁更适合听他倾吐这样的心声呢?"

他上下扫视了一张因时间久远字迹已经变得模糊的纸,然后把那张纸递给我。读着它的时候,我瞠目结舌,感到脊背发凉,因为我拿的这张纸曾经被最伟大的浪漫主义诗人拿过,自从杰弗里·阿斯帕恩多年前从拜伦那里得到它后,仅有三四个人读过这些句子,而我就是其中之一。

亲爱的阿斯帕恩：

你和默里将让我写下一篇现代史诗！你也知道，我对来自二手体验的诗歌不敢苟同，但是，如果让我的主人公去你的国家游历一番，你意下如何？"唐璜在新大陆"？如果我的书中出现任何谬误，暴露出我对你的家乡弗吉尼亚州的无知，请毫无顾忌地提出批判。如果你觉得这尚且可行并愿意评点一二的话，那么就让我们的主人公变换前路，循着托马斯·杰弗逊的足迹行走吧。

唐璜踏上了这片处女地
在这里，有美好的奴隶侍从，有热带地区的伦理法则。
（我不太怀疑鲍勃·骚塞①在它面前望而却步
也不怀疑他的女人们为此争执不休。）
唐璜很快就积蓄了维纳斯所经受的劳苦，她那黑玉色的
敏捷伶俐的四肢带着的只是珊瑚，再无其他
他躺了下来，将地狱般火热的肌肤当作枕头，
这样的肌肤，在那些像真正淑女一样嬉戏的人看来，是多么的珍贵
歌唱吧，缪斯，唱出柯勒律治②的诗歌，也歌颂萨

---

① 即罗伯特·骚塞（Robert Southey），与沃兹沃斯和柯勒律治并称三大"湖畔派诗人"。
② 英国主要浪漫主义诗人之一，评论家。

斯奎那河①。

(我不会吟诵骚塞的诗,因为他是第一个)
谁知道呢,从费城到萨凡纳②,
唐璜的哪位仰慕者会最不讨他们喜欢呢?
参议员的老婆们和萨凡纳的花魁
都在唐璜夜间生活的名录之下
哦,金角湾的王公贵胄们,你们站着惊讶吧
看着我们的主角抢尽你们苏丹的风头吧!

我们可以商量一下今夏见个面吗?你可以和伯赫德罗小姐一起过来一趟吗?——或者你在必要的时候单独过来一趟?

你永远的、真诚的朋友拜伦
1821年4月28日于拉文纳

我又把它读了一遍,站在那里,觉得难以置信。如果确如其中所说,那么我们面前的盒子里装着的是一部"美国史诗",由拜伦在威尼斯时所著,但由杰弗里·阿斯帕恩操刀修改,以确保其中关于弗吉尼亚和佐治亚的描述真实可靠。谁能伪造这样一件东西呢?不是奥古斯塔斯·霍威尔——而是阿斯帕恩本人!

然而,乍一看,在这份文件里找不出什么能证明它是伪造的破绽。笔迹和写作风格都是拜伦的,这张纸和那些同一时期的、

---

① 美国东部河流。
② 美国佐治亚州大西洋岸港口城市。

已经被证明是真品的纸张看起来毫无二致。黑色的墨水已经模糊了。最重要的一点是,在杰弗里·阿斯帕恩的这些文件里找到的写给他的这封信中,嵌入了两节拜伦的诗,这毫无疑问地确定了这两节诗的出处。拜伦的诗歌风格就是这样的。

如果这些属实,福尔摩斯正在查验的这些文件里,是不是藏着我们这个时代最伟大的且尚未被发掘的文学瑰宝呢?在《唐璜》中,拜伦带着多情的主人翁或行走于塞维利亚①的英勇豪侠之中,或徘徊于加的斯②的后宫闺房之间,而此时他已经抬首远眺,将目光投到了千里之外的华盛顿和特拉华州。

我注视着福尔摩斯。

"这会是真的吗?"

"我一分钟也不会相信这是真的。"

我彻底泄了气。我现在的感受和那些受仿冒者欺骗的家伙的第一感觉一样。我本来满心希望这些诗句都是拜伦所作,此时却如同被一盆冷水泼到头上。

"这完全令人信服啊。"

"能够令人完全信服,这正是奥古斯塔斯·霍威尔的特殊天赋。他就是靠这个一次次得逞的。他把这段文字加进拜伦写给阿斯帕恩的信中,就可以在伦敦或者纽约的拍卖行里博取更多的信任。"

"那些文件一共有多少?"

"够点个大篝火的了。"

我的惊讶变成了沮丧。

---

① 西班牙西南部古都。
② 西班牙南部主要港口之一。

"纸张的生产日期是正确的吗——是1822年吧?"

"基本可以确定是。"

"字迹也因年久变得模糊了吗?"

"看起来像是。"

"这是拜伦的字迹吗?"

"骗得过去。"

"如果字迹、墨水和纸张都是七十年前的,那就不可能是霍威尔伪造的。七十年前他还没出生呢。"

"正是。所以这些是近期伪造的。"

说着,福尔摩斯从我手中拿过信件,再次走到窗边,借助光线仔细地看了看信的背面,又用放大镜仔细看了看它的正面。

我不知道他这样仔细检查会有什么发现。

他现在突然把信放下,转身走向写字台,把每个抽屉都彻底抽了出来,然后把每个抽屉都倒过来抖几下,将里面的碎纸片、灰尘和木屑统统倒在写字台上。这样还不够,他还把放抽屉的空当儿都翻了个遍。最后,他满意地舒了口气,抽出一张小纸条。我很快就认出了他找到的东西——一张伦敦五金商开的收据。

"华生,有些人们常常不屑一顾的小东西经常会带来意外的惊喜。"

收据上面盖的章是海霍尔庞区的"金莱克父子",金额是三先令八便士,日期是1888年11月12号。为什么有人会把这样一张普通的收据保存这么久,还要藏着掖着呢?也许它不是被人故意藏在那儿的,而是从抽屉的后面掉下去的。只有奥古斯塔斯·霍威尔能告诉我们答案,而我们又得假定他死了。

我发现收据背面有字。

"胆石,1盎司;阿拉伯树胶,1盎司;氧化的硫酸铁,6块;

60 格令①靛青。加 30 盎司沸水，静置 12 小时。"

"我们要花多长时间才能搞懂这个？"

"我已经弄明白了。这是制作鞣酸铁墨水的配方。已经很多年没人生产这种墨水了。这种墨水早就被罗格伍德墨水和再后来的蓝黑墨水取代了。要是我给位于圣潘克拉斯的吸尘器公司发的电报回复了，我们就会得到一个完整的解释。"

"但你没发过电报啊。"

"是我疏忽了。"他显得很不耐烦。"我早该猜到会是这样的。欺诈——还是很拙劣的欺诈！我们得立即去邮差托马斯·库克那里拍封电报。拿你刚刚读的所谓拜伦勋爵的诗作去窗边看看，找个合适的角度让光线照着纸的背面，然后告诉我你看出上面有什么印痕。"

我站在窗前，拿着它变换着角度观察，又用放大镜仔细研究了一番。

"有几处有些褶痕，所以它应该是七十年之后的！"

"你再找找，上面有图案的印子。"

"上面有一个浅浅的印痕。"

"确实有。"

"看起来好像是网格，一连串的横线和纵线。"

"这表明它曾被放在一个网格上面一段时间，不是吗？这有没有让你想到什么？"

"没有。"

"所以，我们越早见到库克先生就会越早得到答案。"

---

① 历史上使用过的一种重量单位，最初在英格兰定义一颗大麦粒的重量为 1 格令。

5

那天晚上，我们收到了位于圣潘克拉斯的吸尘器公司的回复。那家公司是一家刚成立一两年的新企业，拥有新的地毯清洁设备，不过这种设备并不是什么新发明。福尔摩斯有一大堆让人受不了的知识储备，他肯定地告诉我，这种设备早在1869年就在美国获得专利了。起初这台设备要两个仆人操作，一个人操作一对风箱来制造真空，另一个人拿着一条长长的管子把灰尘吸起来。

福尔摩斯总是被这些稀奇古怪的东西吸引。他说，去年5月《五金爱好者》刊载了一篇关于这种设备的文章。那篇文章指出，未来的吸尘器将使用电动机而不是风箱。我听说过这些"真空"装置，但还从来没亲眼见过。

我们坐在圣马可广场弗洛里安餐厅的一张桌边喝咖啡的时候，福尔摩斯开始跟我解释。

"你看到的印痕，华生，是纸张放在金属网上留下的。"

"是很像。但这跟吸尘器有什么关系呢？"

"要留下这么深的印痕，纸的背面一定在金属网上放了很长一段时间，或者是用夹子或钉子固定住，或者是用一个小小的真空管把纸往后吸，让纸贴在金属网上足够长的时间。这样柔软的纸通常都是用破布料做的，很容易留下金属的印痕。"

"但是这样做不会改变纸张的生产年代啊。"

"当然不会。这样做改变的是墨水的生产年代。"

"通过使用真空吸管来改变？"

"你琢磨一下那张五金商开的收据。"福尔摩斯耐心地说，

"那是制造少量鞣酸铁墨水的配方。杰弗里·阿斯帕恩、拜伦和他们同时代的人在二十年代用的就是这种墨水,已经被淘汰很久了。所以,你可以想一下,为什么1888年11月还有人想要这种墨水。"

"但你也没必要发一封电报到伦敦的吸尘器厂去打听黑色鞣酸铁墨水的事吧?"

他看起来很诧异。

"我亲爱的朋友,当然不是。不用吸尘器风箱也能制造真空,但会比较费力。我发电报过去,仅仅是想问一下他们是不是最近给伦敦中西区南安普顿街94号的霍威尔先生送过一台他们生产的吸尘器。"

"结果呢?"

"没有。"

"那你的推测是错误的喽?"

"不完全是错的。他们的确给那个地址送过一台吸尘器,但客户留下的姓名是'阿斯帕恩先生'。"

他打了个响指叫来服务生,又要了些咖啡。

"黑色的鞣酸铁墨水在这样的纸上浸得很慢。墨迹浸入之后会由于氧化而变得锈蚀。如果它还是黑的,则年代不可能很久远。"

"这一点小学生都能推断出来。"

"请稍等!趁墨迹未干的时候,在柔软的纸后面放一台真空机,就可以让墨水更快更深地渗入纸张,加速它的老化过程。综合起来考虑,我想我们基本上可以判断,拜伦从来没有想过让唐璜追随托马斯·杰弗逊的脚步,反倒是我们紧紧地追上了伯赫德罗姐妹和她们的造假者的脚步了。"

6

第二天早晨，福尔摩斯收到了供职于伦敦警察厅的友人格里格森警探寄来的一份他从上周四的《赛马与每周运动》上剪下来的一篇文章。该报是由培尔美尔街区的罗伯特·斯坦迪什·西弗专为赛马爱好者出版的。

> 我们获悉，村子里头脑最灵光的活跃分子，南安普顿街的"格西"·霍威尔已经一命归天了。遗体已于周三在布朗普顿公墓下葬。参加葬礼的有他的债主和皮卡迪利大街那些穿着黑丝吊带袜的佳丽们。诗人"ACS"（即阿尔加侬·查尔斯·斯温伯恩）给他作的挽诗如今正在被评鉴家们传诵着。这首诗这样写道：
> 世间最肮脏的灵魂已经离去，不再让此处臭气四溢，
> 地狱的恶臭，却变得更加污秽难耐。
> 周五下午5点，衣着时髦的来自罗马的骗子们将在圣莱杰酒吧一同举杯，纪念他的离世。

"这次他的真上西天了。"我说。

"可惜了。"福尔摩斯冷冷地说道，"我还想让他帮帮咱们的忙呢。帮完咱们之后，随便他想多早死都行，想死几次都行。"

约摸一个小时后，我们又找到了一批1845年到1855年之间写的信件，还有不少写在八开纸上的诗作的手稿。我拿起其中一份诗稿，上面的字迹清晰整洁，没有拜伦勋爵字体上的小圈圈或旋曲。这是一篇演讲稿——或者说是一篇戏剧独白。我很快猜到，这应该是狂热的宗教改革者萨佛纳多的演讲，是他对判处他

火刑的佛罗伦萨会议的永别。
萨佛纳多致佛罗伦萨领主

1498.5.24

我一饮而尽,回致谢意。
(能在一小时内让人残废的拉肢拷问台,
让人喉头剧痛,说不出一个字来。)
所以,那些庆祝死亡节日的佛罗伦萨人啊,
请先听我说一句,请再听我最后说一句……

"罗伯特·勃朗宁!"我兴奋地叫道,"这一定是他写的。我不是专家,但我能看出这是他的风格!这一定是1855年《男人和女人》出版之前从中删去的那首诗或者其中一首诗。"

"你说得很对,我的朋友。"福尔摩斯说。

"这么说我们找到了勃朗宁遗失的诗作了,对吗?"

"不是!看来你还真不是专家。"

这句话让我很恼火。我又读了几行后,觉得愈加有希望了。

啊,大人们,如果上帝会给些暗示,
哪怕只是一点点暗示,让我们知道是上帝亲予的暗示,
告诉我们在经受脚下的地狱后必会享受天堂之乐,
那么此处还有谁会不想饱受这样的烈焰?
还有谁不想倾其所有来换取我的位置?
但是上帝没有这么做,所以我说,
让我这一文不名的身躯,
来代替上帝的暗示吧……

"瞧这语气,这风格……"我说。

"去他的语气和风格!随便一个江湖骗子都能弄出这些来。"

现在,福尔摩斯正用放大镜仔细检查这些工整的诗句。

"很好。"我坚持说道,"笔迹如何?"

"似乎很可信。"他说得勉勉强强。"这是出自行家之手。这位仿冒者在能够流畅地模仿之前,肯定一直在研究和练习诗人的笔迹。他写的时候速度一定很快,好让它看起来更可信。来看看他是怎样把一个单词的最后一个字母和下一个单词的第一个字母连在一起的吧。看这儿,他把'throat'和'to'之间用轻轻的一笔将它们连起来,还有这儿,'of'和'bliss'之间也是。这些伎俩都说明仿冒者很有经验。这些仿冒作品中,笔尖几乎在触及纸张之前就活动自如了。"

"恰如真迹给人的感觉一样。"

"但这是个赝品,这一点你可以相信。"

"那墨水呢?"

"这不是鞣酸铁墨水,而是用靛青制出来的蓝黑墨水。"

"那么笔迹貌似是禁得住推敲的喽?"

"等等。"

他开始检查那些手稿,把其中的一些挑出来放在一边。这些纸的大小和一般的信纸一样,不过颜色没有拜伦的手稿样本那么黄。

我注意到,几份手稿上面的笔迹和《萨佛纳多》的一样,只是多了些减字添句的涂改。我看到了一封罗伯特·勃朗宁 1846 年写给伊丽莎白·巴瑞特的信的初稿。那时他们还在恋爱期,她还待在父亲家中,处于被禁闭、病弱的状态。那时候他们每天都有书信往来,但在这儿我不便透露信中的隐私。我只能告诉大家,他在信中对他挚爱的"贝儿(巴瑞特的爱称)"充满敬意,她则在回信中为他祷告,祈求上帝降福于他。

福尔摩斯转过身来,面对着我。

"我想,我们必须让年轻的勃朗宁先生来这儿一趟。我这就叫人请他过来。"

他走过去,告诉我们的守门人安杰洛·菲奥里的表姐,让她请潘·勃朗宁尽快过来。

在我们等他的时候,福尔摩斯从身边拿出一个整洁的小包,他打开小包,取出纳歇先生单复式组合显微镜①的擦得锃亮的钢质零件。这是显微镜中最高端精准的一种,而且由于它的管状显微镜把上有一个滚压头,所以可以在短短几秒内就拆卸或者组装完毕。用毕后,显微镜主体可以从镜把上卸下来,拆散后整齐地收纳在小包里。

他还从这个小包里取出了一把直角三角尺。这样的情景常常发生在贝克街的工作台旁,我已经不记得见过多少次了。身材高大、枯瘦如柴的福尔摩斯弓着颀长的背坐在桌前,透过镜片凝视着显微镜下的神秘世界。他把挑出来的文稿一张一张地拿到显微镜下看,细细看过之后,他又把每张纸的左下角放到三角尺的直角中比对。福尔摩斯起初眉头紧锁,过了一会儿,他脸上的阴云散尽。检查比对完最后一张纸,他站起身来,把椅子塞了回去。

"我们找到捣鬼的家伙了,华生!把每个柜子都掏空,把每个架子上的书都拿下来。我相信它们会告诉我们想知道的一切。"

我把书大摞大摞地抱下来,堆放在空空的桌面上。我一边放,福尔摩斯一边把书一本一本地拿起来,用他挑出来的那些纸张一页页地跟书的扉页做比对,或者说,他在拿那些纸做匹配,

---

① 当时的一种先进的显微镜。纳歇先生即阿尔弗雷德·纳歇(Alfred Nachet 1831—1908),著名显微镜收藏家。

因为很多书的扉页被裁掉了。可能是有人把扉页裁去做书写纸了——但有没有可能是罗伯特·勃朗宁裁的呢？

福尔摩斯把手稿搁在一边，把书一本一本地打开，放在放大镜下仔细检查。

他没有选择某个特定的页数，而是拿过每本书随便翻开一页检查。我注意到，其中有1842年首次印刷的丁尼生勋爵的《亚瑟王之死》，勃朗宁太太1847年的《十四行诗集》和1849年的《逃奴》，1855年出版的罗伯特·勃朗宁的《克里昂》和《雕像和半身像》，以及1857年发行的威廉·莫里斯的《加拉哈德爵士》和但丁·加布里埃尔·罗塞蒂的《海伦妹妹》。他仔细地看了前面几篇，剩下的扫都没扫一眼。

7

福尔摩斯正在仔细观察这些珍本的时候，突然传来了一名男子的喧哗声。此人正是潘·勃朗宁。他是一个人来的。他带着几分诧异地看着显微镜。

福尔摩斯转过身来，但并没有从椅子上站起来。

"勃朗宁先生，快请坐！"他指着一把椅子说道，"首先我要告诉您一些您已经知道的事。由于您父母的私密物品不知怎的流落到世界各地的拍卖行去了，您和您父母的名誉的确曾处于极大的危险中。但现在，我相信您已经不必担心会受到勒索或遭遇尴尬了。"

自打认识这位年轻人以来，我们头一次看到他笑了。

"果真这样的话，那我真是欠您太多了，福尔摩斯先生。"

"我可以肯定这是真的。但先容我问您几个问题。"

"非常乐意回答。"

"很好。您丝毫不记得您母亲1847年写的那本《十四行诗集》了吧？这本书应该是在您出生前很多年出版的。"

"我知道我父亲对出版这些诗歌颇有疑虑，即便到了1850年这些诗都问世之后。有好几次他都告诉我，人不能把心穿在衣袖上，任由寒鸦啄食。当初有人建议他，在他百年之后出版他和我母亲燕好之时互致的书信。听到这个建议的时候，他把这话又说了一遍。"

"非常有意思。我现在得问您一个最重要的问题。请您在回答之前仔细想一下。"

"当然，我会的。"

"您父亲誊正诗稿时，在墨迹未干的时候，会不会用沙盒那种老式办法弄干墨水呢？或者，他会不会和三四十年前很多人一样使用吸墨纸呢？"

潘·勃朗宁一脸诧异，但他的答案给得很快。

"两种都不用。我的祖父曾供职于英格兰银行，他用过一个黄铜沙盒，把细沙撒到墨水上，然后再抖下来。在佛罗伦萨的时候，我们还留着那个黄铜沙盒。我小时候常拿着它玩儿，但那个沙盒从未用于别的什么用途。"

"那吸墨纸呢？"

"我小的时候，父亲誊写诗稿时，我就坐在旁边。他从来不用吸墨纸，担心会留下污迹，又得重誊一次。我不记得他用过吸墨纸。他说，诗人应该和中世纪的抄录员一样，把写完字的纸拿到外面阳光下晒干。这在意大利是很容易办到的。"

福尔摩斯把《萨佛纳多》的手稿递给勃朗宁。

"请您看看这个行吗？这上面的日期是1855年。这是您父亲写的吗？"

"看起来很像是他的字迹。这首诗我不知道，但很可能是他所作。"

"您可以看看最后几行，然后告诉我您看出什么了吗？"

"我看不出什么来。只是比其他地方暗淡模糊一些。我父亲是不会允许誊正本出现这种情况的。"

"您刚才说，您父亲从来不用吸墨纸。这张纸上的字是用吸墨纸吸干的。上面几行的墨迹在整篇写完的时候已经逐渐干了，颜色变深了。下面几行的墨水当时还是湿的，是被用吸墨纸吸干的，所以颜色浅一些。"

"就这些了吗？"

"不，勃朗宁先生，远不止这些。在显微镜下仔细观察，能看到那些字迹比较浅的字母由于吸墨的时候受压，外廓出现了毛边。在显微镜下还能看到一小缕细微的看似是白色吸墨纸的东西。"

潘·勃朗宁的脸上聚满了不安的阴云。

"我告诉您的只是我记得的东西，福尔摩斯先生，但没人能保证我父亲即使在某个特殊的情况下也没用过吸墨纸。也许这不是誊正本呢。"

"也许不是誊正本，勃朗宁先生，但它被用吸墨纸吸过，而且日期是1855年。怪事儿了，不是吗？直到1857年吸墨纸才商业化生产，而且那时候还只有美国有！不仅如此，1860年前吸墨纸都是用粉色碎布生产的，那之后才是用白色布生产的。"

"就这么些？"

"不止。"福尔摩斯有些不耐烦了。"写这些诗的纸和这张桌子上的大部分手稿一样，都不是完全四四方方的。用我的三角尺

在左下角量一下,您就会发现很多张纸的边儿都不是一条直线。还有的纸太窄了,不够八开那么宽。从书上很难把一张纸从最边缘笔直地剪下来。"

潘·勃朗宁疑惑不解地抬起头。

"我不理解您说的,福尔摩斯先生。"

"我想您是不太明白。这些纸是从桌上这些书上裁下来的扉页,大概是六个月前裁的。在您还没过来的时候,我把这些纸中的大部分和那些被裁过的书的扉页残端匹配了一下。造假者可能以为以后还有足够的时间回来清理痕迹,没想到却被死神破坏了计划。"

"为什么我父亲或其他某个人在 1855 年的时候要把诗写在……"

"写在当年出版的他的《克里昂》一书裁下来的扉页上?"

"是的。"

"他没这么做。这本书本身就是个赝品。剩下的这些书以及书里的手稿,统统都是假货。"

我打断了他。

"我想你最好解释一下这点,福尔摩斯。一本书怎么会是赝品呢?《克里昂》是罗伯特·勃朗宁的著名诗篇之一,还被收在了《男人和女人》中。"

"那我说得更明白些吧。"歇洛克·福尔摩斯说道,"不管封面上的出版日期写的是什么时间,这本《克里昂》肯定不是 1855 年印刷的,也不是 1865 年,不是 1875 年——甚至可能不是 1885 年。从材质上看是不可能的。您用显微镜看一下吧。"

福尔摩斯粗鲁地从那本"1855"年的《克里昂》上随便撕了一页下来,放在显微镜下,调好镜头,然后让这个年轻人坐在桌前。

"不要看那些印的字，勃朗宁先生，仔细看看纸。您看到什么了？"

"什么都没有，只是被放大了，比正常看的时候多了很多小斑点。"

"请您注意看那些淡淡的黄色小斑点。有一些您可以暂时不用管。但有一两个小斑点，看起来好像是细微的毛发。您看见了吗？"

"看见了，"年轻人先是不太确定，然后又自信地肯定道，"是的，我看到了。"

"草叶。"福尔摩斯的语气很权威。"奥古斯塔斯·霍威尔临死前说的就是这个词。"

"沃尔特·惠特曼的诗！"我立刻说道。

"华生，这和惠特曼没有任何关系，而是和细茎针草有关，现在英国的造纸厂大量使用这种草。我特意强调了'现在'这个词。1861年之前，英国的纸总是有破布料的成分在里面。美国内战导致棉花短缺，造成布不够用，所以在那之后造纸就用其他的材料来代替。"

"也就是说……"

"也就是说，"福尔摩斯最后说道，"1847年在雷丁①印刷的《十四行诗集》和1855年版的《克里昂》以及日期是1855年的《萨佛纳多》手稿，用的纸都是1861年后生产的。直到1861年，牛津附近的恩舍姆造纸厂的托马斯·劳特利奇才首次用细茎针草造纸。判断您父亲不可能是《萨佛纳多》的作者的理由是，他在

---

① 英国伦敦西部伯克郡首府。

《萨佛纳多》写成之前已经去世了。那些所谓的您父亲写给您母亲的信的草稿也是这么回事。造假者可能使了什么诡计或耍了什么诓骗手段,弄到了一些真的信件,然后厚颜无耻地依照那些信造了这些假货,想从中捞一笔。"

房间里一片寂静。外面阳光明媚,贡多拉船夫的桨轻轻地拍打着河水。

潘·勃朗宁小心地看着福尔摩斯。

"我想弄得更明白些,先生。您是说……"

"造假。"福尔摩斯的声音充满了活力,"而且是无耻至极、荒谬至极的大规模造假!虽然细茎针草1861年就开始用于造纸,我还是认为这是最近造的假,不过几个月内的事。说具体点儿,这些人只有在您父亲去世后才敢大胆地造假。"

"但您说是1861年啊,福尔摩斯先生,那大概是三十年前了。我父亲去年12月刚去世啊。"

"很好。"福尔摩斯耐心地说道,"您再用显微镜仔细看看,会看到纸上有些相似的小斑。但是,这些小斑上没有细茎针草叶的细毛。它们是化学木浆留下的痕迹。在制造过程中,这张印有1855年的纸在一家造纸厂沾上了这样的木浆。然而,英格兰最早在用于印刷的纸里使用化学木浆是1873年的事。从我们现在手上这张纸上的木浆痕迹形状来看,这种木浆是五年前才有的。从所有这些证据来看——如果您父亲还活着,他会站出来指责关于萨佛纳多的诗是假的——基本可以肯定,这张手稿的日期不会是六个月以前。"

"那么那些信呢,福尔摩斯先生?"

"他们是在同样的纸上写的。造假者,或者对于那些信来说叫冒名顶替者,是准备好了要冒险。他误以为这些伪造的书是真

书,以为把这些书的扉页裁下来,在上面仿冒一些字迹,就万无一失了。"

"您确信这么多书都是伪造的吗?"

福尔摩斯叹了口气。

"我会告诉您哪些是我确定的,勃朗宁先生。您母亲的《十四行诗集》1847 年珍本上面有化学木浆的痕迹,所以肯定是三十多年后印的。那本伪称是她的诗《逃奴》1849 年首版的书里面有现代印刷体的字母'f'和'j',而这种字体是 1880 年为印刷商理查德·克莱铸的字块,之前从没用过。"

潘·勃朗宁惊讶得呆若木鸡。没别的词能形容了。

"这是个阴谋,福尔摩斯先生!完全就是一个阴谋。"

福尔摩斯没理会他这句话。

"在其他图书善本中,那本伪称是 1842 年首版的丁尼生的《亚瑟王之死》所用的纸上既有 1880 年的字体,也有细茎针草叶和化学木浆。那本斯温伯恩的《多洛雷斯》也是一样,伪称是 1867 年的首版珍本印刷。在这些架子上和柜子里,所有这些书都有好几本,准备偷偷运到图书拍卖会上去。要是果真能当成真书卖给约翰·皮尔庞特·摩根和他的竞价对手们,一定能发笔财。但是,丁尼生勋爵和斯温伯格先生都还在世,所以他们还得等等。您父母和拜伦勋爵的离世,正合了这些仿冒犯的心意,给他们带来不少方便。一份伪造的手稿,不管仿冒得多么逼真,也得等到它的作者去世了,没办法站出来证伪了,才敢拿出来。更何况,拜伦、贝克福德、伊丽莎白·巴瑞特和罗伯特·勃朗宁的这些墨宝会给这些罪犯带来大笔的财富。相信我,这还只是个开始呢。"

"那霍威尔呢?"

"根据那份颇为可信的赛马报纸《赛马与每周运动》刊登的消息,他已经去见他老祖宗了。"

"是喉咙被割断而死的?"

"我对这点有些怀疑。我想,更可能的情况是:当他因为肺炎——我们姑且这么假设吧——被送到位于菲茨罗伊广场的家庭医院去的时候,他便抓住机会散布一些假消息,想一次性把债主们都打发走。我想,可能他自己也没料到会这么不走运,真的被肺炎带去见阎王了。法律这下真的管不到他了,他真的可以'逍遥法外'啦。"

"他不是死于谋杀吗?"我问道。

福尔摩斯摇摇头。

"他牙齿里的那枚银币,你不用怀疑可能是那不勒斯犯罪团伙干的,更可能是罗莎科德某个忠诚于他的人或者某个思想传统的熟人放在他嘴里的,就当是付给把他从冥河送到冥府的神的摆渡钱吧。"

"那他脖子上的切口是从气管到支气管切的一个帮他呼吸的口子?"我怀疑地问道。

"这不会一直是个谜的。"

潘·勃朗宁打断了我们。

"他口袋里的那本《十四行诗集》又是怎么回事呢?"

"我想,那本书在那儿是因为,"福尔摩斯平静地说道,"尽管霍威尔很爱财,但他的贪婪总带有虚荣的成分,所以他经常编些谎话,说他曾潜到深海寻找西班牙大帆船里面的宝藏,在摩洛哥部落当过酋长,在罗马的葡萄牙使馆做过随员。可能他知道自己命不久矣,也肯定知道照看他的人会在他的口袋里发现'1847'年的《十四行诗集》。"

"这不足以给他定任何罪啊。"

"有这么一种人,勃朗宁先生,这种人最大的乐趣在于吹嘘自己玩的把戏儿。他就像那种调侃警察说'有本事来抓我啊'的杀人犯一样。他自己把头套进绞索里面,然后又很快把头缩回来。"

"那霍威尔呢?"

"'草叶',我可以确信这是他最后说的话。这句话暗指的不是惠特曼,而是《十四行诗集》,跟细茎针草有关。世人都被骗了。"

"这么说,他根本不是被谋杀的?"

"送他归西的杀手可能不是那不勒斯犯罪团伙的人,很可能是微不足道却残酷无情的病菌,那些病菌在他的肺部疯狂地孳生。那些那不勒斯犯罪团伙杀死了霍威尔的故事说得太多了,已经让人无法再相信。"

8

案子结束后,福尔摩斯说,他不愿意再"无所事事"地留在威尼斯了。可第二天去加来和伦敦的欧洲快线的卧铺票卖完了,不过我们幸运地买到了后一天的票。

奥古斯塔斯·霍威尔自己一手导演了这么一场闹剧,死后还被验尸官验尸。《泰晤士报》的报道对这一事件盖棺定论,宣布他是自然死亡。

"世间枭雄,而今安在!"福尔摩斯合上报纸,大声感叹道,"可怜的霍威尔竟然最终命绝于自然死亡!"

离开威尼斯的前一晚,我们坐在弗洛里安餐馆外面的桌旁,等待潘·勃朗宁和范妮·勃朗宁,因为福尔摩斯坚持要在我们回去之前再见见这两位客人。

"他们的家庭生活有些不顺当,我也不便插手,华生。可能是在同一屋檐下,清教徒的信条跟裸体女模特水火难容吧。我感觉,这对年轻夫妇的婚姻用莎士比亚的话说,是'所剩储备仅供两个月的旅程了'。所以我还是以中立者的身份见见他们吧。"

那天晚上,我们坐在灯光下面,耳边响着波浪轻击岸边台阶发出的柔和的回声。对于年轻的潘·勃朗宁提出的一些问题,福尔摩斯给出了他最后的建议。

"现在,摆在你们面前的路很清楚。你们和你们的律师必须让外界都知道,不管是拍卖商还是那些贩子手上的那些号称是您父母所写的手稿,统统都已经被证明是假货。若有需要的话,你们可以找我作证。您必须说清楚,任何牵扯其中的人都是欺诈案的同谋,涉嫌犯罪。要说清楚这起欺诈案的唯一目的就是欺骗公众,这样就会叫停很多交易。"

"但这不会阻止这些东西的出版。"

福尔摩斯放下咖啡杯,看起来若有所思。

"很不幸,以前倒是有个好用的法子,就是让这种出版假书的恶人吃一顿鞭子,不过这个办法已经很多年不用了。现在只能提前威慑一下,说将会控告任何有关的人。"

"不过,可以肯定的是,"潘·勃朗宁迅速说道,"逝者的名誉不会再受到诋毁了。"

尽管勃朗宁说这句话时显得有些为难,但我看他还是非常乐意给我们大侦探的案件画上圆满的句号。

福尔摩斯带着几分纵容的神色,对他微笑着。

"确实,1877年在加的夫①刑事法庭的审判中,杰出的法官史蒂夫先生规定,就民事诽谤而言,死人是没法得到补偿的,因为他们不再是法律意义上的人了。但刑事诽谤就不一样了。它是指极度冒犯别人,已经威胁到社会安宁的那种恶意中伤。构成刑事诽谤是要判处监禁刑罚的。坐牢时间很长,要足够威慑所有最不知悔改的骗子。霍威尔的死就是给您的补偿了。"

显然,年轻的勃朗宁先生掌握的英国法律知识还远不够让他知道这么多。他受到了教育,心怀感激。

"那么,福尔摩斯先生,还有最后一个问题。我必须决定,出版还是焚毁我父母之间的那些情书。大概五年前,我父亲烧掉了几乎所有的信件和手稿。那时候他还在伦敦,住在沃里克半圆形街区。他拿出一个我祖父留下的旅行箱,在前屋将大把大把的文件丢进火堆里。我看到他把他和托马斯·卡莱尔之间的所有书信都付之一炬了。"

福尔摩斯鼓励他继续说下去。

"那么您父母之间的那些情书呢?"

"他没有那么做。他知道,他应该把它们都销毁,但他下不了手。那些信都还在一个盒子里面。他去世前把盒子给了我,告诉我说:'这就是那些信了,我死后随便你怎么处理。'但我应该怎么做呢?"

"在合适的时候,您应该出版它们。"福尔摩斯旋即答道,"但不是现在,是五年、十年之后。如果这些信件如其作者,那么它们是高尚的、富有热情的,是忠贞的、通情达理的,是愿意为对方付出生命的爱人之间的交流。它们不应该随风而逝,因为

---

① 英国西南部港口,威尔士首府。

世间这样的东西凤毛麟角。出版这些信件,就可以一次性打碎所有伪造者的如意算盘了。那些黑暗中的寄生虫是受不了阳光照射的。"

潘·勃朗宁抬起头来,仿佛被这番话说得茅塞顿开。

"我相信您是对的。"他坚定地说。

九年后,这些信件出版了,从此以后,那些冒牌货或赝品彻底消失了。

第二天,福尔摩斯和我回到了英格兰。安杰洛·菲奥里代表潘·勃朗宁送来报酬,但福尔摩斯分文不取。他只要了那些一文不值的书稿:《唐璜在新大陆》、《威尼斯修女》、《萨佛纳多致佛罗伦萨领主》和1847年"伊丽莎白·巴瑞特·勃朗宁"的《十四行诗集》。他把它们放在了他的"珍玩柜"里面。时间可真是个讽刺家,现在这些书比真正的首版书还要值钱,因为那些真正的首版书反倒被认为把日期印早了。

列车离开威尼斯的时候,福尔摩斯打开一本罗伯特·勃朗宁的《指环与书》——一本讲述"罗马谋杀案的故事"的书。这本书是他上车前在一家书摊上买的。他被书的内容深深吸引,彻夜手不释卷。终于,他读完了第十二卷,合上最后一页。

十分钟之后,火车驶进了查令十字街火车站。

画家彼得

1

第一次世界大战开始三年前,一个12月初的早晨,赫奇斯太太给我们带来了一个很不寻常的关于黄色金丝雀的故事。一年中的这个时节,高大的榆树和山毛榉的枝干都还是光秃秃的。早晨,我穿过克拉伦斯门,漫步至摄政公园。那里的林荫道上响着沙沙的脚步声,行人们走在成堆的干落叶上,仿佛费力地行走在某个度假海滩的浅水中。

那天早晨,大概是10点差10分的时候,天开始下起雨来,我赶紧回到我们的寓所,途中在烟草店买了两盎司烟丝。我早晨出门时,歇洛克·福尔摩斯穿着晨袍坐在早餐桌旁,这会儿他已经换上了粗花呢外套和一件夹克衫。我走进客厅时,他把手中的《帕丁顿报》挪开一角,坐在扶手椅上看着我。

"华生,你没忘记那个神秘兮兮的赫奇斯太太今天早上10点半要来拜访我们的事吧?"

"没，"我带着一丝愠怒地说道，"我没忘。"

我在窗边的桌旁坐下，开始揉搓湿软的烟草叶，揉碎后，把它们放进我的皮烟袋里。楼下的街上传来公共汽车引擎发出的咔哒咔哒声，盖过了我们平常听到的马蹄声和双轮马车车轮发出的摩擦声。

"很好。"福尔摩斯说话的语气让我愈发有些恼火。"我很高兴你没忘。华生，如今作奸犯科的传奇已成了旧事，坏事恶行也变得越来越少。希望赫奇斯太太能给我们死气沉沉的生活带来点儿生气。"

我觉得这不太可能。赫奇斯太太是约翰·杰维斯偶然介绍过来的。年轻的杰维斯是马里波恩①的圣奥尔本斯教堂的新任助理牧师。教堂离这儿不远，从贝克街扔个石头都能扔到那里去。那个整天把手指甲擦洗得干干净净、油光满面的杰维斯，自认为跟我们有过点儿交往，就给我们来了一封短信，介绍这位太太来我们这儿咨询，并且建议我们，如果方便的话就在10点半的时候约见一下。他说这位太太是个值得尊敬的人，最近因为一件跟黄色金丝雀有关的事儿遇到了些麻烦。这听起来不像是什么大案要案。在这件事上，我也许错了，不过这也不是头一回了。

福尔摩斯以一种欢迎的态度接受了这位年轻助理牧师的建议，这也说明，我们最近的生活的确是百无聊赖。

"你可以相信这一点，华生，没有什么比寻常之事更能暗藏真正的恶行。一只黄色金丝雀的叫声可能是一个信号，预示着一伙最凶狠残暴的匪徒即将到来。"

他说的比他可能知道的还像真的。

---

① 位于伦敦威斯敏斯特。

天色暗了下来。一场冬日的暴风雨扫过贝克街,持续了大概半个小时。然后,天就像刚才突然阴沉下来一样,又突然放晴了。10点半不到的时候,福尔摩斯起身走到窗户旁。他站在那里,凝视着花店门口的一条木头长椅。

"我们的工人阶级好像都有这么个特点,他们最怕的不是遇到谋杀或拦路抢劫,而是担心在去赴约谈论这些问题的时候会迟到。所以,他们总是很早就到了。如果我没判断错的话,我们的客人已经在等着啦。看那儿。"他伸手从窗户边的书架上拿过他的象牙边的小型双筒望远镜,打开了望远镜盒子。"就像杰维斯先生说的,一位值得尊敬的女性,属于不太幸运的社会阶层。你没注意到吗?"

我观察了一下那个坐在长椅上的人。她大概四十五岁,但被辛苦的工作和窘迫的生活搞得像五十五岁的人。她穿着圆点儿花样的棉布裙子、白衬衫和靴子,戴着一顶镶着人造珍珠的深蓝色草帽。能看出她生活节俭,工作劳苦,日子过得紧紧巴巴。她还穿了一件深色的户外外套,且不说款式老,衣服还很旧。

"杰维斯先生告诉我们的可真够少的。"福尔摩斯平静地说道,"但用望远镜拉近点儿看,还是可以推断出一些东西。杰维斯先生可能来自马里波恩,但我估计这位女士是来自怀特查佩尔[①]或斯特普尼的贫民窟。"

我不以为然。

"你怎么判断出来的?"

"看看天空。看一眼天空的变化,就知道云雨正在以大约每小时五英里的速度往东移动。我们的这位客人躲过了这场雨。你

---

① 英国伦敦斯特普尼市区中的一区。

看,她的衣服是干的,她带的那把伞撑都没撑开过。她的靴子底部边缘有一点点湿,那是因为她在刚刚下过雨的贝克街走过,但是她的鞋帮一点儿没有湿,连雨水干了的痕迹都没有。所以,她是十分钟前雨停了之后才到达贝克街的。而且显然,为了省钱,她是坐公共汽车来的,因为我们没有听到出租马车停下的声音。另外,她启程的那个地方肯定也没有下雨。我们姑且假设她是四十分钟前上的车,可以吧?这样的话,她刚好避过了从西边过来的雨。由此我们可以判定,她是住在我们东面或东南面大概三英里半远的地方。我想,这样的话,她住的地方就很可能是怀特查佩尔或者斯特普尼。如果她是打西边儿来的话,那她一定会赶上大雨,很可能还是两次。"

"那如果她是坐地铁来的呢?"

"我想不是。坐地铁的话会快很多,也就意味着,她在某一头一定碰到过一次大雨。"

我们从窗边退了回来。

10点半的时候,客厅响起了敲门声。房东哈德森太太通报说,赫奇斯太太来访。

歇洛克·福尔摩斯立刻站了起来。他大步流星走了过去,跟这位客人握了握手,同时请她到壁炉边的椅子上坐下。

"赫奇斯太太!谢谢您大老远从斯特普尼来这儿,真是辛苦您了。我是歇洛克·福尔摩斯,这位是我的朋友兼同事约翰·华生医生。在他面前您可以和在我面前一样说话,不用顾忌。"

他表现得如此和蔼亲切,她却相当紧张。

"我希望如此,先生,"她小声地说道,"没什么不方便的。实际上,我是从怀特查佩尔来的,不是斯特普尼。"

福尔摩斯带着奚落的表情看了我一眼。然后，他展开双手，殷勤地表示，她的到来没有任何不受欢迎的成分。

"请放心，赫奇斯太太，帮助您不会给我们造成任何麻烦。"

"其实准确地说，也不是怀特查佩尔，"她有些不自然地说道，"是豪恩德斯迪奇，这更确切。也许我应该告诉您一些……"

福尔摩斯对她点了点头，让她放心，又做了一个不以为然的动作。

我心头一沉，感觉他可能想要开玩笑。

"让我看看我是不是能猜出几分，赫奇斯太太，虽然这是刑侦员做的事。您在退休前是一位缝纫女工。您不再干这份工作了，因为和很多干缝纫工作的人一样，这份工作让您饱受视力下降之苦，让您看不清近处的东西了。显然您习惯用左手。您有一个小女儿，她最近得了传染病，已经不上学了。这个可怜的小家伙很容易紧张，更喜欢独处。"

"您怎么可能会知道这么多，福尔摩斯先生？连杰维斯先生都不知道我有个小女儿。尽管说实话，一切都怨那个金丝雀。"

福尔摩斯顿了顿，看着她脸上不安的神情，温和地笑了。

"亲爱的赫奇斯太太，我知道这些不是因为我懂什么巫术。您的手指活动起来非常灵活，左手的拇指和食指上有清楚的印记，左手肌肉更结实，这些就足以告诉我们您经常在火炉边上缝缝补补。您现在不戴眼镜，所以很明显您不用总戴着眼镜，但是您鼻梁上有印子，说明您在干要看近处的活儿的时候需要戴眼镜。如果您继续这样工作的话，这些印子会比现在更明显。所以您现在不做这份工作了，任何工作光线不好的职业，都会让您的视力下降，看不清近处。"

他有时候如此魅力四射，一如他有时候那么愤世嫉俗。通常，他在一位可怜的女缝纫工面前，要比在一个皇室成员或者一个大财主面前表现得更加有魅力。赫奇斯太太肯定已经被他玩的这种推理游戏吸引住了。现在一切都解释清楚了，她也放松了下来了，甚至还笑了笑。

福尔摩斯也回以微笑，继续抚慰她的情绪，让她安心。

"可是，赫奇斯太太，我终究没有推理出来任何有关黄色金丝雀的东西。我说您有个小女儿，是因为看到您深色的羊毛外衣上粘着两根浅色的头发。这两根头发比您的头发要短，颜色也要浅些。它们粘在您腰部往上一点点的地方。如果它们是从一个比您矮大概十二英寸的小孩子头上梳下来的，那么就会刚好粘在您腰上面的那个位置。或者是在您离开她之前，她紧紧地抱过您。这也就暗示说您在某些情况下，需要把她独自留在家里。"

赫奇斯太太晃着头，觉得很惊奇。

福尔摩斯继续说了下去。

"这两根头发是粘在您的外套上的，这表示您在离开家前给她梳了头。那时已经过了上学的时间，然而教育法案要求她必须去上学，除非她得了传染病或其他什么疾病。我可能说得太远了，我想我们应该直奔主题啦。"

赫奇斯太太又稍稍放松了一些。

"路易莎，"她终于开了口，"我们的路易莎刚满八岁。她得了百日咳。他们不让她回学校，除非医生开证明。"

福尔摩斯把指尖攒到了一起，成为了一个听众。

"是什么事儿让您烦心呢？"

我们的客人面带疑虑地看着他。

"就是那些外国人，福尔摩斯先生。四个星期前，他们搬到了后面来住。"

"搬到后面?"

"是的,福尔摩斯先生。我们住在交流公寓的迪金出租房,在豪恩德斯迪奇大街侧边卡特洛街的一条死胡同里。都是些破破烂烂的房子,前面是一间上下楼的屋子,后面也一样。在屋子后面,可以直接看到对面房屋的背面,那里住的是豪恩德斯迪奇的小工艺品生产商和裁缝们。他们的窗户离我们的窗户还不到十英尺远。在两家屋子之间,每家各有一个院子,院子里有一间厕所,还有一块铺好的小地,大约十平方英尺,是用来晾衣服的。"

"嗯,"听完赫奇斯太太简单描述她的陋室的内部构造后,福尔摩斯平静地说,"我明白。请继续。"

"好的,先生。"她身体往前倾,生怕福尔摩斯听漏了什么。"这样一来,从后面楼上的窗户既能看到自家的院子,又能看到对面的院子。现在那里住着一些外国人,平时看不到他们的身影,只有当陌生人来的时候,才能在院子里看到他们。我猜,这些人是俄国人和德国人。"

"那些挨着您住的是俄国人或德国人?"

"大概在一个月前,"赫奇斯太太说,"一些新面孔住了进来,就像我说的,兴许是俄国人,兴许是德国人。他们住在一排屋子的最尽头,只有从我们家能瞧见他们的院子。"

"我明白。"

"他们不是一家人,大概有八到十个人。我一直不知道到底谁住在那里。其中有一个人常在屋里演奏音乐,也去租庇利街上的那家俱乐部演奏。"

"他们吵到您了吗?"

她摇了摇头。

"一开始没有,先生。我整天都在工作,我男人哈利也是。

我现在不做那些需要看近处的工作了,但在帮忙包装。哈利在米尔沃尔码头工作。所以,现在路易莎得独自待在家里,时间或长或短。"

"那他们吵到她了?"

"大概三周前,一天早晨,一个男人——可能是个俄国人吧——到我们家来叫我女儿给他跑个腿儿,答应给她三便士。他叫她到商业路那家卖鸟的店去给他买一只金丝雀,必须是纯黄色的,不能有一点点棕色的毛。他说,如果那家店没有,店里的人会告诉她到哪儿能买到。结果商业路没有纯黄的金丝雀卖,但我女儿在圣玛丽斧街买到了一只。"

福尔摩斯一直表现得很平和,但一听到黄色金丝雀,他立刻变得警觉起来,聚精会神地听着,还掏出黑色小笔记本开始记笔记。

"她去跑腿,去了多久?"

"我想大概有一个半小时吧,"赫奇斯太太说,"也可能更久。第二天,那位自称叫兰考夫还是什么的先生又来了。他问路易莎愿不愿意再去趟商业路的那家店,给他的小鸟买个鸟笼子和一些鸟食。她答应了。那个星期的后几天,他又叫她去买鸟食,再给他买些烟草,还是答应给她三便士。她不想拒绝帮他,就去了。"

赫奇斯太太停了下来。

福尔摩斯热切地看着她,仿佛她在透露一个抢劫英格兰银行的计划似的。

"请说下去,太太,一点儿细节也别漏了。"

福尔摩斯如此迫不及待,反倒弄得她有些仓皇失措了。

我瞥见她有些警觉。

"后来发生了两件事,先生。买鸟儿的那天傍晚,住在我们屋子另一边的那位太太在她的院子里发现了一只黄色金丝雀。她把它捉了进来，并照顾它。但后来，第二天，第三天，兰考夫先生都继续让我女儿去买鸟食。我的朋友收留了那只小鸟，是因为觉得他们故意把它放在外面，很没爱心。"

"也许不是同一只鸟呢？"

赫奇斯太太觉得这想法太荒谬了，差点儿没大笑出来。"迪金出租房周围哪有那么多黄色的金丝雀！路易莎说，她买来的那只鸟的腿上有一个蓝白相间的环。鸟都没了，还买鸟食和鸟笼干吗？"

我插了一句嘴：

"您也不能确定那只鸟是不是自己跑出来的啊。"

赫奇斯太太往椅背上一靠，将两臂合抱起来。

"话是没错，先生。但干吗还要继续买鸟食呢？他买鸟也好，不买也好，不关我事。就算他们把鸟放了，也是他们的事。但我敢发誓，他们绝对有什么其他目的。要是他们耍什么阴谋，拐走我的路易莎，该怎么办啊？"

福尔摩斯用柔和的口气说道："那都是三四周之前的事了，并且您也说了，他们没有伤害路易莎。这之后发生了什么？"

"我不在家的时候，就把路易莎送到住在阿尔特马克广场的她婶婶家。打那以后，她就再没给他们跑过腿。不过，上周五我回到家里的时候，发现我们家小院子旁边的屋后的排水管不见了。"

福尔摩斯一直苍白的脸上突然泛起了一丝红晕。

"仔细点儿，赫奇斯太太，请说仔细点儿。"

她刚刚的那股劲头已经消失了，现在看起来有些害怕。

"好吧，先生。这儿的每栋屋子后面都有一个从上到下的水管，从屋顶上的排雨槽一直通到院子里的排水沟。雨水流到半途的时候，会注进同一个铁皮箱里，然后再顺着一根管子流到院里的排水沟，就在我们公用隔墙的另一边。管子那天早晨还在那儿，傍晚就不见了。当天天已经黑了，我们是第二天才发现的。天一直下雨，两家院子都积了水，差不多涨到后门槛那么高了。"

"您问兰考夫先生排水管怎么不见了吗？"

"我丈夫哈利去问了。兰考夫先生说，因为水管一直漏水，伦敦市政会把它拿走了。我去问市政会的人，他们说没拿。住在另一边的太太跟我们说，周五那天一直有噪音，持续了大半天，好像有什么人在用钢锯锯铁的东西。可能是那条排水管太长了，他们只有把它锯断才能拿进屋。第二天晚上，我丈夫哈利往下看的时候，刚好看到他们家院子里有个人把什么东西从厕所拿进了屋。那东西是圆的，还挺沉的样子。哈利敢肯定，那是一截两英尺长的排水管。我不知道他们在捣什么鬼，福尔摩斯先生，我猜，他们可能是偷水管当废铁卖吧。我敢肯定，他们绝对是在用跑腿儿那种讨厌的事来试探我的路易莎。兴许哪天傍晚，我们回家时就发现她不见了——被卖到俄国或其他什么地方去了。"

我们没料到，赫奇斯太太刚刚还那么自信满满，这会儿居然哭了起来。当初那位年轻的助理牧师把她介绍给我们的时候，表现得非常小心谨慎，现在我算是明白原因了。

福尔摩斯站起身来，眼睛看着刚刚记的笔记，一只手搭在她的肩上，另一只手把铅笔放进胸前的口袋里。

他没什么安慰人的经验，但他还是尽力做了。

"请您不要再自寻烦恼了，赫奇斯太太。依我看，您完全可以忘了拐卖儿童这件事。您刚刚说您家楼上的窗户是唯一能看到隔壁家后院的窗户，对吗？"

"是的，先生。"

"您和住在周围的大部分人白天都要外出上班，是吗？"

"基本上是的，福尔摩斯先生。"

"这和我估计的一样。让您的小女儿出去跑腿儿的目的是让她离开现场，越远越好。我觉得他们没想对她造成别的什么伤害。但不管怎样，您采取一切方式保护她的安全是很对的。"

"那下水管是怎么回事呢，福尔摩斯先生？"

我的朋友顿了顿。

"我想那个就是警察的事了。如果您把这件事交给我的话，它会立刻得到关注。但我觉得，我的朋友，伦敦警察厅的拉斯特雷德警探可能会认为遗失水管这件事很蹊跷，非常值得注意。您只管好好关心您小女儿的安全吧。我不觉得她会遇到什么危险。不过话说回来，为了您能安心，最好还是别把孩子独自留在家里。"

2

"非常值得注意！"赫奇斯太太走后，我终于可以坦言我的疑虑了。"伦敦警察厅的拉斯特雷德警探可能会觉得一根丢了的水管非常值得注意？他会觉得根本没啥大不了的！这是地方警员和市政会该管的事！"

把赫奇斯太太送到门口之后，福尔摩斯懒洋洋地坐在沙发上。一个烟斗架就放在他触手可及的地方。他的指尖上掂着一根圆头手杖在寻找平衡，好像这样可以帮助他思考似的。12月的天空又一次阴沉了下来。天黑得很快，得点上煤气灯了。

福尔摩斯眼睛盯着指尖上那根找到了平衡的手杖，说道：

"如果我的推论没出什么大错的话,华生,我们现在正站在一起重大犯罪阴谋的边缘。这可能会是一个可以让天下的父母对孩子津津乐道很多年的故事。"

"一只黄色金丝雀和一根被盗的排水管?"

"是一根被盗之后被锯成两英尺长的排水管。他们为什么要这样做呢?"

"这样才方便把它运到收废铁的那里去啊。小偷们先租个房子,把房里能卖的洗劫一空,然后拍拍屁股走人,这不是最常见的犯罪吗?那些流氓现在可能已经人去楼空啦。"

"这也是有可能的。但我想,那根沉甸甸的铁水管可能还有其他的用处,特别是被那些犯罪的无政府主义者偷去的时候。读一点儿上世纪的政治史吧,我亲爱的朋友。读一下暗杀沙皇亚历山大二世和谋杀拿破仑三世未遂的历史,你就会知道,在一根铁管里装满炸药,再把一头封上,就可以造出威力很大的炸弹。"

3

两天之后,为调查赫奇斯太太那件事,拉斯特雷德警探傍晚来访。这位"长得像斗牛狗一样"(福尔摩斯这么形容他)的苏格兰场警探和我们坐在壁炉旁,手里捧着一只杯子,沉浸在冷静的思考之中。

"你说的是对的,福尔摩斯先生,除了那只真的金丝雀,那些鸟可能在我们调查之前都飞走了。而且我认为它们不会再飞回来了,这对于赫奇斯太太和她的小女儿来说可是个好消息。那些恶棍们比我们先行一步了。"

"确切地说,是比你先行了一步。"福尔摩斯冷冰冰地说。

拉斯特雷德白了他一眼,摇了摇头,点燃了刚给他的雪茄。

"我们很难知道他们的确切消息。他们好像是俄国人,不是德国人,但那个区域一半的人口都是俄国人。他们管自己叫无政府主义者,但说实话,他们真正的敌人是俄国那些迫害他们、剥削他们的人。他们中有一小撮是天生的犯罪分子,但剩下的都跟我们毫无干系。"

"很准确,"福尔摩斯说道,"那些天生的犯罪分子就是现在似乎已经从你手上溜走了的家伙。"

他们的口舌之争持续了一阵子,然后威士忌开始起作用了。在我们的晚间谈话结束之前,我的两位同伴又将话题一转,开始讨论已被处死的克里本医生。克里本医生三周前因毒死妻子而被处以绞刑,拉斯特雷德参与捕获了这名罪犯。福尔摩斯最近常谈论这件事,并始终认为绞死克里本是不公正的,他是冤枉的。他从未打算毒死妻子百丽·艾尔默,只是想让她暂时昏迷过去,因为当时他年轻的情妇爱赛尔·乐·内芙正在家中。他不想让爱赛尔出庭作证,怕有损她的名誉,所以就挺身而出接受了死刑,保全了她。

9点已过,我们还坐在烧得旺旺的壁炉前讨论这个问题。在福尔摩斯要伸手去拿火钳的时候,我们听到贝克街221B号的前门响起一阵特别的连续敲门声,还伴着重复响起的门铃声。在房东哈德森太太走到大厅之前,福尔摩斯已经从椅子上起身下了楼。

楼下传来说话声,继而是两个人上楼的脚步声。福尔摩斯进了门,跟着他进来的是一位穿着制服的警员。

"来找你的,拉斯特雷德。"

"您是拉斯特雷德长官吧?我是245D警员卢斯莫尔,帕丁顿格林警署的。长官,这儿有一个紧急消息,是来自伦敦警察厅的

斯宾塞警长那里的。警方怀疑有人正在伦敦城策划一起重大的保险柜抢劫案件。"

"在哪里?"福尔摩斯尖声问道。

卢斯莫尔将一封电报递给了拉斯特雷德。

"交流公寓,长官,豪恩德斯迪奇大街的后面。在那里执勤的皮普警员接到当地居民的报告后,给主教门警署去了一个电话。主教门警署又打给了伦敦警察厅。警员们正从主教门赶过去呢。警长知道您正在豪恩德斯迪奇调查一件案子。他说,如果您愿意在我们的调查中鼎力相助的话,他将万分感谢。"

拉斯特雷德的表情好像在说,在这样一个寒冷的12月的夜晚,他并不乐意在暖烘烘的壁炉旁喝酒的时候被打扰。然而,福尔摩斯却已经差不多将一件长披风穿好了。

"有一辆警车,"卢斯莫尔说道,"就停在门口。司机说,二十五分钟就能把你们送到豪恩德斯迪奇去。"

"快点儿啊,拉斯特雷德!"福尔摩斯兴高采烈地说道,"这件事也关系到华生和我。不管你去不去,我们都一定要去。老兄,你最好在这件事上下定决心。"

我们三个人跟着卢斯莫尔警员来到了街上。

福尔摩斯走在我身后,对我低声细语道:"华生,如果你记得把你的左轮手枪揣进外衣口袋里,那将会是百无一害。"

"我带了。"我大声说道,"我可不想不带枪就在大晚上跑到豪恩德斯迪奇的小巷子里去冒险。"

豪恩德斯迪奇到了。我们从车里爬出来,走进一条黑乎乎的如洞穴一般的大街。

在豪恩德斯迪奇大街上,只有已到达的警员手上的三盏提灯是亮着的。皮普警员向我们走过来，向拉斯特雷德敬了个礼。

"是拉斯特雷德长官吧？9点刚过的时候，我们收到威尔先生的报告。他是120号工艺品店的老板，和他的妹妹一起住在铺子楼上。他说，房子后面某个地方传出了噪音，有钻孔声、拉锯声，还有用铁撬棍撬砖头的声音。我走近的时候，却没发现任何异常情况，而人一走开，噪音就又响起来了。"

"你们有多少人？"拉斯特雷德问道。

"我让伍德姆和乔特警员在前面这儿守着，我去主教门汇报情况了。本特利警官和一位警员跟我一起回来的，便衣警员马丁和斯特朗正在赶来的路上。总共有七个人。"

"不管怎么说，对付普通的抢劫案绰绰有余了。"拉斯特雷德性急地说。12月夜晚的寒风让他打了个寒战。因为现在听不到任何声音也看不到犯罪嫌疑人的蛛丝马迹，这条黑乎乎的街道愈发显得可怕。但罪犯肯定就在附近。

歇洛克·福尔摩斯走到哈里斯珠宝店的橱窗旁。这家店位于威尔的铺子旁边，店里有个巨大的、看似万无一失的保险柜，一眼就能瞧见。保险柜上面有个灯泡日夜闪烁着。任何人要是想撬锁，都会暴露在众目睽睽之下。

福尔摩斯转过身来，将手深深地插进外衣口袋取暖。

不管此前有过多响的锤击声、钻孔声，但现在四周鸦雀无声。

"是这样的，长官，"皮普警员说道，"只要一有人走近，噪音就立刻停下来。我想，他们的目标肯定是那个保险柜。"

拉斯特雷德四下望了望。

"我们去大街后面仔细看看。本特利警官，还有你们几位，跟我来。"

他带着本特利警官和五个警员出发了,只留皮普警员在前面守着。

福尔摩斯和我紧随其后,不给拉斯特雷德任何叫我们回去的机会。

到了那里之后,拉斯特雷德右转走进了交流胡同。这条巷子在豪恩德斯迪奇大街的后面,巷子两边的房屋和豪恩德斯迪奇的商店及仓库是平行排列的。那些想撬保险柜的人很有可能打算从这里的某间住宅后面下手。

在交流公寓所处的这条死胡同里,有几间昏暗的屋子已经破败不堪了,黑咕隆咚的没有一丝亮光,显然已经废弃了。那晚湿冷的空气和两旁高大的破房子之间刺骨的寒风给我留下了极为深刻的印象。胡同的尽头被一幢高大的存放包装箱的仓库堵死了。我们向仓库的木门走去,一路上没有听到任何钻子或锯子发出的声音。过了一会儿,我们走到仓库门口的时候,突然听到右后方不远处传来一声大叫。我猜想这可能是我们中的某个人发出的叫声。他可能穿过一间废弃的屋子走进了后院,那屋子和豪恩德斯迪奇大街上的铺子共用一堵墙。

叫声再次传来。

"他们已经快把墙打通了!珠宝店的墙只剩下里面的木头了!"

福尔摩斯和我转过身来。里面太黑了,乍看辨认不出任何一个人来。几个黑影迅速移动着,但只能在远处角落酒馆刺目的煤气灯光的映照下依稀看见几个黑色的轮廓。突然,四下里接二连三地闪出一道道亮光,发出一声声爆裂声和劈啪声。我感觉受到猛烈一击,被打趴在圆石子铺设的路面上。我不是中弹了,而是被歇洛克·福尔摩斯用力推了一把。

"趴下！"他大声喝道——在像这样的危急时刻，他不止一次地救过我。

又有几发子弹接二连三地射来，枪声回响在黑暗中的楼宇之间。我手里就握着左轮手枪，但是不敢开枪。在煤气灯的映照之下，我只能看到黑色的轮廓，分不清哪些是拉斯特雷德的人，哪些是抢劫犯。更糟糕的是，这一阵混乱引来了一群从酒馆跑过来的看客。要是开枪的话，难保不会射中一两个围观者。大概过了二三十秒钟的时间，交流公寓昏暗的小街陷入一片混乱。开枪的人都跑哪儿去了？他们是在向谁开枪？我从地上爬起来，小心翼翼地往前走去。作为持枪的一员我在这里一无是处，但作为一名医生兴许还能派上点儿用场。

如果有人告诉我，在这样一阵急促的枪击中，不到半分钟就有五名警察中弹，我可能不会相信，但是，借着提灯的光，我看见乔特警员躺在一间废弃的屋子的门口，一动不动。塔克警员从同一扇门里跟跟跄跄地出来，然后跌倒在地，趴在了乔特身上。本特利警官仰面躺在石子路上。布莱恩特警员靠在屋子的墙上，应该还活着。我刚看见伍德姆斯警员的时候，他还是站着的，这会儿已经跌倒在石子路上，双腿好像已经不听使唤了。

因为犯罪分子们极少开枪，警察们平时都不佩带枪支。我从来都没听说过任何一个抢劫团伙像今天这样人人武装的。检查伤员情况的时候，我发现乔特身中六弹，身体和双腿都中了枪。塔克的胸部受了伤。本特利警官的喉咙被射穿，已经昏迷不醒。对这三个人来说，最后一线希望只能寄托在医院上了。伍德姆斯的大腿被子弹穿过，无法站立。布莱恩特的左臂和胸部受了伤，不过伤势不太严重。拉斯特雷德的肩头中了弹，好在子弹卡在了厚重的外套中，他只受了点儿皮外伤。

我找到幸免于难的几个人，叫他们去主教门那里叫附近的救护车过来抢救本特利警官和乔特警员。在叫救护车之前，我们就在豪恩德斯迪奇拦了一辆双轮马车，请乘客下来，让车夫以最快的速度把塔克警员送到圣巴多罗买医院去。我还给布莱恩特和伍德姆斯处理了伤口。

当时我们还不知道，有一名罪犯开枪误伤了他的一名叫加德斯坦恩的同伙。虽然他们设法把他弄走了，但他第二天早晨就死了。被叫来给他治疗的医生把警察叫到了他床边。屋里仅剩两名女子，都已经被捕。

4

第二天，福尔摩斯基本上一整天都和拉斯特雷德在一起，傍晚才回到贝克街。

他一下子瘫坐在椅子上，连把敞着的大衣脱下来都费了好大的劲儿。

"一件坏事，华生，报纸现在还不知道这件事。"

"光是他们报道的事就已经够糟糕的了。"

他摇了摇头。

"不，老兄。这次暴乱可能是内战的前兆。这会是一场针对我们所有人的战争，一场无政府主义者掀起的反对世界的战争。谢天谢地，拉斯特雷德受伤不重。没错，我有时对他的能力颇有微词，但不可否认，他从来都不缺乏胆量。今天我和他手下的警官大部分时间都待在交流公寓的房间里，就在豪恩德斯迪奇大街的珠宝店后面。那群罪犯貌似曾在那里过得很自在，我们到那儿的时候，火炉里的火还没完全熄灭。"

"他们有什么计划?"

"他们想打通外面厕所的墙,这堵墙也是珠宝店陈列室的后墙。他们在砖上打的洞是菱形的,大概有两平方英尺大。墙已经快打通了,保险箱就靠在那儿放着呢。这就是为什么后来我们没再听到打钻的声音了。再有五分钟,他们就能到陈列室里面去了。保险箱的大小刚好能把他们遮住,从朝街的窗户外面是看不到的。他们测量得很准,不用跨过墙就可以碰到保险箱的后面。"

"但是他们怎么打开保险箱呢?"

福尔摩斯站了起来,脱下外衣,俯身把手伸到壁炉前取暖。

"他们当然不打算撬锁啦。外面电灯光线很强,他们会被街上的人看得一清二楚,哪能撬锁?不过,有一条煤气管穿过整个屋子。我们发现,他们接通了煤气管,用的是黑带子和一根六十三英尺长的橡胶软管。这些东西现在还留在那里呢,可以接到珠宝店保险箱的后面。他们逃离现场的时候,还丢下了三个金刚石钻头、一把锋利的铁凿、三根铁撬棍和一把老虎钳。用这些工具在保险柜后面打出一个洞来,也不会被街上的人看见。保险柜朝着窗户,所以照在保险柜前面的光线会掩盖住他们在后面切割保险柜时煤气产生的火焰的亮光。"

福尔摩斯继续讲述:那天早晨,伦敦警察厅接到报警后派人赶到交流公寓东面一英里外葛洛夫街上的一栋房子。在楼上的一个房间里,一名年轻男子的尸体躺在一张浸满血迹的床垫上。那名男子叫乔治·加德斯坦恩,是一名俄国杀人犯,也是枪杀警察的凶手之一。他在黑暗中与乔特警员搏斗的时候被一个同伙开枪误伤。

"加德斯坦恩被抓住的话也肯定是要被判绞刑的。"福尔摩斯从壁炉旁转过身来,说道,"但现在他的某个同伴帮我们省了事

了。翻他的口袋的时候,我们发现了一个7.65毫米口径手枪的弹夹、一把钻、两把钳子、一副焊工用的护目镜和一把公寓门钥匙。他们给公寓配了新锁,防止不速之客打扰他们的工作。"

"非常有力的证据。"我说。

他努了努嘴。

"我亲爱的华生,我们还有更重要的发现:一把小提琴和一幅画有巴黎的街景的油画,看起来技艺很娴熟。画上有个签名,还小有名气。"

"加德斯坦恩是一名画家——或者是一名收藏家?"

福尔摩斯再次摇了摇头,叹了一口气。

"我在怀特查佩尔和斯特普尼的政治俱乐部当了好几年默默无闻的听众。几乎没人在那里见过乔治·加德斯坦恩。按他们的说法,他和其他所有的无政府主义领袖一样,只是一个'代号'而已。在这件案子中,他是波洛斯基·莫罗恩茨夫,一个革命者,一个从华沙警方那里逃出来的流亡者。在华沙,他更为人所知的身份是抢劫犯和谋杀犯。"

"那幅油画又是怎么回事呢?"

福尔摩斯站起身来,打了个哈欠。

"我亲爱的华生,那幅画的作者的地位远远高于莫罗恩茨夫这类人。如果革命能让无政府主义者或共产主义者登上王位的话,那么这幅画的作者就是国家领导人。一听到他的名字,英国国王、德国皇帝和俄国沙皇都会脊背发凉,直打寒战。他叫彼得·皮亚特科夫①,在无政府主义者的地下世界里被称为'画家

---

① 20世纪拉脱维亚无政府主义犯罪团伙首领,从未被抓获,因而人们怀疑他是否真实存在。

彼得'。他有一个艺术家的名字，但他割断某个人的喉咙，就像你我切苹果一样轻而易举。"

"又一个罗伯斯庇尔[①]！"

他盯着我，好像我没听懂他的话似的。

"罗伯斯庇尔只想要法兰西，皮亚特科夫得不到全世界是不会满足的。"

"他现在人在这儿，在英国？"我不安地问道。

歇洛克·福尔摩斯笑了笑。

"他还不在这里，但他就要来了。他到的时候，英格兰就会知道一切了。我的消息是最新的，而且很可靠。"

5

两天后的早晨，我下楼吃早餐的时候，福尔摩斯已经在那里了，而且显得异常兴奋。

我落座后，他把刀叉放到一边，摊开一只手。

"华生，你能辨认出这个吗？我昨天从莫罗恩茨夫的房间里偷回了这个东西，拉斯特雷德和他的同事到那儿搜查时没有注意到它。"

他手里托着一个来复枪子弹头，我在军队服过役，所以认得出这个。

"这是一颗12毫米口径步枪的子弹！"我不假思索地说道。

他呵呵地笑了。

"很好，华生！这肯定不是拉斯特雷德和他的警官们期望找

[①] 法国大革命时期的重要领袖人物。

到的东西，所以他们当时没注意到它。"

"但这意味着什么呢？"

"很明显，加德斯坦恩和他的朋友们在找某种型号的来复枪。就现在来看，左轮手枪就能满足他们的需要了。但用来复枪可以准确地瞄准目标，手枪可做不到这一点。李－恩菲尔德来复枪是最容易弄到的，我们的对手正在市场上想办法购买这种枪。如果他们准备以这种方式防御甚至是进攻战略据点，那么革命很可能比我们想象得更加临近。"

这让我感到很不安。然而，福尔摩斯却精神抖擞，情绪高涨。他浏览了一下报纸，然后说道："这儿有个东西可以丰富一下你的剪贴簿，亲爱的老兄！"

报纸上报道了周五晚上在交流公寓和豪恩德斯迪奇大街发生的那场枪战。

福尔摩斯有些不耐烦地冲我摇了摇他的叉子。

"瞧这篇评论的第三段，老兄，写的正是我最最不想被提到的东西。"

巧合的是，周五晚豪恩德斯迪奇发生惨案时，著名的私家咨询侦探歇洛克·福尔摩斯也出现在警察中间。对此，伦敦警察厅作出的解释是，当晚福尔摩先生碰巧和拉斯特雷德警探在一起，与本案绝对无任何关联。我们大多读者肯定都希望这不是事实。我们的国家和社会正受到欧洲政治污流的冲击。我们已经忍受了很久了。如果福尔摩斯先生愿意去肃清英格兰大地上和整个文明世界中的这些肆无忌惮的恶行，文明世界将愿意与他合力而为之，他也将获得所有正直人士的诚挚感谢。如果福尔摩斯先生尚未被邀请来消除这种威胁,那么让我们现在就向他发出邀请吧。

我放下报纸。这是我读过的最刺耳的评论。

"语气有点儿重。"福尔摩斯倒是很豁达。"不过今晚他们邀我出去,什么事也不做,就是吃个晚饭而已。"

"在哪儿?"

"昨晚忘了告诉你,真是疏忽了。拉斯特雷德是个明智的家伙,他决定在这个案子上听听我哥哥麦克劳夫特的建议。我们的朋友现在遇到的麻烦比以往任何时候都要大,连伦敦警察厅政治处也帮不上什么大忙了。反倒是麦克劳夫特还在到处活动,政治和阴谋的世界里总能看到他的身影。他一直替政府留意着这些。"

"留意着俄国?"我怀疑地问道。

福尔摩斯笑了。

"麦克劳夫特的俄语说得特别流利,对俄国的历史和文化也很了解。据我所知,他翻译的亚历山大·勃洛克①的诗歌备受推崇。我答应尽力帮拉斯特雷德,所以,今晚我们跟麦克劳夫特去第欧根尼俱乐部吃饭。晚上请别等我了。"

福尔摩斯出门之后,我在家里思考着我们现在应邀去探索的将是一个怎样的迷宫。傍晚,我早早地吃了晚餐,然后从书架上取下一本沃尔特·斯科特②爵士的《密得罗西恩监狱》来读。书中的故事将我深深吸引。我本来想早点儿睡的,但每读到一章的结尾处,我便决定再多读一章。

---

① 俄国诗人、戏剧家。
② 英国诗人、小说家。

大概11点出头的时候,我听到外面街上有噪音——确切地说是屋子墙外发出的声音,好像是一个空锡罐之类的东西被扔到了墙上然后又弹回到街上。

"福——尔摩斯先生!歇——洛克·福——尔摩斯先生!"

有人一边敲门,一边一声接一声地高喊。

"福——尔摩斯先生,是我——你知道我是谁!——我也知道你,你就是个狗腿子,一个马屁精!你就是你的君主和大臣们裙下的一个懦弱谄媚的奴仆!你是个压迫人民的家伙,你一定会和养活你的主人一起上西天!"

这番话说得颠三倒四,而且突如其来。我坐在那里,一时间被弄得不知所措。后来,喊叫声停了下来。我想,那个大喊大叫的家伙大概已经打道回府了。可能是因为他觉得没人搭理他,就悻悻地走了吧,也可能他觉得敲错门了。我走到窗户边,小心翼翼地将窗帘拉开一条小缝,借着灯光,看着下面的街道。

那名男子还没走,仍站在街尾那间没点灯的花店门口。我原以为会是个衣衫褴褛的家伙,但这人穿着考究的黑色外套,左手拿着一顶宽檐帽,右手拿着一块儿石头似的东西。他身材高大,衣着整洁,深色的头发梳得整整齐齐,蓄着络腮胡子,长着一个鹰钩鼻子。

"你认识我!你认识我,福尔摩斯先生。我说出皮亚特科夫这个名字,你就会明白。你没办法回答我吗?你是暴君的朋友,这我已经知道了。但我没想到你是这样一个懦夫!你这个警察的狗腿子!"

我正在回忆福尔摩斯前一天晚上说过的关于皮亚特科夫的事,就在那时,这个家伙右臂一甩,将石头猛掷过来。石头砸中了玻璃,我听见楼下传来碎玻璃落在地上的声音。我想去找哈德森太太,但又不敢把视线从这个流氓的身上移开。他对面的两扇窗户亮起了灯光。在如此寂静的夜晚,如此喧嚣必然会引来正在巡逻的警察。

我想起在福尔摩斯收藏的战利品中有一个警哨,是我们追捕朗伯斯区囚犯尼尔·克里姆博士的时候得来的。我正在书架下的抽屉里翻找那个警哨,对面房子里有个人对着夜色大喊,想吸引贝克街警察的注意。那人一定是看到警察了。

我走回到窗前,惊讶地发现,那个自称皮亚特科夫的人还跟个没事儿人似的靠在花店的墙上。我担心他可能揣着一把左轮手枪,正等着击毙走过来的警察,如同他的同伙们上周五晚上所作的那样。

这时,一辆驶向大都会地铁站的车厢亮堂堂的红色双层巴士从摄政公园开过来。此时警察已经走到离那个人不足二十英尺开外的地方了。巴士开到那个人面前,他上了巴士,和警员四目相对。俩人间的距离越拉越远。虽然不敢肯定,但我想汽车在地铁站停靠的时候,他又跳下了车。那一站仍在警察的视线范围内,他最终下没下车,警察肯定看到了。

午夜将至,福尔摩斯回来了。尽管他也对楼下窗玻璃被打碎了很好奇,但他满脑子想的都是麦克劳夫特的主意。我告诉了他今晚我遇到的事,他兴味索然,对自己的安全也毫不在乎。

"我没料到他这么快就来了。"他最终说道,"当然啦,如果他们真计划搞什么声势浩大的暴动,他肯定会在附近现身。我们的人一直在巴黎盯着他,巴黎警方的主管哈马德先生也一直跟伦敦警察厅警务处的助理处长保持着联系。麦克劳夫特肯定地跟我说,几天前有人在巴黎看到过皮亚特科夫。他确实是一名画家,并有两幅画在奥尔良码头附近的一家私人美术馆的画展上展出。"

有好一会儿工夫,他像鸟儿抱窝似的静坐在那儿。我意识到他此刻不想被打扰。最后,他终于长吁了一口气。

"我不否认,这在某种程度上改变了事态。我明早会去和麦克劳夫特谈谈。我亲爱的老弟,你能帮上的最大的忙,就是辨认出皮亚特科夫现在长什么样。如果拉斯特雷德给我们派一辆车和两名便衣警察,你就和他们去豪恩德斯迪奇大街、怀特查佩尔这些皮亚特科夫经常出没的地方转转,看看能不能把他找出来。华生,你可能是唯一能认出他的人。他很少以同样的外表露两次面,但他基本上也没法子变得那么勤。如果我们能认出他然后跟踪他,就能找出整个伦敦阴谋的中心。"

尽管形势变得越来越严峻,但那晚也做不了什么事了。我睡觉的时候,把手枪放在身旁。其实,我并不认为我们的敌人会在短时间内再度光临贝克街。

6

第二天早晨,再次出现了令人不悦的新情况。几天前报道福尔摩斯出现在交流公寓那起谋杀案现场的那份报纸,又刊登了一条"最新消息":

贝克街发生无政府主义者动乱
"画家彼得"来到英格兰

昨晚晚些时候,彼得·皮亚特科夫,即被称作"画家彼得"的国际无政府主义者领袖,将威胁带到了歇洛克·福尔摩斯先生的家门口。这名自称皮亚特科夫的男子在街上破口大骂长达十分钟之久,并投掷物品砸破了福尔摩斯家一楼的窗户。巡警赶到的时候,他已登上一辆公共汽车逃走了。

据描述,皮亚特科夫身材高大,瘦削,深色头发,蓄有胡须,身着一件深色外套,头戴一顶"伦勃朗"式样的宽檐毡帽。

"符合这样的描述的人在这座城市可能有十万个,根本分辨不出他来。"福尔摩斯冷静地说道。

报纸如此不拘言辞,让我觉得有些愤怒。

"整件事情都是用一种戏谑的口吻来写的,"我说道,"这篇该死的报道,等于是给皮亚特科夫的小提示!就算他不看报纸,他的同伙们今天早上也会看到的。"

福尔摩斯继续在吐司上抹着黄油,然后又涂上橘子酱。

"他和他的同伙会看报纸的,这点我毫不怀疑。"

过了一会儿,福尔摩斯出门为国献力去了,去帮助他的哥哥威廉·麦克劳夫特·福尔摩斯所代表的国家。多年来,行动笨拙却才华横溢的麦克劳夫特在英国文官队伍中独当一面,哪里遇到麻烦,哪里就会出现麦克劳夫特的身影。正如他的弟弟歇洛克·福尔摩斯曾经跟我评论的:"他不仅仅是英国政府的一名顾问,有时候他'就是'英国政府。"

这两兄弟和拉斯特雷德一道给我安排行程的时候,我在旁边无所事事地坐了一两个小时。他们安排我去霍尔本、豪恩德斯迪奇、怀特查佩尔、迈尔恩特,去所有有可能找到皮亚特科夫或是听到有关他的消息的地方。

半个小时之内,皮亚特科夫驾临伦敦的消息就闹得沸沸扬扬。

那天早上,我的工作伙伴便衣警察威利警长和帕克斯警员坐一辆没什么特点的马车来到贝克街,两个人都穿着灰色法兰绒西服,戴着圆顶礼帽,头发和胡子都收拾得整整齐齐的。他俩穿戴得如此一致,恐怕都要引起犯罪分子的怀疑了。不过,这不关我的事。据我判断,车夫可能也是一位便衣警察。他驱车载着我们,轻快地沿贝克街而行,然后向东驶向霍尔本和城市里的贫民区。

除了那次交流公寓恐怖事件,我对伦敦东区①无政府主义的"地形"可以说是一无所知。幸亏我的同伴们懂得比我多。在我们那一整天来来回回地穿街走巷的时候,我只需把眼睛睁得大大的就行了。他们当然不可能让我下车,他们担心我被某个在枪击案发生当晚见过我的人认出来。尽管当时一片漆黑,但我在案发后的一片狼藉中和很多人说过话,因为那时我要尽可能地救死扶伤。

我的同伴们对这个地区了如指掌。到了迈尔恩特这片破落之地的时候,威利警长让车停了下来。这里到处是商铺和狭窄的街道,街道两边是码头工人住的修有露台的房子。我们在一间大麻商的仓库旁见到了一个邋里邋遢的小青年。这种小青年是我平时无论如何也会敬而远之的。他穿着砖红色的防风夹克和灯芯绒的裤子,脖子上那条随便搭上去的围巾随风飘动着。我没想到,这个游手好闲的小混混竟然是伦敦警察厅的阿瑟顿警官。他是个便

---

① 简称东区,位于中世纪伦敦市的东部、泰晤士河以北,聚集了大量贫民与外来移民。

衣，装扮成这样是为了融入这片生活区。其实这没什么好奇怪的，自打五名警察遭遇枪击之后，警察们就装扮成擦鞋工、流动小贩和街头小摊主活跃在这个片区。

我们从主干道上调转方向，把阿瑟顿警官放在了租庇利街这条朝北的狭窄的街道上。在众多的露台中间有一栋建筑，看起来好像是一座破旧的礼拜堂，在一块板子上写着："工人之友大会堂"。这是最著名的无政府主义者克鲁泡特金王子长期流亡英格兰时建造的。这里有个广为人知的特色，就是所有人都用假名。尽管波洛斯基·莫罗恩茨夫起了个假名乔治·加德斯坦恩，但人们也只知道他是"那个俄国人"而已。

那天下午，我们再次和阿瑟顿警长碰了头。在俱乐部里，他叫沃尔科夫。他在几条街以外的地方和我们见了面，并告诉我们，今天他的"朋友们"的唯一话题就是"画家彼得"来以及即将到来的胜利。俱乐部里集结的这些男男女女并不都是暗杀行动的支持者，但他们貌似都拥护皮亚特科夫担任领袖，引领一场许诺已久的革命。

皮亚特科夫仍然没有什么动静。我们的车夫调转马头，从怀特查佩尔驶向豪恩德斯迪奇，随后又前往海霍本。这天剩下的时间里，我们在好几个马车站停下，好像在等事先预约好的乘客。最后，我们来到了海霍本附近。当时已是下午4点半，雾气越来越大，街灯也亮了。商店的玻璃橱窗里陈列着让人眼花缭乱的商品。

在那儿待了将近十分钟后，我注意到有一个人不同于其他行人。他走得很快，不像别人那样漫无目的，而是在左侧人行道上向远处走去。他戴了一顶宽檐的艺术家的帽子，身穿深色的外套。我不敢肯定他就是我们寻找的目标。就像福尔摩斯说的，穿戴成这样的人可能有成千上万个。

此时，那人边过马路边向我们这边张望。尽管只有大概十秒钟的时间，但我看清了他的脸。他那坚定的目光、又尖又高的鼻梁以及颧骨上的一抹红晕，都和前一天晚上深深印刻在我脑中的那个人的形象完全吻合。他走到街的另一头，突然走进了一家布置得整齐漂亮、灯火通明的商店。在将情况报告给威利警长之前，我看了看那个商店。在锃亮的镶在红木中的黄铜上印着店名：E. M. 赖利枪支商店。

我不知道威利警长和帕克斯警员是否带了枪。便衣警察一般很少带枪，即使在执行任务的时候。福尔摩斯不让立刻抓捕我怀疑是皮亚特科夫的人。他觉得，放他自由行动对我们更有利，他会带我们找到其余的同伙。接到我的报告后，威利警长和帕克斯警员悄悄地走下马车，兵分两路去包围目标。

因为不能让皮亚特科夫认出我来，所以我的工作就这么结束了，这让我感到颇为懊恼。马车把我送回了位于圣詹姆斯广场的海军俱乐部，在那里，我独自吃了晚餐。9点半的时候，另一辆马车将我送回了贝克街。当我把钥匙插进221B号门的锁孔的时候，上约克街圣玛丽教堂的钟声在伦敦阴冷多雾、充满煤烟的空气中响了十下。哈德森太太的女仆已经点燃了壁炉，但却不见歇洛克·福尔摩斯的踪影，估计他和他的哥哥麦克劳夫特共进晚餐去了。

我倒了一杯威士忌，拿过《密得罗西恩监狱》读了起来。

大约过了二十分钟，从楼梯上传来说话声和脚步声。

福尔摩斯先踏进了屋子，紧跟着是拉斯特雷德。

"啊！"福尔摩斯一边说一边将手杖迅速放到了架子上，并接过了拉斯特雷德的外衣。"我们的'警犬'华生比我们先回来啦。

我从麦克劳夫特那里听说了你今天的重大侦察成果。恭喜恭喜啊,老兄。"

他倒了两杯酒,递给拉斯特雷德一杯。

"他已经落到我们手里了,华生。是你查到了他的下落。昨晚和今天,你凭一己之力,就把皮亚特科夫纳入到我们的掌控之中啦。"

"他在你掌控之中时,伦敦警察厅是不是最好别逮捕他?"

拉斯特雷德一直想要冒出点儿重要的话来,现在终于轮到他了。

"盯着他,医生!跟着他。这是命令,不是来自伦敦警察厅高层的,也不是来自福尔摩斯的,而是来自内政部,是内政大臣温斯顿·丘吉尔①先生亲自下达的命令!"

"丘吉尔和皮亚特科夫之间的决斗是私事,"福尔摩斯说,"但是温斯顿——他的奴才们背地里都这么叫他——已经决定将整个无政府主义者团伙变成瓮中之鳖。他指示说,将他们一网打尽之前切莫轻举妄动,以免打草惊蛇。他形容无政府主义就像九头蛇怪一样,是很难根除的祸害,如果你仅仅砍下它的头,它还会冒出二十个头来。"

"那后来发生了什么事呢?"我问道。

拉斯特雷德露出了心满意足的笑容。

"威利警长去和'E. M. 赖利'枪支商店的经理'聊了一下'。他们的那位顾客没有说自己叫皮亚特科夫,而自称施特恩。除此之外,他还说自己是个法国人。经丘吉尔先生同意后我们查阅了内政部的资料,这些资料显示,皮亚特科夫在巴黎时就常用'施特恩'

---

① 英国政治家、作家,1910 年出任内政大臣。

这个名字,但大部分地下组织只知道他是'那个法国人'。"

"说得更扼要一点儿,"福尔摩斯不耐烦了,"这位顾客购买了三把恩菲尔德来复枪,并要求把枪包好送到斯特普尼的租庇利大街133号,收货人是施特恩。"

"和那个所谓的无政府主义者俱乐部在同一条街上!"我说道。

"这个地址就是无政府主义者俱乐部。如果我们能对那儿保持完全监控的话,就能在他们进行破坏活动前将他们一网打尽。"

拉斯特雷德将手中的烟斗磕空,抬起头来。

"光有一些左轮枪和手枪,他们只能在近距离内射中目标。但有了来复枪,一个一流的枪手可以射中一百码外的目标。先生们,来复枪就是他们准备用于暗杀的工具!丘吉尔先生现在已经采取措施保护首相在唐宁街和下议院之间的活动,以及国王和王后陛下在新年国会开幕时的安全。我们知道,加德斯坦恩和他的同伙已经为来复枪备好了弹药。现在看来,他们连枪也准备好了。"

拉斯特雷德站起身来,跟我们道了晚安。但走到门口的时候,他又转过身来。

"医生,您明早读报纸的时候,会看到您昨晚见过我们的便衣警察今天下午也近距离见过的'画家彼得'。到时您一定要告诉我您的看法,就把它当作一件艺术品来评判。"

7

第二天早晨,我发现福尔摩斯又一次起得比我早。瞧他一副蓬头垢面的样子,我敢肯定,他昨晚肯定一宿没睡。尽管如此,客厅里却丝毫看不出有过什么夜间活动的痕迹。我好像闻到了某种像热酸和工作间里烙铁的金属味儿。

我吃完早饭后,拿起了《晨报》。报纸上有一张画像,画像上的那个人直愣愣地盯着我,这个人和我两天前的晚上看见的那个一边在贝克街对面破口大骂一边冲屋子扔石头的人长得一模一样。画像的上方用粗体写着几个大字:"画家彼得"。

"就是他!"我惊呼道。

"是他吗?"福尔摩斯无精打采地回应着,"只有你能认出来,我的老兄,只有你和那两位便衣知道是不是他。"

"丝毫不差!"我肯定地说,"以后他在外边只要有一点点动静,想不被人认出来都难!"

他把叉子放下。他平日里早晨的胃口今天一点儿也没表现出来。

"但是,华生,这张画像在报纸上一出现,这位流亡者就会立刻改装易容,让我们认不出来。"

他说得没错,这是肯定的。

福尔摩斯补充道:"要是拉斯特雷德和那群笨蛋能暂时将这保密一下,情况就会好多了。"然后,他走到窗边,看着下面的街道。我想,现在最好让事情顺其自然。带着对当日新闻表现出的极大关注,我吃完了吐司和橘子酱,喝完了咖啡。

十分钟过去了,我俩一句话也没说。然后,福尔摩斯从窗口转过身来,穿上他的雨衣并扣上了扣子。

"我今天会和麦克劳夫特在一起。"他边说边朝门口走去。"他们要求我们今天在丘吉尔先生和他的顾问们面前做个自述。程连苏先生今天可能会来访,需要你接待一下。要是他来的话,麻烦你请他留下一张有他现在住址的名片,并向他保证我会尽快联系他的。"

福尔摩斯下楼的时候,我也起身走到窗边他刚刚站过的地方向楼下张望,看到下面有一辆马车在等着他,他正准备上车。我看到他和两位陆军军官在一起。根据在军队服役的经验,我从他们的衣领和帽圈判断出这两位一位是上校,一位是陆军准将。

我和我的朋友兼同事艾尔弗雷德·詹金斯约好了一起在伦敦医院的餐厅吃午饭。詹金斯和我同在阿富汗服过役,当时他是陆军中尉。我在迈万德之战①后因伤退役,而他继续留在军营做了几年的少校军医。服役期满后,伦敦医院聘请他做外科医生。

我回到寓所的时候,福尔摩斯已经到家。他说,拉斯特雷德的人正在监视伦敦东区,他已经查清了皮亚特科夫的行踪,但与他想的相反,皮亚特科夫还没有改装易容。我打趣地说,有可能他不读《晨报》。福尔摩斯瞪了我一眼,脸上没挂一丝笑容。他说,有人在租庇利街看到了皮亚特科夫。阿瑟顿,就是那个化名为沃尔科夫的警察,在无政府主义者俱乐部看到了他。另外,也没有看到有人往租庇利街送来复枪。尽管麦克劳夫特·福尔摩斯和那些追踪者聪明过人,还是丢了那批寄售货物的线索。

我站起身,伸了个懒腰,跟福尔摩斯道了晚安。我注意到,餐具柜上放着一张名片,名片上有一张半身照,是一个穿着西装、戴着帽子、面无表情的英国男子。相片上面有一行字:"程连苏,出色的中国魔术师"。头像下面写的是:"绿林帝国,表演至周六结束。欢迎光临。"

福尔摩斯想从一位舞台魔术师那里得到什么呢?我不知道,

---

① 第二次英阿战争(又名第二次阿富汗抗英战争)中的重要战役。

但在那一刻，我也不在乎。

8

歇洛克·福尔摩斯和他哥哥好像并不急于采取行动。几天后的一个早晨，我下楼吃早餐的时候，又一次闻到了客厅里有一股焊料或是热金属的味道。这味道好像不是来自房间里，而是福尔摩斯衣服上的味道。那么，他昨天晚上去哪了呢？和谁在一起？他们又在忙些什么呢？我一眼就看出，他又是一夜没沾枕头。

几天之后的某个夜里，我睡到大概过了午夜的时候，突然有一种非同寻常的感觉，好像是梦到自己从梦中醒来。大约有几分钟，也可能只是十秒二十秒，我梦到自己在做梦。过了这段时间，我就完全醒了。这时已经将近凌晨4点了。我以为歇洛克·福尔摩斯正在睡觉，因为我确定他在午夜前就停止了工作。但现在我却听到从楼下客厅传来说话声。

我没听清他们在说什么，但是我听得很清楚，有一个是歇洛克·福尔摩斯的声音，另一个是他哥哥麦克劳夫特的声音。楼下至少还有另外两个人，也可能是四个，但我不能确定。我没听出其他说话人的声音。其中一位的嗓音很特别，他吐字很慢，却斩钉截铁，有时候声音低沉得有些吓人，像是在怒吼。他有时发音有些含糊，好像有点儿大舌头。这位客人讲完了相当长的一段话后，另一位我辨不出声音的客人称呼他为"温斯顿"。

我开始怀疑自己是不是还在做梦。政府里最资深的公务员麦克劳夫特·福尔摩斯、内政部长，还有一位和内政部长亲密到可以直呼其名的访客，他们凌晨4点在我们家客厅做什么呢？现在，讨论没那么热烈了，他们降低了嗓音。我只听到一阵低沉的

交谈声，却听不出他们在说什么。

我的直觉告诉我，现在不能走过去贸然地打断他们，但是也必须穿好衣服，做好准备，以备需要我出现。我正笨手笨脚地摆弄着领扣和领带，福尔摩斯可能看见了我的门缝里有光，轻轻敲了几下我的房门，走了进来。

"我听见了你走动的声音。"他轻声说道，"租庇利街的上无政府主义者的大厅里可能正在酝酿一个大动乱。那地方离这儿大概两百码远。如果阿瑟顿警长得到的消息准确的话，这次暴乱的目的是为了杀害我们的警长和官员，而且杀得越多越好，级别越高越好。换句话说，他们想打着一般性暴动的幌子搞暗杀活动。"

"你打算怎么做呢？"我问。

"陆军部的弗雷德里克·沃德豪斯少校现在在这里，内务部长也在——沃德豪斯路过艾克莱斯敦广场时将他从家中接过来了。"

"你要和他们一起出去？"

煤气灯下，他的侧脸比以往任何时候都显得更加瘦削，神情更加紧张。

"老兄，还有一位苏格兰卫队队长此刻也在这里。他们的军团离这儿最近，就在伦敦塔那儿。这件事可能光靠警察解决不了。我们汽车里坐不下了，但你必须尽快跟上来。你去大都会地铁站那里坐马车到斯特普尼警局，到那儿后再问路。值班警察会告诉你我们在哪儿。"

说完这些他就离开了。我听到脚步声和说话声从起居室传到楼下，最后传到大门口。我掏出表看了看，指针刚好指向4点5分。十分钟后，我沿着贝克街走到地铁站附近。那里只有一辆马车，车夫正在他的车上打盹儿。我走过去，他一下子就醒了，而且变得精神饱满。

城市中的街道空旷寂静，林荫路半昏半明。不到半个小时，我们就穿过这鬼魅般的城市来到了商业街。我叫车夫等我一下，然后走进了警察局。这里显然是行动的指挥中心，警察们在里面摩肩接踵地来来去去。我走到值班警长那里，得到的回答只有四个字：“西德尼街。”这四个字很快就会传遍世界。

他没告诉我具体的门牌号码。但如果福尔摩斯跟我说的情况有一半是真的，我都不需要知道门牌号。我坐马车在斯特普尼走了半英里，路过无政府主义者俱乐部，沿着霍金斯路继续往前走，然后停了下来。一位戴着头盔的警员走到路中央，左右摇晃着手中的马灯，示意我们停下来。他挥灯的时候，借着光束，我看到天上开始飘雪。路上看不到有任何其他车辆经过。

"禁止通行，先生。"警察将脸贴到了车窗上。"前方道路已经封锁了。如果您想西行的话，必须掉头回到商业街去。"

"我是个医务工作者，约翰·华生医生。我和歇洛克·福尔摩斯先生有约，他现在跟沃德豪斯少校和丘吉尔先生在一起。"

"这是特殊情况。"警察说着打开了车门。

我把钱付给了车夫，然后跟着警察走在薄薄的积雪上。我没带医药包，衣袋里也没有装我的手枪。

钟声响了五下。西德尼街笼罩着不祥的气氛，可能是下雪的缘故吧。

我们走到街角。西德尼街至少有四十英尺宽。街两边是工人住的由普通的红砖砌成的排房，彼此相对。一个由八栋房子组成的楼群是我们现在的重点关注对象，这个楼群叫"马丁公寓"，是以房主的名字命名的。房子的正对面一个有木栅栏和门的院子成了我们关注的焦点。院子门口用油漆写着"伊萨克·迪克霍尔兹,煤炭经销商兼承运人"。

再过去一些,在下一个岔道的北面,是曼恩和克罗斯曼酿酒厂。那是一座高大的建筑,后面有一个院子和一个马厩。酒厂货车的车门也都正对着马丁公寓开着。在另一个方向有一个"旭日酒馆",我们正往那儿走。这个酒馆位于马路另一边的街角,它的屋顶平台和酿酒厂的冷却塔都是绝佳的观察点,从这两个地方分别能够向北向南看到西德尼街100号。

在清晨昏暗的灯光下,一大群身着黑色制服的警察封堵了大街的两头。在那栋可疑的房屋里面可能有五十名持枪武装分子整装待发,准备决一死战,也可能里面只有一个人或者空无一人。

我们沿着屋后走到一条平行的巷子的时候,我看见了三个人影,其中两个是身穿制服的警察,走在他俩中间的是一名年轻女子,她光着脚,没有穿外衣,白色的衬裙清晰可见。

"他们正在把马丁公寓的其他房间都撤空。"福尔摩斯在我身后说道。我吓了一跳,因为我根本没看见也没听到他走过来。"内务部长和沃德豪斯少校都在这儿。这话只是说给你听听,我们可不想让伦敦的记者都跑过来给我们添麻烦。如果敌人知道内务部长在这儿的话,他的处境会很危险。"

"那儿有多少个武装分子?"

他把我拉到街角,站在位于马丁公寓街对面的旭日酒馆酒吧间的窗口。

"没人知道。我们只知道两个人,费里兹·斯瓦思和尤斯卡·索科洛夫,索科洛夫也叫'跛子'。好像他俩根本不在俄国,而且这俩人都是神枪手。如果皮亚特科夫在那儿的话,就是他们的指挥官。"

"那警察呢?"

"拉斯特雷德正在路上。但这次拼的是神枪手,警察中无人能有百步穿杨的功夫。大概有二三十个警员已经占据了街尾的房子以及酿酒厂和旭日酒馆顶上这两个有利的观察点。有些警察带了枪,但这还不够。"

"那丘吉尔先生呢?"

福尔摩斯笑了。

"他从警察局局长那里接过了指挥棒。他一直都打算这么做。沃德豪斯少校告诉我说:'温斯顿喜欢打明仗。'一封电报已经发给战事大臣,请求紧急派遣位于伦敦塔的苏格兰卫队,一小时内他们就会过来。"

我们走进旭日酒馆,摸索着登上昏暗的楼梯,来到黑暗的屋顶平台。上楼的时候,我在想,要是结果发现这件事是小题大做的话,那苏格兰卫队的到来和打明仗的言论该如何收场啊?

现在有三个小队就在附近,沃德豪斯少校和内务部长就在其中一队里。部长穿着大衣,戴着黑丝高顶帽。他的长相和我在杂志上见到的照片一样,没有我想象中那么高。尽管他体格魁梧,但我估计歇洛克·福尔摩斯要比他高出将近一英尺。

接下来的一个多小时里,酒馆老板不断地过来叨扰,想要以一个金镑使用一次的价格把他的屋顶平台租给报社记者。沃德豪斯少校的副官直接叫他"滚开",别妨碍我们干正事。

丘吉尔先生的指示很明确:一定要等到天亮了再开战,这样我们才能看清对方,对手要想进入或逃出街尾的房子也就更难。

"先生,敌人要是想从楼上房间冲出去,从一栋房子跑到另一栋去,是再容易不过的事了。"福尔摩斯说,"房顶上没有真正的隔墙,如果有的话,也不过是一块儿砖的厚度,很容易被撞破。如果这样的话,战线就要拉八栋房子那么长。"

"的确如此,福尔摩斯先生,"内务部长粗声粗气地说,"谢谢你的提醒。这很有用。"说完,他走到了一个烟囱的后面。不一会儿,我便看到了雪茄燃烧发出的红光。不过由于有砖墙挡着,下面街道是看不到的。

我们苦守了好几个小时,等着天亮。酒馆老板时不时地拿上来几小杯朗姆酒和一些火腿夹三明治。最后,当尖塔上的钟敲响七下的时候,内务部长宣布道:"先生们,开始行动!"

他走下楼梯,沃德豪斯少校和他的副官紧随其后,再后面跟着伦敦市警察局局长诺特鲍尔上尉。福尔摩斯和我负责殿后。

酒馆的沙龙酒吧里,穿着厚厚的长大衣、戴着帽子的苏格兰卫队的罗斯中尉已经等候在那里了。尽管把战事大臣从睡梦中摇醒并获得批准需要耗一些时间,但军团的一个小分队,包括担任火枪队教练的两名警长和十九名列兵,自告奋勇地担当起了此项重任。

大街上,白雪已经化成了一摊泥。我们一行人悄悄地沿街尾而行。从西德尼街100号的窗户里是看不见我们的。在那些窗户后面,可能埋伏着整个无政府主义者团伙,也可能是一位单枪匹马的歹徒。我们穿过街,走到能被看见的那一边,沃德豪斯少校、福尔摩斯和我躲到了酿酒厂马厩院子大门的石柱后面。内务部长转向侧面,下达了一个命令。接到命令后,一位身着制服的警员穿过马路,使劲地敲打西德尼街100号的正门。无人应门。于是,这位警察捡了一块小石头,向上面的一扇窗户掷去。

我看到从楼上窗户开着的一条缝里慢慢地伸出一支来复枪。如果是手枪的话,那命中率还值得怀疑,但若是一个训练有素的枪手,手持来复枪,射程又这么短,那是绝对不会打不中丘吉尔先生的。只见火光一闪,一声枪响如雷鸣一般在两排房屋之间回荡。内务部长迅速低下头,然后又直起身来,仍在我们近处靠墙站着。

又一支枪从毗邻的窗户里伸出来。我经常在书中看到,在描写人害怕时经常用"心都提到了嗓子眼儿"来形容,在这一刻,我才有了切身的感受。伴着又一声枪响,来复枪又射出一颗子弹,直向丘吉尔先生射去。第三支枪出现了,发出震耳欲聋的枪响。

在如此近的距离,三发子弹都没射中目标,这简直就像是在舞台上表演魔术一样。内务部长转过身,走进了几码开外的藏身之处,离我们所在的石柱不远。好像枪手已经认出了他是谁——这是很可能的——并且决定不惜一切代价把他干掉。为此他们也付出了沉痛的代价,那就是在警方火力面前暴露他们所在的地点和人数。

几分钟后,我方开始向敌方猛烈开火。无政府主义者伸出来复枪开火的那几扇窗户被打得粉碎。对方的火力也越来越猛。一个警员突然倒地。"杰克,我不行了!"他倒下的时候对自己的战友喊道。

尽管战斗激烈地进行着,还是有越来越多的群众聚集在街道两端的警戒线之后。每次我们的人开枪回击,人群中都会发出一阵欢呼。很多去上学的孩子也跑过来看热闹。

福尔摩斯和我躲在煤商院子的门柱后面。让我感到惊讶万分的是,在这样双方交火的枪林弹雨中,街道上的很多居民却好像什么事都没发生似的。一位将披肩裹在头上的老妇人穿过马路,全然不顾身边纷飞的子弹,好像它们跟天上飘落的雪花没什么区别。

在煤商家的大门口,一位年轻的记者站在我身旁,倚在他的手杖上。他是我那天早晨见到的第一位记者。一颗子弹飞过,将那位记者的手杖打成两截。记者打了个趔趄,差点儿跌倒。一颗子弹打在我身边的墙角上,一块儿石头飞溅出去,另一块儿残片从一名警察的头盔上弹了回来,把他吓得不轻。被包围的无政府主义者用他们噼里啪啦的枪声回应着军用步枪尖利的枪声。这时,我们接到命令,撤到安全的地方去。

没多久,记者大批大批地赶到了现场。旭日酒馆的老板高兴坏了,他终于能如愿地把自家的屋顶平台租给记者们了。伦敦警察局的诺特鲍尔上尉站在我们旁边看着前方被包围的房子,他带的警探则在后方拉了一条警戒线。他们这么做是为了让那些无政府主义者既无法增援兵力,也无路可逃。

我无意间听到了丘吉尔先生和罗斯中尉之间的对话。

中尉问部长,是否打算让他的人马立刻攻入对面的房子。

"废话!"丘吉尔先生回答道,"如果你们这么一大帮人一拥而上,楼梯那么窄,过道那么挤,还不一下子就困住了?这正和合他们的心意!你们如果硬攻的话,一定会遭受惨重伤亡。你们只有两个警长和十九个士兵,一个人也不能伤亡。不行!先生,你们就站在这儿把仗打到底!"

苏格兰卫队的警卫们趴在街道的两头的地上,用来复枪向对面窗口猛烈射击。

我没注意到福尔摩斯离开了。当我转过身来的时候,看到他又走了回来。

"我刚刚在和沃德豪斯说话。"他说,"内务部长已经派人去圣约翰伍德的炮兵部队调了一个野战炮过来,并且把炮手也叫来了。这可不行啊,这里是伦敦,不是莫斯科或美国的奥德萨。"

我们看不清枪手们的样子,只能看到窗角有一只拿着枪的手，或者在风把窗帘吹到一边的瞬间偶然瞥见某个枪手的眼睛或下巴。他们射出的一颗子弹击穿了酿酒厂的大门。福尔摩斯扫视着枪手们所处的窗户上面的"联合杰克服装厂"的阁楼。阁楼上一点儿动静也没有，没有任何活动的迹象。

"我很快回来。"他说完就走了。

我以为他去找拉斯特雷德了，那家伙到现在还没露面。如果麦克劳夫特·福尔摩斯从白厅到这儿来了的话，福尔摩斯也有可能是去找他了。

"福尔摩斯为什么突然提到了莫斯科和奥德萨？"我向身旁的诺特鲍尔上尉问道。

"看看您的周围，"上尉表情严肃地说，"到处都是从窗户探头出来看热闹的人，烟囱那里有很多观望的人，街道两头更是挤满了人。在这样的地方开炮会造成无数的伤亡。哪怕是被弹片或破瓦残砾打中，都可能性命不保。莫斯科和奥德萨就是前车之鉴。要是把所有的楼都清空，起码得弄到晚上。我真搞不懂温斯顿是怎么想的。"

我正准备倒出满腹狐疑，说不知道福尔摩斯上哪儿去了，上尉看了一眼阁楼，对我说："看到那个服装厂了吗？"

"看见了。"

"窗上的那个服装厂的牌子倒过来了！我们的兵力就位的时候，它还不是这样。"

"我想，肯定是一个枪手躲到上面侦察我们部署的位置的时候把那个牌子挪开往外窥探，放回去的时候却放反了，但他自己没注意到。"

"那他为什么不从那个牌子旁边或上面的窗户往外看呢？"

"这我就不知道了。"

"仔细看看！"诺特鲍尔有些不耐烦地说，"你没明白吗？"

"我看见它是倒置的。但这样又有什么特别的意思呢？"

他说话的声音很轻。

"医生，如果英国国旗倒着飘扬的话，就是水手发出的国际遇险求救信号。这你不知道吗？"

此刻我知道福尔摩斯去哪儿了。那天早晨，几百双眼睛都注视着马丁公寓，却愣是什么都没看出来。但这么一点点微妙的变化却让福尔摩斯捕捉到了。

这时，人群中传来一阵低语。人们将目光投到了阁楼的屋顶上。我对面的那栋房子后部的烟囱里冒出一缕细细的白烟。就在此时，一颗子弹击碎了庭院一侧一栋房子的窗户。诺特鲍尔用胳膊肘推了我一下，我们低着头躲到了马路对面街尾的"射击死角"里。

我们往街角跑去，想绕到马丁公寓的后面去。子弹呼啸着在头顶上飞过。我听到有人在旭日酒馆一楼的窗户边大声喊道："他们在那儿！那儿有很多人！快通知大家！"

继而我看见，在我们前面的街角底楼房间的窗户里，一个影子倒下了。人们的兴奋情绪更加高涨。又有几发子弹射来，把窗户打得稀巴烂。这时，有人大喝一声："停止行动！"唯恐我们会被射中。人群中有人说，两名新闻记者被墙壁反弹的子弹击中而丧生。有人说，那几间屋子里至少藏着八名无政府主义者，有的还带着女眷。有人声称，看到了楼里有人质。

这时，一缕白烟从阁楼的一扇窗户蹿出。

见此情景，人们感到胆战心惊，顿时安静下来。房子着火了吗？假使如此，是那些枪手在做最后的困兽之斗，点燃了屋子以示反抗吗？但我觉得，阁楼里的人似乎对此一无所知。我往外挪了一点儿，看到阁楼的一扇窗户后面闪过一团火焰，但很快又消失了。紧接着，阁楼里又出现了一团火焰，把里面照得亮堂堂的。围观的人都认出了里面的那个人影，发出了尖叫。从我的角度望去，他好像举着或者推着什么东西。火焰熄灭后，那个人影也消失了。我对那张脸再熟悉不过了。如果那是福尔摩斯的话，他是怎么进去的呢？他在做什么呢？他怎么出来呢？

我和诺特鲍尔绕到了房屋的后面。那里是杂居区，尽是些院子或棚子，有很多适合藏身的地方。城市街道上，穿着不起眼的便衣警察随处可见，他们携带着临时从怀特查佩尔军械商那里借来的短枪和猎枪。他们很容易被误认为是无政府主义者，但很可能他们是故意这样做的。

我叫住了一个穿制服的警探。

"有个人在那间房子里，是个刑侦员。他就要出来了，还有一个人和他一起。别开枪。我是个医生，你可能用得上我。"

这个警探好像把我的话反复考虑了一下才回答我：

"除了占领那里的人，房里就没其他人了。请往后站，先生。昨晚我们把每个屋子都检查过了，居民也都撤离了，之后再没人进出过。"

"真的有个人在里面，他叫——"

"歇洛克·福尔摩斯。"

说话者是诺特鲍尔上尉，他就站在我后面。

那个警探的脸色突然大变。

"他为什么跑进去我不知道，"诺特鲍尔继续说道，"但刚刚在火光的映照下我看到福尔摩斯先生的身影映在一扇阁楼窗户上。我不知道我们怎么才能把他弄出来，但若他自己出来，千万别向他开枪。"

"我们没看见任何人进去,先生。"

"对此我一点儿也不惊讶。"诺特鲍尔刻薄地说。

"刚才只有一个煤气公司的检查员从这里经过,到后面的总管道那儿去关煤气。"

诺德鲍尔和我对视了一眼。就在这时,后面一扇窗户里又燃起了一团火焰,"啪"的一声,屋顶的一根木头断了。

街上的交火声仍然不绝于耳。

"我们刚才看到福尔摩斯在街尽头的那间房子里。"我补充说,并随着警探和诺特鲍尔上校一同穿过屋后的小院,走到一排房子的尽头。那里通向后屋的一扇门敞开着。我们头顶上依旧是枪声阵阵。不管福尔摩斯来这儿有什么原因,但肯定不是为了让那些持枪歹徒停止开火。从开着的后门向里面望去,一楼的房间里弥漫着白烟,和刚刚见到的一样。

福尔摩斯拉着一个小女孩儿坐到一把椅子上,好像在贝克街的公寓里一样镇静自若。那个小女孩儿十分瘦弱,好像营养不良,约摸有十四五岁的样子,由于受到惊吓,面色苍白。福尔摩斯的衣服上沾满了土,脸上还有几块脏东西。

"这是安娜,"福尔摩斯用安慰的语气说道,"她的英语说得不好,但她绝对不是无政府主义者。警探,下次您搜查这样一栋房子的时候应该想到,楼上很可能是一个工厂,里面可能会有为了微薄的酬劳当缝纫工的童工。他们有时候会藏在这里过夜,这样就不用到桥洞里或者市场的角落里睡觉了。他们很清楚怎样把自己藏起来躲过搜查。"

警探没有理福尔摩斯,大声命令他的手下各就各位,准备从后门和楼梯处突袭持枪歹徒们的据点。

福尔摩斯冷眼看着他们那些打猎用的武器。

"他们的毛瑟枪会把你们消灭干净的。你们打一枪,他们都打出二三十发子弹了。你们让这件事拖得太久了。现在房子已经着火,子弹打中了煤气管,煤气泄漏了。你们进不了他们坚守的屋子。那里只剩下两个家伙,已经选择了怎么死。你们最好由他们去。"

我们站在院子里,看到火焰已经吞噬了木头楼梯。一个站在门后面的持枪歹徒身上着了火,并被一阵来复枪的猛烈射击击中,他可能受了重伤,也可能已经死了。另一个歹徒脸朝下趴在床上,好像已经死了。

炮兵赶到的时候,从燃烧着的屋子里发出的枪声已经停息很久了。双方的交火也已停息。一辆消防车紧随炮兵开了过来。阁楼燃起了熊熊烈火,过了一会儿,阁楼坍塌了,现在里面不可能还有人活着。

大火被扑灭后,警察把房子彻底搜查了一遍,在烧焦的残骸中发现了一个人的脑袋和双臂,还发现了一个后部被子弹击穿了一个洞的头骨。几把在大火中被烧毁了的毛瑟手枪丢在一边。另外还有裁缝用的人体模特和几台缝纫机的残骸和一些零散的金属床架和装乙炔或其他气体的容器。

安娜,就是歇洛克·福尔摩斯救出的那个孩子,已经被交给当地善良的基督教救世军①的妇女们照看。她们在警戒线外搭建了一个营地,照料需要帮助的人。她们将把安娜送回到怀特查佩尔她的母亲和姐妹们那里去。

"这个小女孩儿怎么会懂这些呢?"我问,"她是波兰人吗?

---

① 国际基督教慈善组织,1865 年由威廉·布思创建,为伦敦的穷人提供食物和住处。

她怎么知道把英国国旗倒过来放是水手的求救信号?"

福尔摩斯笑了。

"她的父亲是波兰人,在商船队待过很多年。他虽然比不上约瑟夫·康拉德①,但他讲故事的能力却是一流的。他给女儿讲过很多海上的故事和习俗。这次的事刚好让她联想到了这些东西。你以前没听说过这种求救方法吗?"

我的信心受到了打击。

"我知道有这么个求救方法。但当时子弹四处乱飞,我根本没注意到有人把服装厂的牌子倒过来了。"

他很宽容地点了点头。

"的确是这样的。在这种情况下,亲爱的华生,你只是在看,并没有在观察。二者的区别很明显,也很重要。"

9

我一直觉得,导致"西德尼街围攻"的原因是个谜团,但这场大火销毁了很多可能解释这个谜团的线索和证据。人们最关心的还是那个冷血人物"画家彼得"的下落。他是丧身火海了还是安然无恙地回到巴黎、柏林或者莫斯科去了?他的存在是真真切切的,在世界各地的历史档案里都有他搞颠覆和暗杀活动的记录。他受谁指挥,又指挥着谁,这个问题众口不一。至于他会伪装成什么样子,更是众说纷纭。在英国,就在豪恩德斯迪奇谋杀案发生后的几周,他好像来了又走了,也可能葬身在了这里。

因为我见过他,所以一直关注报上有关他的报道。但除了他

---

① 波兰裔英国小说家。

们知道的那些事,我也没什么能告诉他们的。我觉得,他是又一个打算灭掉歇洛克·福尔摩斯的恶人,但同样也没能得逞。

2月的一个晴朗的下午,摄政公园的草尖上还挂着霜。福尔摩斯不在家。由于是周六,哈德森太太去达利奇她姐姐那里了,干杂活的女仆玛丽·简也出去和她的"小伙子"散步了。屋里静悄悄的,外边尽管人来车往但也没那么喧嚣。

我开始了写作。

第一次世界大战开始三年前,一个12月初的早晨,赫奇斯太太给我们带来了一个很不寻常的关于黄色金丝雀的故事。

我刚写了一两页,外面大门的门铃响了。我自言自语地骂了几句。但福尔摩斯说过,来访必应是一个"行规",于是,我放下笔,下了楼,打开大门。

"福——尔摩斯先生!歇——洛克·福——尔摩斯先生!"

一阵恐惧袭来,我似乎凝固在了那里,此时我真的不得不用已经用烂了的陈词滥调形容我的心"提到了嗓子眼儿"。就是他,绝对没错。不管当局希望怎样,可事实是他没有死在西德尼街的炮火中。想到我的手枪还锁在楼上的桌子里,想到屋子里只有我一个人,我觉得很无助。也许,我可以让他相信房东太太或女仆都在听得见的范围之内,这样他就不敢杀了我……

"你一个人在家,我知道。不过,不管你是谁,你不是歇——洛克·福——尔摩斯。如果我告诉你我的名字叫皮亚特科夫,你就明白是怎么回事了。"

他仍然穿着那件阿斯特拉罕羔皮领大衣,戴着那顶宽檐帽。但现在他说话的声音很轻,一丝轻蔑的表情给他那由剪得齐齐的深色头发、贵族样子的脸庞和鹰钩鼻构成的外表平添了几分生气。

　　要是我事先知道他会来,肯定会做好准备。现在,我吃惊得说不出话来。

　　他稍稍挺直了腰杆,头微微后仰,好像要发出一阵魔鬼般胜利的笑声。

　　突然,在我的潜意识里,过去几周的整个谜团好像都被解开了。

　　我大呼道:"福尔摩斯!"

　　他大笑了一阵,歇了口气,又接着大笑。这不是皮亚特科夫魔鬼般的大笑声,分明是福尔摩斯兴高采烈的咯咯笑声。

　　"福尔摩斯,你搞什么鬼……"

　　"我亲爱的华生,我真的忍不住了……"他站在门口那里,笑得好一阵子说不出话来。"我就是忍不住再扮演一次这个角色。我真不想放弃利用这个机会,看看你这个时候的表情……说实话,我的老兄,你就没注意到每次皮亚特科夫在你面前现身的时候,我都刚好不在现场吗?真的,你每次都只是在看,但从不观察!"

　　他走上楼梯,脱下那件阿斯特拉罕羔皮领大衣,又把帽子挂到架子上,然后擦去了让他脸上略泛红晕的化妆油,把两边牙龈上垫高腮帮的软块取了出来。他进了房间,取下了用来改变鼻子形状的阿拉伯树胶和杜仲胶,撕去了脸上的络腮胡子。

　　他回到客厅的时候,我已经基本上喝完了一杯威士忌。这样的情况下,来一杯威士忌是很有必要的。他一边在哈德森太太准备的一条干净毛巾上擦手一边说道:"你要怪罪的话,麦克劳夫特兄长也有责任,华生,因为我是拿他的公寓当化妆间的。"

　　"你哥哥知道这个伪装游戏的真相?"

"当然啦。"

"那拉斯特雷德呢?"

"这个秘密一般还是不要告诉拉斯特雷德这种喜欢意气用事的家伙比较好。"

"但为什么要这样做呢?"

他叹了口气,坐了下来。

"在这起无政府主义者运动中,没有人确定皮亚特科夫是否真的存在,也没人确切地知道他的长相,因为他的长相千变万化。更没人知道他的声音、举止,因为这些也是瞬息万变的。他的下落也没人清楚。他什么时候来、到哪里去都从不声张。他就像行踪不定的红花侠①一样,虽然远没有红花侠那么和蔼可亲。"

"但他怎么能做到如此神秘呢。"

福尔摩斯伸手去拿他的烟斗。

"这些人的一切都是个谜。有少数人的姓名是不为大多数人所知的,人们更无从得知他们伪装的相貌。这样,就算有人想背叛他们,也无计可施。皮亚特科夫现在还在巴黎,但伦敦的大部分无政府主义者团伙和警察都认为他在英国,生死不明。"

"但你们这么做的目的是什么呢?"

"麦克劳夫特和我设计了一个计划,不对第三个人透露。整个计划的关键就在于让报纸、警方,甚至包括你,我亲爱的朋友,相信皮亚特科夫就在伦敦,相信我扮的那个人就是他。我们小心翼翼地行动,只想对付那些从未见过他的人。西德尼街对于那些想搞欧洲革命的人来说就是个军火库,暗杀行动就是他们的第一个武器。"

---

① 传说中的蒙面侠客。

"暗杀谁？"

他拉长脸扮了个怪相。

"暗杀对象包括国王、首相和指挥国家警察部队的内务部长温斯顿·丘吉尔，还有很多其他人，其中也包括我。我承认，要是他们不把我列在内，我会很失望。可能出于某种原因，你的名字不在其中。我在楼下扮演的皮亚特科夫和报纸给我这个角色冠上的臭名，帮了我很大忙。你和两位警察在斯特普尼大街进行的搜查很有成效。我向你保证，让你们所有人都相信我的伪装是至关重要的。外面到处都是间谍，你想想看，如果让拉斯特雷德去扮演一个角色的话，过不了五分钟就得露馅儿。"

"是你在新牛津街的 E. M. 赖利公司购买了军火，并把它们送到无政府主义者俱乐部里的一个联络人那里去的？"

"没错，我买了几把某一款非常精准的来复枪。你在西德尼街也见识到它们的威力了。我跑进大火中的房子里去的时候，设法抢救出了一把。他们的弟兄们搞到了很多手枪，但缺少来复枪。在我给他们送去这些礼物之前，他们手里一把也没有。他们认为，来复枪是'搞暗杀的绝佳武器'。"

"你这么做简直是疯了！"我说道。

福尔摩斯摇了摇头。

"不，华生，这是绝对冷静、理智的做法。麦克劳夫特和我都认为，我应该成为他们的军需官。这样，他们就会指望我给他们供应武器，就必须告诉我他们有什么需求，我也就能探听到他们的暗杀行动计划和暗杀的目标。我不是为他们服务，而是让他们听命于我。"

"那拉斯特雷德呢？"

"拉斯特雷德至今对此一无所知，我们也不会告诉他。现在，这个伪装游戏结束了。"

10

这出闹剧,如果我可以这么称呼它的话,它的最后一幕是最别开生面的一场戏。福尔摩斯说,他保证会让我心服口服,但我不知道他将怎样证明给我看。

第二天早晨,他告诉我,下午我们会有客人来访。

4点刚过,贝克街两边的街灯都亮了起来。一辆出租马车在门口停了下来,福尔摩斯下楼去开门。

楼梯上传来几个人说话的声音,麦克劳夫特·福尔摩斯和两个陌生人走进门。两个陌生人的样子有些古怪。我认出了其中的一位,他就是福尔摩斯不在家时来访过并留了一张名片的那个绿林帝国出色的中国魔术师程连苏。和他一起来的是他的妻子水仙。我的第一印象是,他们根本不是中国人。事实证明我的判断没有错,他们实际上是威廉·罗宾森和奥利弗·罗宾森。

"为了让你相信内务部长是绝对安全的,"福尔摩斯对我说道,"程连苏先生和我哥哥将会开枪射我。如果你想亲手试试的话也可以。"

麦克劳夫特·福尔摩斯看起来完全镇定自若。

"我当然不想。"我回答道。

他们带来两支来复枪,一支是福尔摩斯从 E. M. 赖利公司买来的,另一支大概是魔术师带来的。福尔摩斯将两颗子弹递给我,让我在上面做上记号,便于区分。我按他说的做了,心里却觉得越来越不安。他又把两颗子弹递给了他哥哥。两支来复枪分别装上子弹上好膛。程连苏拿了其中一支枪,麦克劳夫特·福尔摩斯拿了另外一支。我真的相信自己会看到麦克劳夫特·福尔摩斯试着击毙自己的弟弟。

"住手！"我愤怒地大声喊道，"玩这种把戏太危险了！"

福尔摩斯拿起以前一位客户送的一个银盘子，走到了房间最后面。这样的话，射程大概有二十英尺。他把盘子举到胸前的高度，姿势好像是要把盘子递出去。我坐在椅子上，焦虑感让我几乎想吐。麦克劳夫特和魔术师端起来复枪，瞄准了福尔摩斯的心脏。

两声枪声在同一时间响起。枪口喷出一股火焰，发出一股刺鼻的火药味。福尔摩斯纹丝不动地站在那里。只听"砰砰"两声，好像有东西掉进了福尔摩斯端着的银盘里。他走到我身边，把那两颗我刚才做了记号的子弹给我看。他肯定在子弹上做了什么手脚，因为两颗子弹的的确确是全力射出的。

"跟我一样，内务部长当时也毫无危险。"他温和地说道，"他当时是故意引敌人开火，目的是让我们看清了他们藏身的位置。"

"要是他们用毛瑟枪射击呢？"

"持枪者瞄准的时候窗帘肯定会动。要是当时我们看见窗口出现毛瑟枪枪管，内务部长就会立刻被推到一堵事先准备的便携的钢屏后面去。还好，当时没发生这种情况。"

程连苏先生每晚都会在绿林帝国的舞台上表演两回这个"枪打活人"的节目。现在我知道这其中的秘密了：在来复枪的装置上稍作改动，将枪管和子弹与触发装置之间隔开。在来复枪管、安全阀和原本用来放通条的地方，顺着放一条管子，气体和爆炸的冲力就顺着管子被引下来。杀手怀疑枪被动了手脚的时候，已经为时晚矣。

空气中仍然弥漫着火药。这时我突然明白为什么早餐桌旁会有一股烙铁味儿，福尔摩斯为什么一副睡眠不够、眼窝深陷的样子。他一定是整晚都在和麦克劳夫特或这位出色的中国魔术师一起，在那几支准备送到租庇利大厅的来复枪上做手脚。

11

在给这个故事画上句号之前，我必须补充一句：不光是那位名满全球的内务部长，在豪恩德斯迪奇大街和西德尼街上演的几场戏中出现的其他角色，今后我们都会再听到他们的名字。那位出色的中国魔术师程连苏最后不幸落了个聪明反被聪明误的下场。由于每次表演前他都将来复枪的后膛闭锁块卸下，日子长了，枪支的装置受损严重，使得安全隐患非常大。1918年3月23号，周六晚上，子弹出人意料地飞了出去。我们的这位恩人倒在了绿林帝国的舞台上，永远地离开了人世。

现已查明，"画家彼得"去巴黎之前在老家俄国曾经是一名学医的学生。伦敦一役后，他又很快从巴黎回到了俄国。他也确实曾是一名舞台场景画家，因此获得了"画家彼得"这个绰号。1914年，为了躲避被征入沙皇军队，他逃到了德国，从此在公众视野中销声匿迹。直到1917年共产主义者革命时，他才又回到彼得格勒。

齐默尔曼电报

1

在我即将讲述的这个故事发生后的很多年里，歇洛克·福尔摩斯调查这件案子的档案都被存放在伦敦城里最安全的银行保险箱中。打开那个保险箱的钥匙，一把在我这里，一把在国王陛下的枢密院那里，单凭任何一方手里的钥匙都打不开这些箱子。它们看起来像是王室法律顾问在审理重大刑事案件时用的机密公事包，里面存放的是一些信件、电报和卷起来并系有粉色丝带的羊皮卷文稿。

福尔摩斯在其中一些卷起来的文件的外面用黑色墨水做了标注。其中一卷文件是1917年的，上面写着"阿瑟·齐默尔曼①"这个名字，并标注着"二十年"。"二十年"指的是福尔摩斯和我曾起誓，要将这些关于1914年至1918年世界大战的秘密保守二

---

① 德意志帝国外交秘书。

十年。1914年8月，整个欧洲跌入了战争的深渊，我和福尔摩斯在白金汉宫，当着海军部第一海军军务大臣的面立下了这个誓言。光阴流转，时过境迁，如今，政府已经同意对外公开这些文件了。

我本来以为，关于我们与德意志帝国间战争的这些记录会在我的朋友最后的日子里被烧掉。但我完全想错了。这些东西跟其他信件与备忘录一起放在那里，从来没人碰过它们，而福尔摩斯本人也无意隐藏这些东西。

这个案件的名字来源于一封电报。就算有人偶然发现了这封电报，大抵也读不懂。这估计会让福尔摩斯感到欣慰。这封电报现在就放在我面前。它是用西部联盟电报公司的格式打印的，还印着公司的抬头。电报于1917年1月19号从华盛顿经由得克萨斯州的加尔维斯顿发往墨西哥城。你看完这封电报就会知道，一个世界大国的情报机构发出的外交密码是多么复杂。你还可以试想一下，如果数百万人的性命和全世界的命运都取决于你能否在两三个小时内徒手将这些密码破译成清晰可懂的文字，将会是怎样的情形。

```
 130   13042  13401   8501    115   3528    416  17214
6491   11310  18147  18222  21560  10247  11518
23677  13605   3494  14936  98092   5905  11311
10392  10271   0302  21290   5161  39695  23571
17504  11269  18278  18101   0317   0228  17694
4473   23264  22200  19452  21589  67893   5569
13918   8958  12137   1333   4725   4458   5905  17166
13851   4458  17149  14471   6706  13850  12224
6929   14991   7382  15857  67893  14218  36477
```

5870	17533	67893	5870	5454	16102	5217	
22801	17138	21001	17388	7446	23638	18222	
6719	14331	15021	23845	3156	23552	22096	
21604	4797	9497	22464	20855	4377	23610	
18140	22260	5905	13347	20420	39689	13732	
20667	6929	5275	18507	52262	1340	22049	
13339	11265	22295	10439	14814	4178	6992	
8784	7632	7357	6926	52262	11267	21100	
21272	9346	9559	22464	15874	18502	18500	
17857	2188	5376	7381	98092	16127	13486	
9350	9220	76038	14219	6144	2831	17920	
11347	17142	11264	7667	7762	15099	9110	
10482	97556	3569	3670				

伯恩斯托夫①

　　以上是这份非同寻常的文件的全部内容。我可以稍作提示：上面没有任何一个数字每次都对应字母表中的同一个字母，但有时可能会有整个单词是相同的。数字"7"可能在某种情况下表示字母"a"，在另一种情况下表示"q"，在第三种情况下又表示"h"。这一系列的数字后面，可能是无数套变化无穷的密码。

　　世界上能在几个小时之内破解这种交流方式的秘密的人屈指可数，歇洛克·福尔摩斯便是其中之一。

　　他在海军情报局的那些同事是一帮让人捉摸不透的人，其中有海军军官、顶级大学的学者、谜语书痴迷者以及各种各样的怪人，包括数学家、符号逻辑的先驱，还有已故牧师查理·勒特威

---

① 德国驻墨西哥大使。

奇·道奇森的一些学生。道奇森就是著名的作家路易斯·卡罗尔①。福尔摩斯说过好几次,如果我们能把《爱丽丝梦游仙境》的作者也招募进来的话,从战争伊始到结束,就能给德国情报机构以"沉重的打击"。

福尔摩斯本人造诣很高——这点他自己很清楚。在关于齐默尔曼的这次历险画上句号、战争也结束了之后,一天,他坐在壁炉边的椅子上,点燃了他的石楠根烟斗,一边甩着手里的火柴,一边说道:"综合起来考虑,华生,虽然这些工作大部分都很无聊、烦人,但我觉得,在这件小事引起政府关注的时候,我最好还是在旁边帮把手。"

他丝毫没有开玩笑的意思,但我还是忍不住笑了。他说话的样子让我想起了威灵顿公爵②回忆滑铁卢这场"险胜的战争"时说的那句话:"妈的,我不知道,如果我不在那儿的话,事情照样办得成。"

其实,若没有威灵顿公爵的参与,事情是办不成的;若没有福尔摩斯的参与,事情也是办不成的。现在就让我来讲讲,在1914年到1918年的一战期间,当那封著名的电报引起一场怪异而又重大的战争时,歇洛克·福尔摩斯是怎样迎来事业高峰的吧。

---

① 英国著名童话小说家,本名查理·勒特威奇·道奇森,著有《爱丽丝梦游仙境》。

② 英国军人、政治家,在滑铁卢战役中抗击了法军优势兵力的进攻,最终与普军联手击败拿破仑。

2

战争爆发前夜,福尔摩斯和我参与了这项工作。负责这项工作的是海军部的第一海军军务大臣约翰·菲歇尔爵士。福尔摩斯与他合作破译了德国和平时期的电码。人们都知道他的外号"杰基·菲歇尔"。此人向来行事谨慎,这次却做了一件大胆的事,到贝克街来跟我们见面。街上的某个路人会不会是一名训练有素的间谍,会不会是一个收了提尔皮茨①及其帝国海军好处的德国支持者,这谁能说得准呢?

我们从朋友拉斯特雷德探长那里得知,伦敦警察厅已经把贝克街的几名中立国公民列为怀疑对象。他们中间一个是瑞士钟表修理工,一个是瑞典银行的职员,还有一个是西班牙餐馆的老板。战争期间,他们几个都有可能把像歇洛克·福尔摩斯这样的人物有什么动静、进行什么活动报告给德国人。因为是中立国公民,所以他们若是通过驻自己本国的德国大使馆向德国情报机构通风报信的话,是不用担心在伦敦被当作卖国贼判处绞刑或枪决的。

为了防止这些人搞监视活动,约翰·菲歇尔爵士出人意料地约见了歇洛克·福尔摩斯。俩人约在白金汉宫举办的最后一次皇家舞会上见面。这个地点选得很妙,因为这种大型社交场所是福尔摩斯最深恶痛绝的地方。去这样的场合,还得费心思去想该找

---

① 提尔皮茨(1849—1930):阿尔弗雷德·冯·提尔皮茨(Alfred von Tirpitz),德意志帝国海军元帅,德国大洋舰队之父,其造舰计划破坏了英德两国关系。

谁做女伴，真是麻烦。福尔摩斯对此毫无兴趣。他觉得，参加这种应酬简直是"假惺惺"。最后，实在没办法了，我只得从德文郡叫来两位未婚表妹过来救场。

福尔摩斯毫不留情地把这场皇家舞会称为"在前往世界末日决战战场的路上跳舞"。虽然是最后一次舞会，但依旧办得光彩照人，相比以往毫不逊色。本来一个月前就应该把舞会办了，但6月28号的时候，一名波斯尼亚学生在萨拉热窝刺杀了费迪南大公及夫人索菲，舞会因王室举行哀悼活动推迟了一段时间。谁也没有料到，在一个遥远的尘土遍布的巴尔干半岛城镇发生的这起刺杀案，竟会让整个世界陷入如此大的冲突之中。

此时此刻，维持了一个世纪的和平危在旦夕。但即便忧患当前，那晚在白金汉宫举行的晚会的盛大场景还是给我留下了很深的印象。后来在1936年继承了其父王位而成为爱德华八世的威尔士亲王当时还是个腼腆的男孩。那晚，他是母亲的男伴，领着玛丽王后跳皇家舞曲。乔治国王站在一旁，和我们的盟友，俄国的大使本肯多夫公爵进行严肃的谈话。随着时间一分一秒地过去，下达最后通牒指日可待。德国和奥地利的外交官借故缺席了此次外交活动，其实他们正在收拾行囊，准备回国。

在豪华舞厅的一边，一小群人围着威廉·塞西尔勋爵聊天，其中就有福尔摩斯和我。威廉·塞西尔勋爵是国王的侍从，也是战争部军情处的一名官员。福尔摩斯对唠家常没有兴趣，所以很快就变得沉默寡言。这使他显得心情沉郁，也不大懂礼貌。即使到了非回答不可的时候，他也只是吐一两个字敷衍了事。

这种场面太尴尬了，我只想早点儿被解救出来。我朝大厅对面望去，看到了约翰·菲歇尔爵士高大优雅的身影。他穿着海军元帅的制服。我和他目光相遇，他却装作不认识我。

这时，威廉·塞西尔勋爵好像收到了什么信号似的，结束了舞会上无关紧要的寒暄，不再与他人攀谈，拉着我俩的胳膊，低声说着一些有关"晚餐"的事儿，向自助餐大厅走去。越来越多的宾客聚集到了餐厅里。餐桌上铺着白色桌布，摆放着盛着鲑鱼和鱼子酱的银质和瓷质的餐具。皇家侍从静候一旁，等着为我们服务。可我们不是来吃饭的，而是穿过餐厅另一侧一扇装有白色镶板的门走进一间接待室，并锁上了门。接下来的对话就属于我们战时保密誓言所涵盖的内容了。

约翰·菲歇尔爵士代表乔治国王，威廉·塞西尔勋爵则是表达总参谋的主张。在场的还有一个不认识的人。不过，就算再也不会见到他，我也忘不了他的长相。他穿着皇家海军上校的制服，是个矮小精干、非常警觉的人。他的头顶光溜溜的，长着一个大鹰钩鼻子和一个结实的下巴。让我印象最深的是他那双极富穿透性力并似乎有催眠能力的眼睛。

我们一进入房间，菲歇尔就走到这个新来者跟前，然后转身面朝我们。

"先生们，请允许我向你们介绍一下，这位是雷金纳德·霍尔上校。他现在是玛丽皇后号巡洋舰的指挥官。过不了多久，你们就会了解不少有关他的事。他很快就会被加封为海军上将，成为雷金纳德·霍尔爵士，出任海军情报局局长。"

话说到这儿，就算不再给我任何提示，我也能推断出，福尔摩斯和我被叫过来做什么了。正式介绍过后，雷金纳德·霍尔信手拿起一份放在小桌子上的当晚的《环球报》。报上的黑色大标题告诉我们，德国军队对比利时的威胁迫在眉睫，而比利时军队纵使骁勇善战，也无望对付这样一个有压倒性优势的攻击。

"福尔摩斯先生，华生医生，现在有一项任务。"

齐默尔曼电报

"雷金纳德爵士,我想,"福尔摩斯用一种在我看来过于冷冰冰的声音说道,"这件事和我无关,也不合我胃口。我承认,我这辈子杀过一两个人——不过我不后悔——但要我参与这种形式的残杀,我恐怕无法乐在其中。"

菲歇尔立刻插话进来,唯恐福尔摩斯把事情搞糟。

"这么做我心里也不舒坦,福尔摩斯。但现在选择就摆在我们面前,要么打胜仗,要么吃败仗。我对国王陛下唯一的责任就是保证我们赢得这场战争。"

我能猜到今后的情况如何,因为几周以来我听很多人谈及。菲歇尔提醒道,自打1815年在滑铁卢击败拿破仑以后,英国已经将近一个世纪没参与过重大的欧洲战役了,因此,这次战争冷不防地到来,弄得我们措手不及。他还反复告诉我们,我方将会为战争做好准备。现在,我们的第一批前线军团已经秘密登船前往法国。交给歇洛克·福尔摩斯和我的特殊任务虽然尚未谈妥,但肯定是关系到国家的大事。

"只有一个职位最适合你,福尔摩斯先生,"菲歇尔看着福尔摩斯说,"你的才华事关我们国家安全最核心的部位。若没有你施展才华帮我们提供情报,我们的战斗就会像瞎子一样盲目,像聋子一样听不到任何消息。"

"首先,"福尔摩斯说话的语气比我担心的要缓和多了,"我要是像一个办公室勤杂工一样天天穿行于贝克街和白厅之间,伦敦所有的间谍很快都会盯上我。"我们说的"白厅"指的是旧海军部大楼著名的40号办公室①。40号办公室是个保守得很好的秘密,伦敦西区大街上的每个报童都能讲出一大串关于它的

---

① 英国情报机关。

传说。

"如果有间谍跟踪你,那就更容易抓到他们了。"菲歇尔心平气和地说道,"我们会战胜那些家伙的,相信我。这个问题我深思熟虑过。"

福尔摩斯好像只带了半只耳朵在听。他环视着这间接待室,好像在他看来,很难想象会有哪个神志正常的人住在这样一个装饰着花布锦缎的屋子里。他眉梢微微一挑,算是对菲歇尔的回应。然后,他叹了一口气。

"很好,那么告诉我你有什么好建议。"

约翰·菲歇尔放松下来,开始解释。

"你回想一下,几年前你第一次帮了我的忙,帮我把从皇家军械库丢失的布鲁斯-帕廷顿潜艇计划找了回来。我们的朋友华生还把你那次经历写成了故事。"

"这并非我所想的。"福尔摩斯迅速回了一句,但菲歇尔没理会他这句话。

他继续说道:"我记得,你当时有个爱好——或者说正在进行一项关于中世纪合唱曲的研究。当时你确实是在写一个关于奥兰多·拉索①的复调音乐分析报告,不是吗?我印象很深。"

"你的记性不错。"福尔摩斯的语气干巴巴的。

菲歇尔爵士还是没理会他的话。

"柏林的敌人会想尽办法打听你在这场战争期间有什么动静。我打算让他们知道些东西,时不时地给他们透点儿消息,好叫他们有东西琢磨,满足一下他们的好奇心。你不愿意打仗,这是很

---

① 法国佛兰芒作曲家。佛兰芒学派的复调合唱音乐在其推动下达到最高水平。

人道的也是很理智的想法。我不会逼你改变自己的观点。事实上,我想建议你写封信给《泰晤士报》或《每日晨报》的编辑,或给两家报纸都写,表示你不赞同英国卷进与德国的纠纷中,并且希望冲突能够早日解决……"

"我不但不赞同这场战争,而且反对所有这种不必要的战争。"福尔摩斯反驳道。

霍尔上校眨了眨眼睛,菲歇尔对此却安之若素。

"这封信恰能表达你的真实感想,这正如我所愿。让大家都知道你的真实想法,然后你就能公开表示要一心一意去研究奥兰多·拉索了。德国人可能会怀疑你是否真心反对战争,但他们无法确定。你要选一个适合你工作的图书馆,而且这个图书馆不能对公众开放。如果任何人都能进的话,你的一举一动就会被人暗中监视。这可不行。我们只希望你进出图书馆时被人看到。"

"这出'阿喀琉斯①坐在帐篷里生闷气'的真正意图是什么呢?"福尔摩斯问道。

"我建议,"约翰·菲歇尔爵士说道,这次他的眼睛终于眨了眨,"其实是国王陛下建议,让你在40号办公室担任海军信号情报指挥。我们将监视活动分为两拨,人工情报和信号情报。你的工作跟后者有关。你看,你是未做事先成名啦!"

在菲歇尔循循善诱的迷人魅力下,福尔摩斯犀利的锋芒稍稍被磨平了些。那个傍晚,当我们在接待室谈论这些安排、听着这些建议的时候,房门外几英尺远的地方,舞步回旋,轻盈律动,

---

① 荷马史诗《伊利亚特》中的英雄,在随阿伽门农东征洛亚途中,他宠爱的女俘布里色斯被阿伽门农夺去,他感到自己荣誉受损,便待在自己的帐篷里,拒绝为希腊人战斗。

宾客们个个珠光宝气，光彩照人。

40号办公室的具体位置只有少数几个人知道。虽然福尔摩斯每次都充满讥讽地回话，但还是照他们说的办了。40号办公室及其他一些办公室位于旧海军部大楼的后面，从那里，可以越过皇家骑兵卫队阅兵场和圣詹姆斯公园的大片区域望见外交部那厚重的文艺复兴时期的柱子。海军情报局的精英皆云集于此，绞尽脑汁地研究编码信号和秘密电报信息。从柏林到安卡拉、从维也纳到纽约、从瓦尔帕莱索到东京，夜空中充斥着各种信息。

菲歇尔还向我们透露，德国深海电缆既传送海军和外交密码，也传送传统电报。这些电报从北海上的不来梅往下传送至英吉利海峡，然后穿过比斯开湾传送到西班牙北部的比戈。之后它们从比戈传送到加那利群岛的特纳利夫岛，继而穿过大西洋传送到到纽约或者布宜诺斯艾利斯。

战争一爆发，这些海底电缆就注定要在几个小时内被摧毁。英国大东电报局的泰尔科尼亚号海底电缆敷设船此刻正停泊在多佛港。它已经被英国海军总部征用，皇家海军的人员也已登船。在英国对德国发出的最后通牒到期前几个小时，它将带着密封的命令摸黑下水，朝中立国荷兰的海岸驶去。在那里，电报得在浅水中传送，因而形成最薄弱的一个点。我方正是打算从此处入手，展开打击。那里处于荷兰和德国领海交界的位置，我们的船可以在夜色和雾气中抛锚停下，等待海军总部午夜向所有船只发出宣战信号。

一收到信号，泰尔科尼亚号就会用拖曳装置拖住五条包着铁皮的越大西洋电缆。它们会在视线之外的海上被拖出海面。皇家海军的电缆工程师将弄破铁皮，把这些电缆割断，再把割断的电缆丢到深海中。中立国荷兰可能会继续向世界各地发出信号。这

样,德国人就不得不公开地从靠近柏林的瑙恩那里的强大发射台或其他中立国发送无线电。如果他们通过中立国进行无线电联络的话,很可能会选择瑞典。他们通过这种方式发送的每一条信息,都可能被我们围绕海岸线建的新的海军信号站链拦截。

解释完这些以后,菲歇尔便开始谈安全及保密问题。这是他最关心的问题。"你在海军总部这件事将会对公众保密。我们的敌人肯定知道,你过去曾经破译过他们的电码,所以,我们必须让他们相信,这次你没有机会再破译他们的电码。"

霍尔上校插话进来,好像刚刚加入到讨论中一样。

"我们已经采取了第一步,就是试着让敌人相信,我们在大陆有一个覆盖面积大而且高效的间谍网络。这个行动已经奏效了,皇家海军军官布兰登上尉和特伦奇上尉已经被判了刑,正在德国坐牢。看起来,提尔皮茨宁愿相信他的密码表是不慎泄露出去的,甚至是被内鬼捅出去的,而不是被人破译出来的。我们在欧洲确实有一些间谍,但绝对没有德国政府想象得那么多,只有几个最有经验的、最关键的特工在那里假装叛变了。你知道,在德国情报机构看来,这种叛徒带去的消息是最有价值的。"

福尔摩斯转过身去,静静地站了一会儿。

约翰·菲歇尔爵士终于耐不住了,打断了他的思考。

"你说你不赞成这场战争,福尔摩斯先生。但从心底讲,我比你更不想看到这场战争——国王陛下也是。战争一天不结束,我们国家优秀的青年就要在战壕里、在海上受到一天的死亡威胁。战争越早结束越好。你若愿助一臂之力,我们便有可能兵不血刃地赢得胜利。有冲突,无疑就要打仗。再打仗,就会再夺走千千万万条年轻的生命。其实这些仗都是没必要打的。以不流血的方式取胜,比那种无异于屠杀大批青年的战争好得多啊!"

福尔摩斯转身面对着他,非常镇静。

"好吧。我是国王陛下的臣民,我将服从命令。但愿结果如你所说,尽早结束战争,不要流血。"

接待室里的所有人都长吁了一口气。

我们与菲歇尔和霍尔的谈话进行得正是时候。舞会正在进行的时候,二十名穿着军服、佩着徽章的军官唐突地离开了。几名通讯员来到白金汉宫,带来军令,让我们两个最著名的兵团即刻回到营地。情况紧急,连调集后备军的时间都没有。两个团的各个营必须动员现有兵力。他们将从利物浦街坐火车前往金斯林,以应对可能即将到达东海岸的德军的突袭。敌军可能最早在第二天的黎明前抵达那里。

3

我们探讨了菲歇尔给歇洛克·福尔摩斯做的安排,不大相信我们能把敌人欺骗很久。约翰·菲歇尔爵士吹嘘说,他能轻而易举地把德国人蒙得团团转。但现实情况是,伦敦的每个角落都可能有敌人的装扮成各种模样的间谍。且不说我们国家的公民,就是某个中立国的公民都可能是暗地里同情并支持德国的人。我和福尔摩斯每次离开贝克街的时候,都要设想着我们正被某个我们没察觉到的人跟踪着。

我们也发现过一两个很明显地盯着我们看的家伙,但福尔摩斯总是认为,我们必须"随他们去",把这些"跟屁虫"留在我们的视线范围内要比送他们去蹲大牢好得多。要是他们被另外的人替换,可能等我们发现就为时晚矣了。

跟踪我们的有一个长得很结实的年轻人,他常常戴着帽子,打着绑腿，看起来像个车夫。每次福尔摩斯一坐上出租马车，他便出现在康沃尔台和贝克街的交界处，好像要往公园那边走去。这个年轻探子每次只跟到这儿，接着便穿过马路，调转方向朝马里波恩走去。我们虽然确信他在监视我们，却不能以任何罪名指控他。他一转方向，另一个探子旋即出现。马车往前走的时候，这第二个人往往就出现在公园街的拐角处。他骑着一辆自行车，紧跟着前方的马车。这个人看起来比前一个年纪大些，深色头发和一撮儿山羊胡的边缘已经花白。可他蹬自行车时十分敏捷，明显地暴露出他其实是个年轻人伪装的。可就算这样，我们也不能以此为由一枪毙了他啊。

我们从未惊动过这些监视者，只有一次例外，但却是一个误会。前不久，我们抓了一个长着黄色头发、一副典型德国人长相的大个子。这件事是我出面的。我这么做，主要是为了让我们紧张的房东太太安心。当时福尔摩斯不在家。没想到，那人却是警方特地安排在帕丁顿格林警署保护我们安全的一个便衣警察。不用说，我闹出的这个善意的小误会让福尔摩斯觉得很好笑。

福尔摩斯写给《每日晨报》的那封信如期见报了。他在信中指责战争是一种徒劳无益的手段。这封信写得情真意切，想必任何没戴有色眼镜的读者都会信以为真。我担心，爱国人士看到这封信后，义愤填膺的信件会向我们砸来，但事实并非如此。我们现在还处在国家冲突的早期阶段，人们的情绪还不像后来那么高涨。

每天早晨，福尔摩斯都会坐出租马车前往离帕尔马尔街不远的圣詹姆斯图书馆，对奥兰多·拉索的对位旋律进行研究。圣詹姆斯图书馆是伟大的约翰·斯图尔特·穆勒于1840年建造的一家私人图书馆，仅对会员开放。会员资格是由个人推荐和选举产生的,所以很容易查到到图书馆查阅图书者的姓名。音乐理论家福尔摩斯每天都在这里工作到傍晚才坐车回贝克街。

海军情报局告诉我们,白天的时候,那些间谍很可能从广场远处一角的欧洲俱乐部监视着图书馆。要不是被用来干这种勾当,那还是家挺体面的俱乐部。从俱乐部的窗户可以俯瞰到图书馆的大楼。但在圣詹姆斯图书馆里,藏在暗处的监视者们即便持续监视,也只会发现,在福尔摩斯早晨到达这里到傍晚离开这里这段时间内,在来来往往的读者中根本找不到他的身影。他们只能看见,一个小木匠在阅览室搭完书架后,便甩着长长的工具包,吹着口哨去干下一份活儿,有时还能看到一个从苏塞克斯郡或萨里郡来的穿着一套乡下人衣服的中年男子在书架间浏览一个钟头。或者他们看到的是一个上了年纪的学者,戴着夹鼻眼镜,戴着大礼帽,从牛津搭火车到这儿来。再或者是一个年长的乡村教区司铎,准备出发回西南部的教区去。

熟知歇洛克·福尔摩斯过去那些探案故事的人,想必都能猜出那个吹口哨的木匠、穿着乡下人衣服的中年男子、干瘦的老学者或者那个乡村教区司铎是谁。德国的情报机构不知道,1879年的时候,福尔摩斯曾是一个默默无名的替补演员。他曾在兰心大戏院在亨利·欧文爵士出演的《哈姆雷特》中临时扮演霍雷肖这个角色。这是他唯一一次在伦敦的舞台上露面。此后不久,他随萨桑奥夫莎士比亚剧团开始了为期八个月的美国之行。在此期间,他不仅穿上了霍雷肖这个角色的戏服,还学会了这个人物的言谈举止,掌握了这个人物的特征。

但我相信,福尔摩斯会觉得,当马车停在皮卡迪利广场,那个熟悉的身影大步跨上图书馆的台阶,车夫赶着马车转过街角驶进帕尔马尔街的时候,他才达到了自己表演艺术的最高峰。间谍

们每次都会看到他们期待的情形,但其实他们看到的那个登上台阶走进图书馆的人不是福尔摩斯,而是一个最近没接到什么戏所以有空过来演个角色的业余演员。而这个时候福尔摩斯则披着一件破破烂烂的外套,熟练地赶着双轮马车转过了街角。十五分钟后,他将马车停在了旧海军部大院内。

为了彻底打消德国人的疑虑,福尔摩斯在次年春天发表了一篇关于奥兰多·拉索的复调音乐的评论。这份评论完美无瑕,光是有关文本和手稿的参考文献就列了好几页。期刊的订购单被送到了中立地区日内瓦并交给了林德曼。后来我们得知,有两份刊物被送到了柏林的军情局。此后,这位贝克街英雄每天再到皮卡迪利去的时候,跟踪他的人数明显减少,包括那些从欧洲俱乐部的窗口可怜巴巴地盯着他的监视者。

4

战争开始的头几个月,人们还满怀希望地认为,战争可能在圣诞节到来之前结束。那个时候,福尔摩斯就表达了异议。如今,西部战线深陷泥沼,屠杀不断,可想而知他的感受会是怎样的。转眼间,冲突已经持续了将近两年。

在一个宜人的6月的傍晚,我俩分坐在窗户的两旁,谈论两个星期前英国巡洋舰在日德兰半岛之战中的损失,以及战时国务大臣基钦纳勋爵上个星期在皇家海军德文郡号巡洋舰沉没中蒙受的损失。

福尔摩斯的心情看样子跌到了谷底。

"我想,战争结束的时候,英国和德国恐怕就成了两具铐在一起的尸体。"他忧郁地说道。稍事停顿了一下,他凝望着楼下

安静的街道,又补充道,"就算我们能够彻底击败中欧这些政权,战争造成的结果也会使那个地区在未来五十年里都无法完全稳定下来。"

"这种后果将是40号办公室无力弥补的。"我回答道。

他站起身,走到壁炉前,拿起烟盒。再过几天就是仲夏了,落日的余晖照在客厅远处的墙壁上。

他点了一根烟,甩灭了手中的火柴,说道:"要想控制德国情报机构,唯一的办法就是让他们读懂我们的密码。但我没法让霍尔明白这点。"

他又走回窗边。我在想自己有没有听错他的话。可能我没注意到他话中的讽刺吧。他站在阳光中,显得又瘦又高。几个月的连续工作让他憔悴了不少。他突然做了一个急躁不安的怪表情。我心头一怔,并越来越感到他的精力在不断地消耗,一股强烈的推理的力量正在蓄势待发。经验使我判断出这一点,而且让我感到有些忧虑不安。

"你想让德国人破解我们的密码?"

"当然!"他强调道,"仅仅读他们的电报不能让我们控制他们的思想。现在是让德国人在密码这方面赢一仗的时候了。看来,仅靠霍尔的一小撮间谍给他们提供我们编好的故事是不行的,这种把戏已经行不通了。提尔皮茨不是一个德国小丑,他是和霍尔或菲歇尔势均力敌的对手。他已经被刺痛了很多次,现在,他除了自己读到的东西,什么也不会相信了。"

"我们这样做不会使我们的秘密泄露出去吧?"

他不耐烦地摇了摇头。

"我们必须让他知道破译我们密码的方法,让他认为自己是赢家,而不是败寇。我们已经获胜了太多次,而且还自鸣得意。

必须让他借助我们的电码本读懂我们的无线信息。我们在信息中要表示出对他的新密码感到困惑不已,这点也要让他读到。"

"他不会相信这些的!"

福尔摩斯笑了。这让我很惊讶。

"我们要把自己的紧急电码双手奉上,其中还包括我们在接下来半年里要使用的一整套密码表。"

"他怎么会相信我们给他的东西?"

"我想,如果我们容许他们把我们的紧急电码偷走的话,他是会相信的。你我可以自行安排这些事。我觉得,我们根本不需要麻烦霍尔上将,我们自己来做。我相信,我们可以成功地把这些信息传到柏林去。"

那一刻,我的心脏仿佛停止了跳动。

"我觉得我们会被自己人枪毙掉!"我绝望地脱口而出,"或者被德国人暗杀掉!"

"我亲爱的华生,如果能够以巧妙的方法把电码本送到他们面前,只会乐坏了他们,让他们全然相信电码本的价值。在每一个中立国家,他们的间谍随时都愿意购买那些所谓的双面间谍卖出的任何情报。我们现在这样做要好得多。我们要做出不慎泄露了海军和陆军情报的样子。这些情报中就包括那些电码和密码表。除此之外,我们还需要一个人假冒我方特工。这个人必须看起来头脑很简单,很容易受骗,这样才能让对方相信。"

"谁像是那样的人呢?"我轻蔑地问道。

"你就是。"他说。

福尔摩斯不想继续谈这件事了,于是留我独自琢磨着这个问题。我承认,我从来没把自己想成过一个密探。现在,福尔摩斯提出了这个建议,我发现,自己居然对这个挑战并不十分反感。

到目前为止,我只是恪尽职守地在40号办公室的值班室里扮演了自己的角色,把气动管中掉出来的那些拦截电报的复件分好类,归档在"海军"、"陆军"、"外交"和"政治"四个类别下。

这个工作太无聊了,是个人都会觉得自己应该做点儿更刺激的事。我去年曾跟战争部汇报过,说自己有在阿富汗打仗的经验,有能力做一名军医。不过这事儿我没跟福尔摩斯说过。结果他们拒绝了我,说我至少超龄二十岁!如果我假扮特工的话,至少还会觉得自己是在积极作贡献,并不是个一无是处的家伙。在福尔摩斯带着满心希望投入的战斗中,就让我响应号召,成为一名士兵吧。

几天后,约翰·菲歇尔爵士召我去见面。他肯定地对我说,如果我们能恰到好处地激起敌人的食欲,他们就会如狼似虎地等着任何能弄到手的情报。我知道,他刚刚和歇洛克·福尔摩斯谈了话。

"你怎么知道他们会相信我们给的情报呢?"我问道。

他哈哈笑了。

"如果他们相信的话,就会来要更多的情报。也就是说,他们就会继续花钱买这些情报。医生,在欧洲中立国家,我们最成功、最有价值的特工就是那些装成叛徒出卖秘密的人。付给他们钱的都是德国军情部门的反间谍机关的人。这些钱都流入了我们40号办公室的特别基金中。战争结束庆功之时,我们会把它们捐给需要赞助的事业。"

"所以你就为他们安排一名叛徒?"我不喜欢听到这个词。

"这次不是。这种牌我们打了太多次了。"

"那派谁去?"

"我们需要一个……"他在回避"笨蛋"或"丑角"这样的字眼的时候,眼神有些游移。然后,他笑了笑。"我们需要一个单纯的人,一个看上去头脑十分简单、别人轻而易举地就能把情报从他那儿偷走的人。"

两天之内,福尔摩斯就交给了菲歇尔一份怎样把伪造的紧急战争电码合订本卖给德国情报机构的计划。内容是福尔摩斯自己设计的,想以此使德国政府今后得到的永远都是错误情报。内容中还包括了密码的多种变动,够用到战争结束的。我们在荷兰的一位最优秀的两面间谍将会帮我们完成这个计划。他伪装成一名从事苏门答腊烟草进口的商人,但从战争开始前就一直拿着德国人的钱,为他们办事。

这位两面间谍是个很难取悦的家伙。他并不自称能接触到英国情报机构。他说,他只是一个国际商人,一个德国的仰慕者,有一个叫威廉·格雷维尔的朋友在英国外交部工作。他从这个多嘴的朋友那里得到消息,于是提醒他的德国客户,英国的紧急战争电码很快就要修改了,改过的电码会复制几份,仅发给获得授权的几个官员。照以往的情况看,德国的特工们是没有希望染指这些电码文件的。

这位烟草进口商不是直接把电码交给德国人,因为那样做会引起德国人的怀疑。他只是说,自己在外交部供职的那位朋友说漏了嘴。随着战争的威胁蔓延开来,能得到电码的名单中第一次出现了驻中立国家荷兰的英国领事。格雷维尔以前给国王当过信使,现在是外交部的一名通信员。他将在8月初的时候把电码送到荷兰首都鹿特丹。这位随和的外交官在和好朋友聊天时说漏了嘴,他说,他很期待在荷兰这个中立国家好好过个周末,享受一

下和平环境中的奢侈生活。这个人就是威廉·格雷维尔，一个干了很多年的外交部通讯员，一个老军人，为人和善，脑子却不太灵光。

我将以"威廉·格雷维尔"这个身份出行。在我扮演这个角色之前，我们自己人在国内观察了我几个星期，发现德国特工们对我没什么特别的兴趣。他们让我戴上一副角质镜架的眼镜，暂时刮掉胡子，把头发染成了深色，在鞋里垫上增高鞋垫让我变高了一英寸。于是，我就变成了一位密使，一位外交部副部长的助理秘书，至少我的外交护照上是这么写的。

在我乘荷兰客轮离开伦敦池①之前，还要先到那些支持德国的中立国公民经常去的旅店和酒馆，通过几次大声的、不谨慎的谈话把秘密泄露出去。我不相信这么做能引他们上钩，但我的护卫们认为这样做可以。好吧，毕竟他们最了解情况。俗话说，布丁的味道如何，吃了才知道。我抱着这种心态，在8月的第一个周五的傍晚，坐上了前往荷兰的客轮。

我到鹿特丹时，房间已经为我订好了，就在靠近码头的一家旅馆里。我们的海军情报局已经摸清楚，知道那里的门房受雇于德国人。可以肯定，我一上岸就被人盯上了。我到达的时间是至关重要的一点。我是在一个周六的下午到的，恰逢8月份银行休假的那个周末。这种习惯只有英国才有，其他地方都没有，但英国领事馆按照英国的习惯行事。也就是说，领事馆周六上午关门，要到周二才开。

我假扮成一个行事不顺的密使，坐在旅馆的门厅里读报纸打发时间。一两个小时后，门房开始跟我搭讪。生意冷清的时候，

---

① 指伦敦桥下的泰晤士河河段。

这些地方的门房一般都会这么做。和他聊天的时候,我假装无意地向他透露了我的身份和来荷兰的目的。其实,门房只需看一眼我丢在旅馆桌上的护照便可得知。至于他是否知道英国领事馆会收到一份紧急战争电码,我就说不准了。但现在他的上司肯定知道。

除此之外,我们也没再多聊什么。第二天,也就是周日,傍晚的时候,这位热情的门房建议说,若是我停留在鹿特丹期间不去娱乐一下真是太可惜了。我抱怨说,自己对这里很陌生,不知道可以去哪里玩。他建议我去离港口不远的一个地方,还给了我那栋"房子"的名字和地址,并告诉我,孤独的外地人总能在那儿受到热情的欢迎,并找到一大堆乐趣。听到他的建议,我表现得喜形于色。我上楼到房间里换了身衣服。在房间里,为了取些现金出来,我打开了锁着的公文包,那里面就装着电码本和文件。他的建议让我开心不已,甚至有些迫不及待,以致把公文包放回去的时候忘了把它锁上,只是草草将其藏在了衣柜抽屉里的一大堆衣服下面。

我现在按计划行事。我装扮的这个人真是没脑子到了极点。我走出旅馆大门的时候,确认了一下自己没有被人跟踪,然后叫了一辆出租马车,大声对车夫说了那个门房介绍我去的"房子"的地址。马车转弯后,一离开视线范围,我便让车夫停车,说打算先吃晚饭。他耸耸肩,赶着马车走了。我确认无人跟踪后,便岔开门房指的路,向另一条道走去。我前一天在去旅馆的路上注意到,码头边有家宜人的小酒馆。我来到酒馆,在外面的一张桌旁坐下。这里与我的住处隔着一道河,坐在这儿我能看到自己房间的窗户。

我房间的窗户是二楼从右数第三扇。我走的时候肯定是关了灯的。我在小酒馆慢慢地喝着荷兰杜松子酒,等了一个多小时。又过了二十分钟,我终于松了一口气,兴奋地看到我旅馆房间的那扇窗户亮起了灯光。

肯定不是女仆在收拾客人房间。灯光持续亮了一个多小时,足够让人用相机把紧急战争电码每一页都拍下来,并且翻看我的财物,确认我的身份是威廉·格雷维尔。毫无疑问,那个门房此时肯定在前台把风,以防我出其不意地返回。

窗口灯灭之后,我又等了一小会儿,然后到著名的伊拉兹马斯雕像附近的一家餐馆,又花了大概一个小时的时间吃了晚饭。回旅馆的时候,我假扮成喝醉酒的样子。因为职业的缘故,我见过不少醉鬼,所以装成酒鬼对我来说并不难。我在热心的门房帮助下走上楼走进我的房间,在床上躺下。门房坚持要看我进屋躺下才安心。

我给了他一笔慷慨的小费。他一走,我便去查看我的公文包。公文包还在那堆衣服下面,但和我走的时候放的位置不大一样。此外,有人在关上它的时候还让它自动锁上了。至此,我为英国军情局办的事儿就完成了。我无法违心地说,自己觉得这件事儿很刺激,但这总比干那些乏味的工作和坐在那儿等着有事发生要强得多。福尔摩斯看似对结果非常满意,约翰·菲歇尔爵士见到我的时候也很和蔼可亲。

5

此后半年多,霍尔上将和他的同事们一直通过我们的无线电报站链传送信息。多亏了我给德国人送上的大礼,他们现在可以破译这些电码了。但这些信息对我方来说却没有任何意义。即便

齐默尔曼电报

如此,利用这些好处的时候,我们还是谨慎行事为妙。

以后发生的事必须每个细节都和这些伪造的密码信息完全契合才行。电码发生了几次重要的变动,正是这些变动把假消息送到了德国情报局。至少有一次,我们是做了牺牲的。比蒂上将把他率领本土舰队出海进行炮击演习的日子改动了两天,以便与假的战争密码本相符合。但是,为了使敌人以后都误以为收到的消息是真的,进而受到更大的蒙蔽,这只是一个微不足道的代价。

由于是福尔摩斯一手策划了这次通过假密码表给柏林方面送去错误情报的行动,因而这次行动在40号办公室被戏称为"歇洛克·福尔摩斯式入侵"。当时恰逢我方军队的分遣队从西线撤回,前去增援赶赴萨洛尼卡的远征军。正如福尔摩斯所说,如果德国部队也因此相应地撤回他们的部分兵力,就再好不过了。

从用新密码发出的这些消息中,德国政府的情报机关可以得知,我们的小型海军船只正在英国东海岸进行严密守卫活动,那种用于军队登陆沙质海岸的平底船正在那里集结。后来又有信息发出,内容是,我方临时命令停止英国和中立国荷兰之间的所有跨海峡航行。一支舰队要前往比利时海岸,为了不让往来的商船妨碍舰队航行,于是颁布了这道命令,执行两周的时间。

这些命令是用伪造的电码编制而成的。它们详细地告诉敌军,我们即将入侵比利时海岸,该处就位于驻扎在法国的德国军队的后方。结果恰如人愿,德军最高统帅部果真调集了两万士兵前往北海沿岸,在比利时海滩和沙丘进行防御。一点一点地,英国海军部下达给这个假想的舰队的命令都传到了柏林:所有船只将分三队航行,分别从哈里奇、多佛和泰晤士河口出发;关于临时禁止通往荷兰的海上交通的命令虽然还未发布,但已经获准。

为了让敌人确信,我们还出版了一份《每日邮报》特刊。这是和霍尔上将及报纸编辑商议后才出版的。这份特刊在荷兰总共只发售了二十四份,那里的德国特工通常都会买这种报纸。报纸的头版报道了关于"东部海岸为军事行动做大量准备"以及"平底船"的事。不出几个小时,《每日邮报》又出版了修改过的版本,将整件事的报道都抹去了,好像被审查部门干预过了似的。

为了不让计划显得那么轻而易举就泄露出去,事情的表象弄得看似是这篇专题报道的作者完全搞错了情况——福尔摩斯是这么说的——并且作者认为东海岸正在为应对德国的袭击作准备。德军最高统帅部的官员自然知道他们没有入侵英国东部的打算,因此,必然会猜测是记者听错了传闻,实际情况是英国打算袭击比利时。困惑中,他们会觉得自己被迫需要调集大概一个师的兵力去防御奥斯坦德那片没有一兵一卒的海滩。

现在双方更换电码的频率都更高了,每天午夜一到便更换。福尔摩斯已经为这场赛跑做好了准备。年尾到来之前,他破解了最为错综复杂的德国外交电码。说实话,这是德国在波斯的副领事馈赠给我们的。这个不幸的外交官一看到德国袭击阿巴丹输油管出师不利,便不顾一切地穿着睡衣逃跑了,行李也不要了。这为我们在这场"鬼影之战"中赢得最终的胜利铺平了道路。

6

1916年秋天,荷兰和拉丁美洲的一些国家也采取中立态度,甚至还包括美国。当时,海军部和战争部的许多人都特别希望战争形势发生新的改变。说明白点儿,他们的想法是,美国能站到协约国一边,参与到战争中来。

按福尔摩斯的说法,他白天一直都在干着"繁重乏味"的工

作,只有晚上时间能用来读书。看起来,他的心思越来越多地转到其他事情上去了。一天傍晚,他潜心研读了一本关于1904年俄日战争那段历史的书。在那场战争中,英国支持日本阻止俄国在太平洋地区扩张势力。战争的结果是,一个处于发展早期的亚洲国家击败了一个欧洲大国。

我后来注意到,福尔摩斯在书上的空白处写了些字:

"当前的战争中,日本在接过德国在中国和太平洋地区的殖民地之前,还是我们的盟友。如果战争形势对我们不利的话,日本将把视线转向英国和美国在远东地区的殖民地,因为这样更为有利可图。"

这虽是个讥诮的结论,但不排除有这种可能。

一两天后,他又被约翰·里德①关于1910年墨西哥革命的文章《暴动的墨西哥》吸引住了。这和我们有什么关系呢?对我来说,墨西哥的近期历史不过是一部由潘丘·维拉②带着一帮土匪为反对专制政权进行的一次次革命串起来的编年史。

第二天傍晚,福尔摩斯坐在工作台边专注工作的时候,我见他又在书的空白处匆匆写了些笔记:"美国军事力量四万。其中四分之三在墨西哥或边境地区,由潘兴③将军带领。"

看报纸的人都知道威尔逊总统是如何把这些美国海军送到墨西哥的维拉克鲁斯港口的岸上的。美国军舰"草原号"也拦截了德国货船"俞平号"。船上有两百挺机关枪和几吨弹药,都是要

---

① 美国左翼新闻记者,美国共产党创始人之一。
② 20世纪初活跃在美、墨边界的土匪,也有人认为他是革命家。
③ 美国著名军事家,1916—1917年率远征军1.5万人入侵墨西哥,第一次世界大战期间曾任欧洲美国远征军总司令。

送去给潘丘·维拉和卡兰萨的军队的。另外还有三四十名德国军官前去训练那些军队。这些与西线的末日大决战有什么关系呢?于是我想拿这个说说玩笑话。

"福尔摩斯,让我们祈祷吧,祈祷潘丘·维拉带着他的人挥着血淋淋的刀冲到贝克街来的时候,我们能幸免于难!"

他一言不发,站起身来走到办公桌旁,打开抽屉,拿出一张纸。我认出那是一封电报。从上面的日期可以断定,福尔摩斯肯定是在过去的二十四小时之内破译它的。

我的目光落到了三句话上。

尽管潘兴将军和美国军队已经出现在两国边境,但解决墨西哥问题的决定权已经从威尔逊总统手里转移到了卡兰萨总统手里,从潘兴将军手里移交到了潘丘·维拉手里。

这是一个备受争议的观点,却算不上是秘密。

我继续往下看。

对于我们的命令,即进行无限制潜艇战,不管威尔逊总统威胁说要采取什么办法予以回应,他和国会都是倾向和平。他几乎没有机会采取军事行动。

这话更加令人担忧。什么是"我们的"命令?"我们"指的又是谁?答案只有 个,而且在德国政府那里。

美国政府已经走了回头路,不想再与德国政府断交。这点是非常非常清楚的,因为美国的军事力量不足以应对一场与墨西哥的战争。

让美国和墨西哥之间发生一场战争,这肯定是德军最高统帅部不切实际的疯狂幻想。下面还有另一行字,字里行间透露出一个令人寒心的事实。

没有坦皮科①港口的油井，英国舰队就无法离开斯卡帕湾②。

"德国海军的人头脑发热了吧？"我轻蔑地说道。

"不，华生，有这个想法的人此刻正在距离柏林千里之外的地方呢。"

"电报是谁发来的？"

"我们的老朋友，13042 号。"他平静地说道，"昨天，驻华盛顿大使伯恩斯托夫公爵给德国外交部的阿瑟·齐默尔曼发了一封电报，内容是他对'战争情况'的评论。他每周都要发这么一份评论，用的密码表依旧是我们手里的这份。当初多亏了驻阿巴丹③的德国副领事，我们才弄到这东西。"他放下烟斗，耸了耸肩。"这是他最近用密电发的一份评论。"

"但美国人为什么想打墨西哥呢？"

福尔摩斯皱起了眉头，好像我在故意曲解他的意思。

"不是美国人自己想打墨西哥，是德国人想要他们打。西线现在陷入了僵局，但齐默尔曼、贝特曼·霍尔维格④和德国国王都认为德国可以采用无限制潜艇战，把英国人打到燃油耗尽、饥肠辘辘，最后不得不和谈。不过德国人同时也明白，他们绝不能惹毛了美国，搞得美国人过来打自己。如果美国卷入墨西哥战争——实际上美国四分之三的常备军已经在墨西哥了——那么，在德国的 U 型潜艇战获胜之前，美国就没有余力再在欧洲打仗。

---

① 墨西哥东北部塔毛利帕斯州最大港市，位于墨西哥湾畔。
② 位于英国苏格兰地区最北端，英国海军主要基地之一。
③ 伊朗港口城市。
④ 德国政治家，曾于 1909 年至 1917 年间任德意志帝国首相。

但若美国不打墨西哥战争，美军在几个月之内就能登陆法国。"

"这整件事都很荒唐。"

福尔摩斯耸耸肩。

"我只能告诉你，根据我们前几周从伯恩斯托夫那里拦截的电报，墨西哥、日本已经在和德国讨论如何瓜分胜利战果了。据我们所知，日本的巡洋舰'阿苏马号'已经载着军队在加利福尼亚湾停泊。我相信，驻外大使是不会对外交部长撒这种谎的。"

"但德国军队是到不了墨西哥的！"

福尔摩斯摇了摇头。

"从某种意义上讲，德国军队已经到那儿了。伯恩斯托夫说，德国公民爱国联盟在墨西哥有 29 个分支，并得到了退伍军人铁十字勋章社团的 75 个分支的支持。他声称，已经在美洲征募了 5 万名志愿兵，我们的外交部也证实了这一消息。现在在墨西哥的这 104 个分支中大概有 200 名德国军官，他们是最近扮成技术工人潜入墨西哥的。他们现在已经做好了战斗的准备，而且正在训练其他参战人员。"

7

紧接着发生的事，就是后来众所周知的齐默尔曼危机。一艘商船从基尔港回国，船长是中立国丹麦人，是我们的观察员。他给我们驻哥本哈根的海军武官送去了消息：德国公海舰队的军官们如今都在谈论制造 U 型潜艇的事，他们说，按照现在的造船进度，足以支持他们打到 1917 年 1 月中旬。现在距离 1 月中旬还有六周的时间。这些新造的潜水艇，具体数量还不清楚，已经带够三个月的储备、燃料和鱼雷，从德国的威廉港起航了。

"他们这么做只有一个意图,就是要在佛罗里达州至缅因州沿岸展开军事行动。"福尔摩斯平静地说道,"航行时间这么长,倘若没有可以停泊的港口,不会有哪位统帅把船派到比斯开湾来的。光是穿过大西洋就得花三四个星期的时间。他们将在1月初到达美国沿海,希望墨西哥能为他们提供一个可以停泊的港口。"

尽管德国的舰艇还未抵达,但德国对美国发出的威胁已经先到一步。英国远洋班轮卢西塔尼亚号沉没,导致许多美国人葬身大海,威尔逊总统只能暂退一步,停止当前行动。美国本国的船只,诸如"海湾之光号"和"萨塞克斯号",都成了德国U型潜艇的牺牲品。但是,美国依旧保持中立立场。到目前为止,每次华盛顿方面发出严正抗议,危机都会随之化解。

伍德罗·威尔逊一直敦促战争各方,为了人类的利益寻找一种不存在任何获胜方的和平,一种没有征服和占领的和平。在这点上,福尔摩斯是他的支持者,尽管福尔摩斯的理由更为现实。他认为,打潜艇战的话,牺牲者的可能只是几十个或几百个,而若进行一场全面战斗,为了西线上微不足道的蝇头小利可能会让一百万年轻的美国士兵战死沙场。这种为民族自豪感付出的代价实在太沉重了。

随着最近一批U型潜艇从威廉港起航,德国外交电报同时披露,德国海军向德国外交部的阿瑟·齐默尔曼保证,新派出的舰队将在六至十二个月内打得英国人弹尽粮绝,不得不求和。英国政府内那些以为美国军队能帮助扭转战局的人也开始变得心灰意冷。然而,事已至此,为时晚矣。

在1916年的圣诞节前后及新年到来之际,歇洛克·福尔摩斯成了贝克街的稀客。即使他回来睡觉,也会在早饭前就出门,午夜之后才回来。他常常在情报部门给他在旧海军部大楼内安排的一间破旧的办公室里过夜，晚上就睡在一张行军床上。他们本想给他安排一间好点儿的住处，但他拒绝了。福尔摩斯只在自己的"小天地"里独自埋头工作，很少在大楼的别处出现。德国U型潜艇的出航让我们的无线电拦截工作繁忙起来，日夜都有源源不断的密码需要破译。

1917的1月，新年伊始，天冷得刺骨。我请了三天假，独自去位于威弗利斯科姆的埃克斯穆尔地区的表亲那里。我坐卧铺列车从陶顿返回帕丁顿，回到贝克街的时候是一天清早，办公室员工都还没上班。当时福尔摩斯不在家，看情况好像自打我出门后，他就一直没在家待过。

我叫来了哈德森太太。

"福尔摩斯先生啊？我还以为他跟您一起去德文郡了呢。您离开后，他就没回来过啊。"

我叫了一辆出租马车，即刻出发前往白厅。如果福尔摩斯三天两夜都没回家，那他肯定在40号办公室。我到那儿的时候，值班的还是前一天晚上的警卫。我走进门卫室，在那里，印好的截获的电报从气动管中掉落下来。那里有一排钟，显示着伦敦、纽约、东京、柏林等世界各地的时间。

这天早晨，福尔摩斯独自待在值班室里。他坐在一把木头椅子上，面前的桌上空空如也。他向后仰着头，双臂合抱，闭着眼睛。但他并不是在睡觉。我进来的时候，他睁开了眼睛。

"其他人呢？"我问道。

"他们都走了。"他疲倦地答道，"没什么事做，待在这儿也没用。"

"那密码呢？"

"消失了。"他站起身来。"柏林和华盛顿之间的外交密电，

也就是说有关当前事态的一切消息，都从空中消失了。目前，据我们所知，既没有电报发出，也没有收到电报。我们已经两天没有截获任何情报了。"

我凝望着窗外，视线穿过圣詹姆斯公园的薄雾。公园里，在我们这栋楼和白金汉宫之间有一片草地，两头奶牛正在吃草。

我试图搞清楚刚刚福尔摩斯说的话是什么意思。

"电报现在肯定还在发送着。现在，和任何时候一样，威尔逊和齐默尔曼都在努力避免战争。齐默尔曼肯定在和伯恩斯托夫及德国驻美使馆联系。"

福尔摩斯叹了一口气。

"但并不是用他们自己的信号发的。现在，两国的谈判正处在一个微妙的阶段。我们最后收到的消息是，贝特曼·霍尔维格首相已经同意考虑威尔逊总统为实现全面和平提出的十四点建议。这一点，我已经私下在美国大使馆的爱德华·贝尔那里确认过了。贝尔肯定地告诉我，威尔逊总统已经批准使用美国自家的外交电报来传递德国和平提议电码。"

"那么，那些前往美国海岸的 U 型潜艇现在怎样了呢？"

"据我们所知，那些潜艇从地图上消失了。美国人现在还不知道这些潜艇的存在。有一段时间，潜艇队使用商业或汽船公司的密码，通过长岛的塞维尔无线电发射站进行联系。现在他们已经停止这么做了。"

"柏林方面的消息怎么传到华盛顿去呢？"

"在目前的谈判中，齐默尔曼要求，他发给美国国务卿罗伯特·兰辛的电报要和美国大使馆的电报一起从柏林发回。电报通过中立国的电缆先从柏林发送到斯德哥尔摩，再发送到布宜诺斯艾利斯，最后到达华盛顿。美国驻德国大使詹姆斯·杰拉德已经同意了。"

"用这种方法传输德国外交情报？太荒谬了！"

"也许是吧。但杰拉德大使和兰辛国务卿已经同意了这一点。很明显，这是威尔逊总统首肯的。还有比这更糟糕的：齐默尔曼坚持要求美国人将他发给伯恩斯托夫的电报用普通的德国外交电码发出——而不破译——这样消息就只有伯恩斯托夫能看到。这些电报未经审查就从美国国务院发到了德国大使馆。兰辛和威尔逊都对电报内容一无所知。两国之间的谈判形势极度微妙，担不起密码被伦敦或其他方面破译的风险。"

"这真是不可思议！"

"战争就是不可思议的。"福尔摩斯意志消沉地说，"对于威尔逊来说，战争是件令人厌恶的事情。如果他能够结束战争，为什么不迁就一下齐默尔曼，做个小小的让步呢？不管怎样，齐默尔曼都要将外交电报发给在华盛顿的驻美大使。威尔逊不想让英国人或法国人在这个时候窃取到情报。"

"为什么我们不能自己想办法窃取情报呢？"

"因为我们得到齐默尔曼的电报之前，必须破译美国的外交电码。你想想，如果一个友邦发现我们故意破译他们的密码，获取他们的机密信息，该会怎么想？无论如何，外交部的贝尔福[①]已经明令禁止这么做了——昨晚8点下的禁令。我们只能坐在这里，等等看德国外交电码中的密码本——13042——会不会被重新启用。"

"唉，现在我们陷入困境了！"我无望地说道。

"不全然如此。斯德哥尔摩是传输过程中的一个环节。我现

---

① 英国保守党政治家，外交大臣。

在正在试着破译最新的瑞典密码——目前还没有什么突破。我已经证实,前往墨西哥城的新任瑞典外交使者是位德国支持者。有一次,他太忘乎所以了,竟然不顾自己的身份,发了一篇没编码的大白话,公开赞赏墨西哥的情况。这种疏漏实在是不可原谅啊。"

福尔摩斯从口袋里掏出一张纸,把他抄下来的文字读给我听:

"1916年9月1号。卡兰萨总统现在已经变成为德国的朋友,他愿意在必要且可能的情况下,在墨西哥海域向德国的潜艇提供帮助和支持。"

我感到血液中一阵寒意涌过,难以言表。

"帮助威廉港来的德国U型潜艇!"

"潜艇起航之前,这些都已安排妥当。"福尔摩斯继续读着瑞典外交使者的报告,"德意志帝国政府建议,用最有效的方法歼灭他们最大的敌人——英国。为了摧毁敌人的商船队,德国打算跨过大西洋进行军事行动,因此,他们就需要海岸基地给潜艇添补燃料和供给。作为回报,德国将把墨西哥视为与其一样的自由独立的国家。"

福尔摩斯顿了顿。

"还有很多其他的信息,不过要点就这么些。"

我环顾了一下值班室。

"美国人对此一无所知?"

"目前还没有其他人知道。外交部的阿瑟·贝尔福担心,如果我们现在泄露瑞典的电报内容的话,美国高层将会认为,这是英国制造的一场骗局,是为了把美国拖入战争。不过,这只是一位外交官的个人看法。"

8

我和福尔摩斯向来都不大相信幸运之神会突然惠顾我们，让一切问题迎刃而解。这次也没有发生这等好事。现在来到我们面前的不是问题的答案，而是一个可以为我们提供一些线索的英国人：来自墨西哥城的瓦利先生。

福尔摩斯还没和这位受过他恩惠的先生见过面。瓦利先生是一个印刷商，一两年前遇到过一些麻烦。那时候，他手下的几个工人背着他制造了一些印版，然后用它们制造小面值的墨西哥货币。瓦利发现他们干这种违法勾当之后就报了警。但他万万没有料到，警察却把他当主谋抓了起来，并把他送上了法庭。他被判处死刑。

他的妹妹，来自墨斯维丘的瓦利小姐，赶到贝克街，把这个催人泪下的故事给歇洛克·福尔摩斯原原本本地讲述了一遍。福尔摩斯当即找到英国外交部，请他们出面干预。英国外交部召见了墨西哥大使。在墨西哥城，英国公使见到了卡兰萨总统。谈话间，贝尔福先生和英国公使说服了墨西哥有关当局，让他们相信瓦利先生不可能是这起案件的始作俑者，他不会伪造只值几个英国便士的墨西哥纸币。两天之内，瓦利先生便被释放了。

事后，瓦利先生发誓说，他会做任何事情来报答福尔摩斯先生。几个月之前，他兑现了报恩的诺言，混进了墨西哥城的邮电局。根据墨西哥政府的法律，编码电报是不允许随便发送的。然而，负责这块儿事务的政府部长贪图小贿赂多次，放任商业密码逃过严查。瓦利先生成功地买通了一位低级别的职员。每次收到伯恩斯托夫公爵从华盛顿发给身处墨西哥城的德国使团的埃克哈特部长的电报,这位职员都会告诉瓦利先生。

"道理很简单,"第二天吃早餐的时候,福尔摩斯说,"美国驻德国大使馆会把德国电报发到华盛顿的国务院去,也会发到德国大使馆去。然而,美国国务院却不会再把电报发到墨西哥城的德国部长那里。这些电报是用密码发送的,不过今后墨西哥城的西部联盟电报公司的任何编码文本,我们都可以得到。我们也许再也不用像个没头苍蝇似的工作啦。"

几天后的一个傍晚,我们在贝克街收到了瓦利先生发来的一封电报。这封电报是经盖伊·冈特上校同意后发出的。冈特上校是英国驻美国大使馆的海军武官,也是使馆的海军情报官员。这封电报发出的是一条机密信息,这就是历史上著名的"齐默尔曼电报"。电报内容就是我在这篇故事的开头引用的那段编码文本。

那天傍晚我就和歇洛克·福尔摩斯破译了这封电报的全部内容。

我俩分坐在办公桌的两边。福尔摩斯抄了两份编码,给了我一份。我几乎不知道该从哪儿下手,但是福尔摩斯脑子敏锐得像闪电一样,开始破解疑难密码。

"我们先处理前两组数字,华生。最前边的 130 只是电报的号码,没有什么实际意义。接下来的 13042,是德国外交密码的一个前缀,从这上面我们能看出很多东西。后面的 13401 表示这封电报发自德国外交部,而不是德国驻美国大使馆。虽然说不准信息是不是真的,但电报的来源不假。下一个数字是 8501,确认了这封电报是以'顶级机密'的形式从柏林发给伯恩斯托夫公爵的,伯恩斯托夫公爵现在将电报转递到了墨西哥城。这两组数字提供的这些线索稍稍缩小了我们的调查范围。"

"我们已经两周没有截获柏林和华盛顿之间发送的电报了。"我小心谨慎地说,"这会不会是德国情报机构耍的什么花招呢?"

他皱了皱眉,手中的笔在一行行数字间游走着。

"我想不是。"他立刻回答道,"从这些数字中能看出,这封电报是齐默尔曼最近才发给伯恩斯托夫的,而且是用美国外交密码发送的。要是伯恩斯托夫没有把它转递到墨西哥城,我们就无法看到它了。我想,这就排除了德国情报机构耍花招的可能。我们现在看看,这封密电里有哪些词出现了好几次,我想,我们可以从这儿入手,去找解谜之路。"

他用笔在电报上划个不停。过了一会儿,他抬起头来。

"这封电报用的是我们以前遇到过的一个密码系统,所以,接下来的东西一定跟这个密码系统有关。我得承认,这封电报的内容看起来是根据新的密码编译的,这让我们破译起来有些困难,不过所使用的系统应该还是一样的。"

他把那张纸推到了我的面前。

"看这里。开头的这个数字17214,过去曾经用来表示德语'ganz geheim',就是'绝对机密'的意思。这没什么好奇怪的,我经常见到。然后是6491、11310、18147。这几个数字他们以前也用过,我很熟悉,是'Selbst zu entziffern'——'自行破译'的意思。在这之后的密码就换了,所表示的内容不太明朗。"

他俯首看着电报。刺目的煤气灯光将他鹰一般的侧脸投影在墙上。过了一会儿,他哈哈地笑了。他用笔将出现次数最多的词勾了出来。他选中了其中的一个。

"这儿,这儿,还有这儿。华生,出现次数最多的数字是69853。将它跟我们之前破译的电报比对一下,从这个数字的位置看,它应该代表一个名词,而且基本可以肯定是一个固有名

称。你想一想,在这样一封发给墨西哥城的德国公使的紧急秘密外交电报里,这可能会是哪个词呢?"

"我觉得最可能是'墨西哥'这个词。"

"在这里,这个数字是和5870这个密码一起用的,5870在它前面出现过,后来又紧随它后面出现。两个5870。中间只有两个词,若它不代表逗号,就把我从这儿踢到查林十字街去!这样频繁出现,除了逗号,还能是什么呢?这样一组逗号暗示这上面是一个名单,不是吗?这儿列举了三项,其中第二项是由两个词构成的。这两个词中,第二个词是'墨西哥'。这是一个复合词,复合词的后半部分是'墨西哥'。照我看,这清楚地暗示我们,这个词是'新墨西哥'。我们再看看后面的。"

就在刚刚,找到问题答案的可能性好像还微乎其微。福尔摩斯这么一说,这似乎也就成了唯一说得通的解释了。

"这只可能是在列举美国的州。"我迅速说道。

"很好,华生。中间那个数字表示'新墨西哥',它的前后还各有一个数字。前面的数字看起来是五个字母组成的一个单词,有可能是'Texas(得克萨斯州)'。后面的数字有四个音节。哪个州跟得克萨斯州和新墨西哥州有关,而且州名是四个音节呢?"

"Arizona(亚利桑那州)?"我满怀希望地答道。

"那把得克萨斯州、新墨西哥州和亚利桑那州联系起来的是什么呢?这三个州都曾经是墨西哥的一部分,后来被美国占领。现在齐默尔曼先生对这三个州有什么打算呢?"

"把它们还给墨西哥?这怎么可能!"

"在谈判桌上这也绝非不可能。另外一个52262指代的名称在不远处重复出现了。你可能还记得,在我们破译的上一封外交密电里,所有国家名称都是用五个数字的密码表示的。我想,这五个数字可能表示其中一个国家。请允许我大胆设想一下,这里指的是'日本'。你应该记得,我们从那些文件中得知,日本巡洋舰'阿苏马号'最近对墨西哥进行了一次持续很长时间的'礼节性访问'。这一消息是伯恩斯托夫之前在对战争形势的一次'赞赏'中提到的。那舰巡洋舰已经在海湾停留了很长时间,需要得到日本舰队中其他部队的帮助。"

"那美国呢?"我谨慎地问道,"谈墨西哥的时候,美国肯定是一个比日本更可能被提到的国家吧?"

"我们现在看到的可能不大一样。如果我的直觉没错的话,这封电报是说在关于美国的问题上,其他国家将会扮演什么样的角色。这样的话,'美国'这个词可能就没有那些担当主角的国家被提到的次数多。你看,在这儿,这儿,还有这儿,都有39695这个数字,基本上都是不经意地出现的。我推测,这个数字很可能表示'美国'。"

那个寒冷的1月的晚上,我们工作到很迟,两耳不闻楼下街上的喧闹,对哈德森太太用盘子端上来的晚饭也视而不见,一口都没吃。

客厅里迷漫着福尔摩斯的烟斗里冒出的烟雾。

随着时间一点点地过去,一组组字母和符号被标在了齐默尔曼的电报上,像是数字海洋中的一座座小岛。午夜刚过,福尔摩斯已经将电报将近一半的内容破译出来了。福尔摩斯经仔细推敲确认,5903 代表 "Krieg",就是 "战争" 的意思。98092 指的是 "U–Boat(U型潜艇)"。这样,福尔摩斯面前就出现了一个不完整的短语:"Ersten 13605 un – 14963 U – Boat Krieg。"

"今天是几号,华生?"

我完全没想到他会问这个问题,所以想了一会儿。

"1月23号。确切地说,是24号凌晨。"

"非常好!那么电报中的日期一定是'Ersten Februar',也就是2月1号!日子很近,就是下个月的第一天。若是日期很遥远,人们也不会采用发电报的方式。这么一来,电报的内容除了2月1号无限U型潜艇战',还能是什么呢?这是发给在华盛顿的伯恩斯托夫和在墨西哥城的埃克哈特的命令,也就是说,一周后,德国潜艇一见到进入欧洲水域的中立国船舶,就会将其击沉。"

"如果是那样的话,威尔逊就无法对战争袖手旁观了!"

"我估计他不会参战。决定权在提尔皮茨和他的上级手里。如果德国人以保守的态度施加威胁的话,威尔逊便会犹豫要不要把他的整个国家都投入到全面战争中去。换了谁不会那么做呢?相比百万人战死沙场、国家繁荣毁于一旦来说,损失几艘船算不了什么。不管如何,可能出现的结果是:中立国的船只都会和我们的海岸保持距离,我国的商船队将会被德国的鱼雷摧毁,我们将被彻底挫败。这就是德国人的计划。如果能做到这点的话,他们想和美国保持和平,如果做不到的话,他们希望美国人被自己大陆上的战争羁绊住。"

凌晨3点的时候,福尔摩斯的悲观预测最终得到了验证。我们现在已经破译了电报的前半部分:"齐默尔致电伯恩斯托夫。绝对机密。自行破译。我们打算自2月1日起开始无限U型潜艇战。我们打算让美国保持空白。如果这不空白,我们将为墨西哥提供……"

"第一个空白是'中立'的意思,"我说道,"第二个是'可能'的意思。"

在那晚其余时间里,我们都在努力从这一组组数字中梳理出德国为把墨西哥拉为盟友开出的好处。我们破译出了"在战争中

联合，在和平中联合"这样的文字，然后又破译出了"得克萨斯州、新墨西哥州、亚利桑那州"和'回到'这些词。虽然听起来有些荒诞，但德国人开出的好处真的是：若卡兰萨总统回到德国国王的麾下，曾被美国夺走的领土将重归墨西哥。

当福尔摩斯将出现了两次的22464破译为"总统"一词后，上述内容就得到了确认。这里的"总统"指的便是墨西哥的卡兰萨总统，他既是德国的盟友，也是联盟诸国的调解人。他会劝诱52262——就是"日本"——加入到条约中来。"英国"这个词现在也首次出现了。电报中说，现在正在准备的大规模U型潜艇袭击会"迫使"英国在几个月内求和。德国潜艇将会在墨西哥港获得补给和燃料。美国只有少量的军队，它可能被受到德国"退伍军人协会会员们"和日本军队支持的墨西哥军队沿密西西比河谷入侵，那些要送还给卡兰萨总统的领土也会轻而易举地被割走。

这个建议真是太荒唐了。看完电报内容后，我忍不住笑起来。福尔摩斯却依然很严肃。

"日本军队占领密西西比河谷的这种想法，"我说，"你可不能把它当真啊！"

"华生，我现在考虑的问题是，美国的海上力量很强大，但它的陆地力量却很薄弱，就和英国现在一样。这是我们两国存在的很严重的问题。我可以想象出，一小批美国和平时期军队英勇地战斗，起初屡屡受挫，但最终获得了成功。在这种最终的胜利到来之前，U型潜艇很可能会凯旋。我同样认为，U型潜艇队会切断我们的供给线，西线战争将陷入僵局，皇家海军最终将燃油耗尽，动弹不得，最后不得不签订和约，宣布德国大胜。其他欧洲国家最终也将会向德国投降。"

"这是什么和平啊。"我嘀咕道，好像在自言自语。

齐默尔曼电报

"比利时可能会成为德国的傀儡,将我们海岸对面的沿海地带供德国使用。法国将尽失它在 1871 年战争中获得的一切,可能还更多。摩洛哥可能会成为德国位于直布罗陀海峡对面的一块殖民地。1911 年危机的时候,德国黑豹号炮舰就占领了摩洛哥南部港口阿加迪尔。"

我们放下破译了一半的电报,回到了各自的房间,却毫无倦意。送牛奶和面包的车子驶到了楼下,打破了冬日清晨的寂静。再过几个钟头,破译的电报内容就足够我们撰写一份报告,上交给雷金纳德·霍尔爵士。

齐默尔曼电报的内容是分段公之于世的。起初我们似乎用不着破译它,因为 1 月 31 号下午伯恩斯托夫公爵到访国务院,告知美国国务卿兰辛,德国将在第二天打响无限制潜艇战。德国已经给伯恩斯托夫发了护照,命他回国。然而,威尔逊总统此刻仍然抱有幻想。"德国警告我们说,他们即将肆意地采取行动,但我不认为这就是德国当局的意图。即便到了现在,只有看到他们公然采取实际行动,我才会相信。"

德军很快就有大量的公然行动了,但福尔摩斯此刻争分夺秒在做的工作还是非常重要的。阿瑟·贝尔福在外交部的办公室里,给美国大使佩奇博士看了破译的电报内容。伍德罗·威尔逊长期为和平奔波,他希望,即便 U 型潜艇战打响,也不要引起全面战争。为了维护和平,这位总统将美国的外交密电渠道提供给齐默尔曼任意使用,以便秘密传递美国的和平提议及德国的回应。德国外交部甚至获许使用这个渠道向德国驻美使馆发送加密电报。现在,德国是如何滥用这些设施为战争作准备的,已经昭然若揭了。齐默尔曼的胆大妄为让威尔逊十分震惊。

事发后,阿瑟·齐默尔曼用没有编码的文字紧急致电身在墨西哥城的埃克哈特:"请烧掉所有可能会引起麻烦的密令!"但一切为时已晚。

伍德罗·威尔逊现在成了战争的坚决支持者,一如他之前坚定不移地呼吁和平一样。但在接下来的几周内,美国参议院依旧认为,"齐默尔曼电报""很可能是英国秘密情报局伪造的"。歇洛克·福尔摩斯不是个动辄宣泄情感的人,但这次读到这样的指控,他气得把《每日晨报》揉作一团,从早餐桌边直接投进了壁炉里。

其实他本不必担心。美国的情报机构已经证实,这封电报确实是由西部联盟电报公司从华盛顿的伯恩斯托夫处发往墨西哥城埃克哈特那里的。更糟糕的是,这封电报披露出,齐默尔曼建议攻击的对象正是提出和平建议及友好和谈方式的国家。

伍德罗·威尔逊决意要挫挫那些搞阴谋跟他对着干的人的锐气。齐默尔曼向世人承认,他给伯恩斯托夫发那封举世闻名或者说臭名昭著的电报是不守信用的行为。3月18日,三艘美国船只在毫无预警的情况下被击沉。于是,4月6号,威尔逊总统正式宣战。卡兰萨总统也迅速否认会给德国潜艇提供基地或与德国结盟共同攻打得克萨斯州和新墨西哥州。而日本看起来也丝毫没有袭击美国的意图。齐默尔曼被指设计这起阴谋损害王室名誉,并因此受到了谴责。

事情的发展对齐默尔曼极为不利。很快他就被撤了职。德国的U型潜艇发现,他们在坦皮科的基地和燃油供给只是一场空,而英国皇家海军的石油储备却非常安全。在英国皇家海军与美国海军的联合打击下,U型潜艇这群豺狼很快被扼住了喉头。战争的结果已无悬念。

9

歇洛克·福尔摩斯一直为政府工作到战争结束。他准备重操老本行,继续当咨询侦探。每每回忆起战后我们接到的第一个案子,都会让我觉得很愉悦。

我们接待了亨利·琼斯爵士的来访。琼斯爵士是泰纳布鲁厄赫的地主,他的儿子是一名年轻的苏格兰军官——欧比迪亚·琼斯上尉。据报告,琼斯上尉在一场与土耳其人的战斗中失踪了,也有可能死了,一直杳无音讯,直到琼斯爵士收到了一张来自土耳其的明信片。明信片上的字迹他不认识,整张明信片只写了收信人的姓名和地址:"亨利·琼斯爵士,苏格兰,泰纳布鲁厄赫,国王路184号。"

亨利爵士带着这张奇怪的明信片来找我们的时候,显得非常痛苦。他不知道儿子现在怎么样了。儿子下落不明,音讯全无,他担心发生了最坏的情况。明信片上的地址很蹊跷,因为他所在的泰纳布鲁厄赫是一个偏远的村子,仅有几栋房子,根本没有门牌号,也肯定不存在"国王路"这样的地方。

福尔摩斯拿着明信片,仔细研究了良久,然后抬起头来。

"亨利爵士,我想,您完全可以放心。您的儿子尚在人世,而且很好。尽管他率领的连队与上级失去了联系,但他很快就会回到兵团,因为他和他的连队已经摆脱了敌人的追捕。他现在正率领连队秘密赶回总部。虽然他们现在的食宿条件非常艰苦,但他和士兵们目前很安全。正因如此,他才能成功地把这个消息送到了您这儿。"

听到这些,这位老先生非常兴奋,但仍极度惊讶地看着我们,好像不敢相信自己的耳朵。

"福尔摩斯先生,您是怎么从那张明信片上看出这些来的呢?——我什么也没看出来,只看到一个错误的地址。"

福尔摩斯直起了身子。

"这是因为您不了解其中的奥妙,亨利爵士。而我作为一名犯罪调查员,对世界上一些伟大的作品有所了解,尤其是古典文学和圣经。它们常被用于编写军事密码。在印度战争中,哈里·史密斯爵士率领军队占领了信德省后,用一个单词将这条信息发送出去。这个单词是'Peccavi'。对于那些不懂拉丁文的人来说,这肯定没什么含义。但是,所有英国小学生可能都知道这单词翻译出来的意思是'I have sinned(我有罪)'。您明白了吧?这样,禁卫骑兵团便立刻知道信德①在我们手里了。"

"这我明白。"亨利爵士有些不耐烦地说,"但这和我儿子有什么关系呢?"

福尔摩斯再次把明信片拿了起来。

"看这个地址。你们村没有国王街这个地方,也没有184号房子。我可以给您些暗示,'国王184'应该是暗指《旧约圣经》的内容。如果这种推断正确的话,184这个数字指的肯定是第十八章第四句了。"

"太神奇了!"

福尔摩斯稍稍俯首,略表感谢,然后继续说道:

"您一定记得那句话是怎么说的吧?'欧比迪亚抓来了一百位先知,把他们藏在山洞里,用面包和水养活他们。'一百个人刚好是军团里的一个连队,您儿子的团队可能没这么多人。欧比迪

---

① 英语中"信德"(Sind)和"有罪"(sinned)同音。

亚指的一定就是您儿子。现在让我们为这位勇敢的年轻人干一杯吧，祝他健康，祝他一切都好。"'

福尔摩斯的猜测后来得到了证实。后来，我们从这位自豪的父亲那里听说，欧比迪亚·琼斯上尉因为其英勇的表现被授予了十字勋章，现在已经成为了一位年轻的少校。

那天早晨，向我们再三表示感谢的亨利爵士离开之后，福尔摩斯和我继续探索在战争时发生的那些故事的细节。

福尔摩斯坐在椅子上舒展了一下身体，凝视着壁炉里跳着柔和的舞蹈的火苗。

"华生，这么长时间以来，亨利爵士是我们在这儿接待的第一位委托人吧？"

"我想是的。"

"那么我们可以说，战争终于结束啦。从现在开始，这间办公室恢复正常业务。相比为政府服务而言，以这种简单平常的方式面对面地接待委托人，让我觉得舒服多了。麻烦你，把今天的《每日早报》递给我。"

他抿了一小口马德拉酒，吃了一点儿香饼，打开报纸，开始读有关昨天中央刑事法庭诉讼情况的报道。

贝克街又恢复了往日的平静与安宁。

合同登记号：图字 01 - 2010 - 6996

福尔摩斯和国王的罪恶
Sherlock Holmes and the King's Evil

Copyright © 2009 by Donald Thomas
This edition arranged with Pegasus Book LLC
Through Andrew Nurnberg Associates International Limited

图书在版编目（CIP）数据

福尔摩斯和国王的罪恶／（英）托马斯（Thomas，D.）著；张延君，费瑶译．—北京：群众出版社，2013.7
（福尔摩斯归来探案集）
ISBN 978-7-5014-5147-0

Ⅰ.①福… Ⅱ.①唐…②张…③费… Ⅲ.①长篇小说—英国—现代 Ⅳ.①I561.45

中国版本图书馆 CIP 数据核字（2013）第 139234 号

福尔摩斯和国王的罪恶

（英）唐纳德·托马斯 著

张延君 费瑶 译

出版发行：	群众出版社
地　　址：	北京市西城区木樨地南里
邮政编码：	100038
经　　销：	新华书店
印　　刷：	北京通天印刷有限责任公司
版　　次：	2013 年 9 月第 1 版
印　　次：	2013 年 9 月第 1 次
印　　张：	8.125
开　　本：	880 毫米×1230 毫米　1/32
字　　数：	200 千字
书　　号：	ISBN 978-7-5014-5147-0
定　　价：	30.00 元
网　　址：	www.qzcbs.com
电子邮箱：	qzcbs@sohu.com

营销中心电话：010-83903254
读者服务部电话（门市）：010-83903257
警官读者俱乐部电话（网购、邮购）：010-83903253
文艺分社电话：010-83901330　　010-83903973

本社图书出现印装质量问题，由本社负责退换

版权所有　侵权必究